移動島傳奇
ENDLING
最初帶路者 The First

2

凱瑟琳・艾波蓋特——著　黃鴻硯——譯

一流的偉大勝利，是征服自己。

——柏拉圖

末體
名詞

1. 某物種（偶爾會指某物種的亞種）的最後一個個體。
2. 正式宣告某物種絕種的公開典禮；終禮。
3. （非正式）注定失敗或唐吉訶德式的冒險者。

——《聶達拉帝國官訂辭典》，第三版

目次

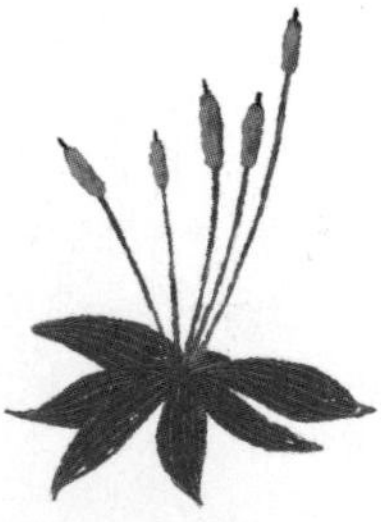

第三部　命運

第四部 選擇勇氣

第一部

感受恐懼

1 感受恐懼，選擇勇氣

我不勇敢、不夠大膽、不是領袖人物。

老實說，我沒有任何特別突出的地方。

除非你認為，我身為玳恩物種最後一個成員，算是一種不凡。

我是一個末體。

不過呢，我可以告訴你勇氣長什麼樣子。

單槍匹馬擊退一群毒蛇，拯救一隻玳恩崽子和她的小渥比夥伴，就叫作勇氣。

我就是那隻崽子，而救我的人叫卡拉珊德．多拿提，一個人類、領導者，也是我親愛的朋友。

我想變得跟卡拉一樣大膽、堅定、誠實，不過像她這種領導者是天生的，不是培養出來的。

我爸也是一個勇敢又優秀的領導者，他喜歡睿智的格言和諺語。他曾經對我和我的七個哥哥姊姊說：「感受恐懼，選擇勇氣。這就是成就領袖的方式，崽子們。」

呃，至少感受恐懼的部分我很精通，我現在非常熟悉恐懼的許多症狀——毛皮打顫、血

液冰冷、心臟狂跳、爪子外露。

與我一起旅行的人——卡拉、托布、倫佐、甘布勒，說我比我想的還要勇敢。過去幾個月，我確實有好幾次對自己感到意外。

不過那幾個小小的英勇片刻，並無法證明我擁有真正的勇氣，只證明我採取了一些善良的行動。真要我說，我認為假裝不害怕跟真正的大無畏是不一樣的。不管我的朋友怎麼說，我的想法都不會改變。

我強悍、忠實、勇猛的朋友，我好愛他們啊！在尋找更多玳恩同類的冒險路上，他們一再讓我打起精神，次數已經多到我算不清了。

我知道成功的機會很渺茫。就在幾個月前，我的玳恩幫被軍隊消滅了——那些士兵隸屬於莫達諾——統治我家園聶達拉的暴君。我的玳恩幫可能不是第一批慘遭毒手的同類。在聶達拉，散居各地的玳恩幫數量逐漸減少到現在的規模。

只有我一隻玳恩在殘酷的那一天倖存下來。我——幫內地位最低落的小鬼，最沒用處的，最礙手礙腳的。

最不勇敢的。

儘管我緊抓著希望不放，我還是很害怕。怕我或許再也無法見到另一隻玳恩。這樣的擔憂會在一些奇怪的時刻狠狠撞得我眼冒金星，接著減弱成一股疼痛，一抽一抽的，像是摔斷了骨頭而且痊癒狀況很不理想那樣。我已經愈來愈習慣這種恐懼感了，跟著我日日夜夜到處旅行，像是一個醜陋又無法擺脫的同伴。

對我造成最大傷害的仍是新的恐懼，無法預期的恐懼。

有時候，恐懼會在夜晚的黑暗中逼近，安靜無聲又嗜血。

有時候，例如昨天，恐懼在天空繞著圈，曼妙、優雅，而且致命。

2 剃刀鷗

整個早上，我們都在朝遠方的冰封山巔前進，冰封山巔矗立在聶達拉國境的另一頭——那裡有不確定的未來，有我脆弱的希望。

我們已經走三個小時了，路程相當艱辛。天氣寒冷，灰濛雲朵環繞山脈，摸索著山頂。呼出的氣息飄在前方，像是鬼魂，來自糾纏不清的過去。

我們原本走在一段無情的峭壁上，這時來到一個寬闊的路段，途經一小塊像是矮胖三角形的空地。我們決定在那裡休息一下。雪堆點綴著這個區域，褐色的植物癱軟無力。三角形的兩側是數百英尺高的高聳峭壁。剩餘的那側面朝大海。

我們一停下腳步，一大群鳥兒便劃過雲朵，急轉直衝。數量有好幾百，以完美的陣形移動著，像是經過高度訓練的士兵。

「是剃刀鷗，」倫佐說：「要盯好，牠們的鳥喙跟刀子一樣利，爪子撈得到的東西牠們全會偷走。」

「與你興趣相投是吧。」卡拉調侃，畢竟倫佐是個偷竊高手。

「我得學習才能掌握技巧。」倫佐說，並拍拍名叫「狗」的臭狗。牠正在非常專心的嗅

聞石頭。「但對剃刀鷗而言，那純粹是本能。」

「牠們還挺美的耶。」托布說，這隻小渥比如今是我最親密的朋友。他的圓臉上長著神似狐狸的五官，肚子凸凸的，有著橢圓形大耳朵，黑眼珠也瞪得大大的。他有三條尾巴，最近才剛綁成一條辮子，末端用一小塊皮綁起來——象徵渥比文化中重要的成年儀式。

我們看著身披紅、灰色羽毛的鳥兒拐彎、迴繞，像旋風中的碎屑般打轉，看得入迷了。

「牠們會聚集在礦區和村莊附近。」倫佐說：「搶走裝滿寶石的布囊或小包包，接著就會往南飛，到海盜船上卸貨。海盜會給牠們新鮮的漁獲作為回報。」他聳聳肩。「身為小偷，我不得不佩服牠們的行事風格。」

「牠們為什麼不自己捕魚啊？」我問。

「就跟海盜不當農夫和商人的理由相同。」倫佐說：「偷竊好玩多了。」

「我想停下來吃點東西。」卡拉說，仔細察看著這個區域。「你覺得安全嗎？」

「夠安全了。」倫佐說：「只要別鬆懈下來就沒問題。我們確實需要休息一下。」

「我不介意吃點禽類當作點心。」甘布勒那淺藍色的斐利韋眼珠追著剃刀鷗轉。他是毛皮柔滑、長得像黑貓的掠食者，臉上有纖細的白線條斑紋，還有不怎麼纖細的致命爪子。

「或任何點心都行。我會在這塊草地上探索一下，看能找到什麼。」

「甘布勒，我們在你回來之前會準備好食物。」托布說，而我的肚子發出朝氣十足的咿咿叫。（玳恩的肚子不會咕嚕叫，而是咿咿叫，在我看來比咕嚕叫有尊嚴一點。）

「謝謝，」甘布勒說：「但我想要找到比餅乾更好的食物。」

「我們還有一些小公雞肉乾。」托布提議。

甘布勒點點頭，「乾就是死的意思，斐利韋不吃死掉的食物，托布。」不吃肉的托布皺眉，而甘布勒上路了，移動方式非常符合斐利韋的風格，悠哉又快速。我撿細枝和樹枝時，托布擺設烹飪工具。我們很快就升起了小火，而他拿出香草和鍋子時低聲哼著歌。

原來托布是我們所有人當中廚藝最好的呢。倫佐也很會煮菜，尤其會施一點小法術，他十五歲那年起就開始鑽研了。雖然幫助不大就是了，像是將冷掉的燉菜變熱，為乏味的蔬菜增添風味。有天晚上他耍了一招讓大家印象深刻——讓多林果核爆開，化為小小的螢火蟲，在微風中飄遠。

很令人印象深刻，沒錯。只是不能吃。

「法術。」當我們看著螢火蟲像初生的星星飛向天空時，托布發牢騷似的說：「好廚師才不需要魔法。」他當場就做出了一盤基特拉提——托布的曾曾曾祖母教他做的一種餅乾。吃起來的口感像小小的雲，如果雲是蜂蜜口味的話。

像托布這樣的渥比不會使用法術，只有六大統治者物種會——人類、玳恩、斐利韋、奈泰特、拉提頓、特拉曼。（不過我很少看到玳恩施法，我們忙著活命就忙不完了。）

「很快就有熱茶喝了。」托布宣布。

「謝啦，托布。」我說：「我去告訴卡拉和倫佐。」

我走到他們旁邊，草地的邊緣。他們望著海的方向。「剃刀鷗又變多了。」倫佐指著前方說。

我們看著剃刀鷗俯衝。「牠們似乎沒在逼近。」

「我從來沒看過動作那麼精準的鳥兒。」卡拉撥開被風穿亂的一綹黑色鬈髮。她的眼珠也是黑色的，睫毛濃密，看起來聰穎又機警。她大多時候都穿盜獵者（她以前的工作）會穿的簡樸衣服，做鄉下人的打扮，現在也不例外。衣服的顏色只比她柔軟的棕色肌膚淺一點。有時候，卡拉刻意扮成男孩旅行會比較方便。某些人類顯然對女性的能力沒什麼期待，我搞不懂為什麼。在玳恩的世界，男生和女生會受到平等對待。

也許我應該說「過去的」玳恩世界。

不過話說回來，令我困惑的人類行為可多了。

卡拉身旁掛著一把生銹的劍，看起來是無比落魄的武器，但我們都看過她揮劍的模樣，知道那把劍隱藏著什麼力量。那把彎劍是聶達拉之光，背負著顯赫歷史的武器。

「你覺得天黑前，我們還能走多遠？」卡拉問倫佐。

卡拉是我們一行人的領袖，但這段旅程的帶路人是倫佐，因為只有他曾經闖入戴瑞蘭的山麓地帶。戴瑞蘭是聶達拉鄰接的兩個國家之一。

他瞄了一眼身後聳立的峭壁。「很難說。地形只會變得更險惡，而且看起來要下雪了。」

「我們盡可能按照計畫走吧。」卡拉堅定的點了一下頭。

雖然充滿不確定，但那計畫是這樣的——往北走，繞過海岸山脈，希望能撞見那座名叫塔洛的移動島。我們原本考慮過搭船搜索，但我們甚至雇不起最簡陋的船。而且能搭的船也沒幾艘。在如此嚴寒的時節，就連海盜都不願意靠近戴瑞蘭的岩岸。海浪險峻，浮冰動向難以預測。

為什麼塔洛這種活生生的移動島要往北走？我們不知道。不過我們都知道，我的心臟之所以能在黑夜中繼續跳動，都是因為一個傳說——移動島上有玳恩聚落。

我還記得提及那個傳說的詩，玳恩崽子都會背誦：

吟唱吧，詩人，
頌讚大膽邁步的先行者——英勇的玳恩，
翻越險峻又殘酷的山勢，
跨越北方的嚴寒川河，
前往玳恩荷姆，
那活生生的移動島、漂流的寶石。

聽起來不可能是真的，但就在幾天前，經歷漫長的旅途和許多痛苦後，我瞄到島上有看似玳恩同類的生物，滑翔在樹頂與樹頂之間。

至少，我覺得我看到了。

我的肚子又發出了咿咿叫。「托布說我們很快就有熱茶……」

我說到一半打住了，旋風和翅膀的聲音讓我安靜下來。

剃刀鷗改變了飛行路線，動作和諧得驚人。牠們像憤怒的蜜蜂般衝向攻擊目標。

我那個不受歡迎的老朋友——恐懼，又回來了，我的心臟漏跳了一拍。

剃刀鷗的攻擊目標是我們。

3 來自天空的攻擊

「牠們過來了！」倫佐厲聲說，同時採取行動。

「碧克斯、托布！平貼在地上！」卡拉大吼，抽出寶劍。

「拿火炬。」倫佐說，並衝向托布為了煮飯所生的小火堆，抓起一根燃燒的樹枝，「牠們討厭煙霧。」

卡拉收劍，拿起一根滋滋作響的木棍。

托布很明智，決定遵照吩咐平躺在地，但我不想將戰鬥的任務全丟給卡拉和倫佐應付，儘管我懷疑自己根本幫不上什麼忙。

我找到一根沒著火的樹枝，將其中一頭插到火中。我再抓起一把潮溼的草，扔到火中，氣味苦澀的灰煙裊裊升向天空。

我揮動自己那根微弱的火炬，結果風向變了，煙嗆得我咳起嗽來。我回頭站到卡拉和倫佐身旁。

鳥群不再是一團黑色的漩渦了，牠們化為數百顆投石，拋向我們。

牠們像冰雹般打在我們身上，重擊胸口和頭部，用殘酷的鳥喙（牠們之所以叫剃刀鷗是

有原因的）對我們發動強襲。幾秒鐘內，我的雙手就被劃傷了。我勉強閃過其中一劃，喉嚨才沒被切開。一隻剃刀鷗切向狗的毛皮，牠發出痛苦的哀號。

我的心臟在胸膛中狂跳。我前臂上的傷口灼痛著，低頭一看，珍珠色的血液冒了出來。

「不！」我尖叫，將火炬往上方戳，盲目的揮舞。

鳥群還不死心。離我最近的剃刀鷗飛走了，但牠迅速掉頭，攻向我背後。透過翅膀形成的龍捲風，我瞄到卡拉、倫佐、托布，他們都在發出創意十足的咒罵，雙手不斷畫圓，但沒什麼效果。

流著血的我們撤退了，退到冒煙的小火堆後面。牠們似乎無所不在，不斷尖啼、劃過天空。牠們集中火力攻擊我們的袋子和皮囊（肯定是為了錢幣，不會錯的），但只要搆得到，牠們也會順便攻擊我們身體的任何部位。

「往懸崖去！」卡拉大叫。

我知道她為什麼這麼說。我們現在遭遇著來自四面八方的攻擊。但如果靠到岩牆邊，鳥群就只能從前方和兩側發動攻擊了。

我拍了一下托布的後腦勺說：「來吧，跟我們走！」彷彿那樣說就能保障他某種程度的安全。

我揮火炬已經揮到累了，火勢也已經減弱，忽亮忽暗。卡拉的火炬完全熄滅後，她扔到一旁，想再度拔劍，但一個重心不穩，跌到了地上。

轉眼間，啄人的鳥喙形成一張毯子，將她整個人掩蓋住了。

「啊啊啊啊！」托布大叫，衝向卡拉，跳進那一群鳥中，又抓又踢，並喊叫：「走開！

走開！離她遠一點！」

這不是第一次了，我再度見證渥比發飆的驚人場面。發飆，而且天不怕地不怕。倫佐和我也加入戰局，趕走了夠多瘋鳥，讓卡拉得以掙脫。她撈起托布，讓他坐在自己肩膀上，接著我們四個和狗都捨棄了尊嚴，匆忙逃向安全的地方。

「這裡！」

甘布勒！我在羽毛風暴中看不到他的身影，但我聽得到他的聲音，於是往那個方向推進，試著忽略刺痛的傷口和鳥兒發出的尖啼、充滿威脅的粗啞叫聲。

我撞上一面石牆，轉身，背貼住。

「跟著我的聲音走！」甘布勒從我右方某處喊叫。

我沿著懸崖移動，徒勞無功的拍打那些攻擊我的鳥。我的左腳勾到一顆尖銳的石頭，整個人重重仰倒在地，肺裡的空氣全被逼了出來。

一隻巨大的爪子伸向我。巨大的黑爪小心翼翼勾住我的劍鞘，將我拉過去。

「謝啦，甘布勒！」我匆匆跑過他身旁，他同時用斐利韋的驚人速度抓下空中的鳥兒。卡拉往前挺進，試圖來到我身邊。「倫佐！」她喊叫的聲音很啞。

「我看到他了。」甘布勒說。

巨大的斐利韋直直撲進雲朵般的鳥群中，揮爪拍掌，速度和精準度幾乎都到了超自然的地步。他抓住一隻倒楣的鳥，讓牠即刻消失在他的咽喉之中。一頓午餐。剃刀鷗的血液從他下巴一側流淌下來，其他鳥認為他是新的威脅，掉頭飛走。

甘布勒發現倫佐跪在地上，還在揮舞火炬，身上有十幾處滲出血的切傷。

「抓住我的脖子！」甘布勒大吼，倫佐立刻照做，不需說服。甘布勒拖著倫佐來到我們身邊。

轉眼間，我們擺脫鳥群了。牠們的散去和圍攻一樣，都在電光石火之間。我迅速觀察了一下四周。退進了岩層上的一條窄縫內——這裡很不適合有翼生物活動。山壁就在頭上，非常低矮，唯一的光源來自面向草地的洞口。我看到剃刀鷗來回巡邏，等待我們回歸戰場。

「這裡有個洞穴。」甘布勒說：「我們走吧。」

我們跟著他前進，身後石地上拖著血跡，唯一的光源是倫佐那根即將熄滅的火炬，焰光搖曳不定。

最後我們來到一個開闊的空間，裡頭有些大圓石可以躺上去休息。我們輪流幫彼此包紮，狗卻想去舔布帶，一點忙也幫不上。

「好啦，」卡拉為倫佐前臂的割傷包紮時問大家，「要回去面對鳥群，還是深入黑暗？」

「黑暗。」我們異口同聲。

「嗯，那就簡單啦。」卡拉說，接下倫佐手上那根明滅不定的火炬，朝冰冷、無盡的黑暗走去。

4 乖狗狗

我們一再、一再深入洞穴之中。火炬只剩餘燼了，光線微弱，幾乎每一步都會絆到腳。甘布勒的視力在夜晚比較好，但就連他也無法在全然的黑暗中看清楚。我們試著讓火焰重新燒起來，但唯一找得到的燃料是覆蓋牆與地面的潮溼苔蘚。火炬一旦熄滅，我們就會完全看不見，在不見天日的地方摸索前進的道路。

「我感覺到了，前方有開闊的空間。」卡拉說：「空氣的感覺變了。」

「對，」甘布勒同意，「但沒有光……」

我也覺得空氣變得沒那麼悶了，還聞到熟悉但有點奇怪的氣味——水的味道。不是鹹水，不是清澈的泉水。這水有古怪的礦物味，還有沼澤和蘑菇的味道。

火炬一陣明滅，然後熄掉了。我們被甩入黑色虛空當中。我將自己的手舉到前方，什麼也看不到。如此徹底喪失一種感官能力，帶給我奇怪、窒息的感受。

「我看得到一點點。」甘布勒說：「碧克斯，抓住我的尾巴。其他人手牽手走路。」

我們手牽著手或者手牽著尾巴，緩慢前進，速度跟月蝸差不多。我們走了兩個小時，也許更久，這是一個沒有時間的地帶。我們一小步一小步走，抱怨包紮處和疼痛，試圖讓自己分心，不讓恐懼壓碎——我們可是在極深的地底，連一絲光線都沒有。

能抱怨的事都抱怨完後，托布開始唱一首關於大泥蟲的古老歌曲。那是一種住在地底隧道的蟲，是渥比非常害怕的生物。

這首歌與現況貼切得可怕，我們很快就學會跟著一起唱了。

渥比沉浸於香甜睡眠時，
泥蟲知道吃飯時間到了。
牠吃尾巴，牠咬腳掌。
（泥蟲不在乎爪子。）

「托布，你看過大泥蟲嗎？」我問。

「看過一次。」他回答：「在我年紀還很小的時候。」他打了個冷顫，我感覺到他的大耳朵抖了一下，像是微風吹動的葉子。「相信我，一次就太多了。牠們又大又黏，總是很餓。」

就在我們的聲音愈來愈啞時，甘布勒突然停下腳步。「前面有光！」他回報，「一定有可以出去的路！」

他說對了，前方是有光，但他也說錯了，那不是日光。我們很快就發現，是洞穴的牆面散發出淡淡的金光。經歷過全然的黑暗後，這微光真的很令人愉快。

我們的眼睛漸漸習慣光線，不會再每走兩步就絆到一次腳了。整個空間感覺開闊了起來。我們在隧道中繞過一個彎，前方有一圈水藍色的光。在我們看來很閃亮，其實沒比弦月的光芒強多少。

隧道盡頭是一個巨大的洞穴，道路離地面大約一百英尺高。我們驚奇而錯愕的瞪著眼前的風景——根本沒人能想像得到這種畫面。

那洞穴不大，甚至不該說廣大。要用浩瀚來形容才對。

就算將聶達拉的整個皇家首都薩格利亞都塞進這個無邊無際的空間，也不會感到擁擠。我們上方的穴頂高得不可思議，布滿矛狀尖石。洞穴地面上也有，一把把指向上方的石匕首形成大片森林。地上的突起物也長在洞穴內最驚人的地景邊緣，圍成一圈。被圍住的是一個湖泊，水是黑色的，表面完全靜止，看起來就像擦亮的黑玻璃。

「我看到火了。」倫佐說：「在湖的另一頭，右邊。可能有好幾個小火堆。」

「我聞到了。」我嚐著空氣中的味道。

我們手腳並用爬下斜坡，然後便展開了古怪、煎熬的行進。要繞過湖泊只有一條路，途中得經過一片奇形怪狀的石筍，有些看起來像矮胖的蜂巢，有些看起來像騎士的長矛，呈錐形，表面光滑，有的令我聯想到巨大的蠟燭，熔成怪異的形狀。

但不管形狀如何，都能造成割傷或瘀傷。我們已經渾身是血了，走起來更加難熬。

最後我們總算抵達狹窄的黑色沙灘了，大夥兒當場倒成一團。

「是不是該去找些可以引火的東西，試著生火啊？」托布問，同時檢查著他左腳上的一塊染血布料。

卡拉搖搖頭。「不，我們要先搞清楚是誰在湖對面生火。」

「有誰需要重新包紮嗎？」我問。

我們已經用完所有布條了，什麼也不剩，只能用我稍早收集到的拉明薄荷葉來覆蓋傷口，這些葉子散發出一點苦味。拉明薄荷葉醫療效果眾所皆知，但鳥群讓我們受了這麼多淺淺的割傷，石筍又讓我們受了許多刮傷和瘀傷，只敷拉明薄荷葉簡直毫無意義。我的整個身體就是一個活生生的大瘀傷，外加上頭十幾道刺痛的割傷。

我搗爛拉明薄荷葉，傳給我的朋友，讓他們敷在進洞穴後新增的傷口上。

「真的很抱歉。」我說。

「抱歉什麼？」倫佐問。

我指著他手上的包紮。「那個。」我揮了揮手，「還有這一切。要不是因為我，你們不會受傷。」

「碧克斯，」倫佐和我四目相交，「妳不能這麼想。我們一起參與這件事，所有人一起。」

「倫佐說得對。我們都堅定的面對這個任務。碧克斯，只要還有玳恩活在世上。」卡拉說：「我們就會找出來。」

我點點頭，但還是很難擺脫必須為這一切負責的感覺。我們在這裡，在這個鳥不生蛋的地方，流著血，滿身土，只因為我好像目擊了另一隻玳恩。為了那短暫、動搖內心的一眼，我這幫新朋友願意賭上一切。

最近我愈來愈習慣做艱難的決定了。不過當這些艱難的決定涉及朋友時，處理起來還真不容易。最糟的部分是什麼？就算我們真的找到了更多玳恩，我們還是不確定自己能不能平安回到家園。莫達諾此刻看我們不太順眼。不太順眼的意思是，他樂見我們全部喪命。

他派我們任務——去尋找更多玳恩，讓他可以再奴役幾隻，其他全部殺掉。

莫達諾這麼做是有理由的，儘管理由很邪惡。玳恩能夠判斷一個人有沒有說謊，因此我們對於當權者而言相當有用處。換個角度看，世界上的玳恩如果太多，也會對莫達諾這種人造成實際的威脅。真相有時是種危險的東西，尤其對騙子而言。

如同我們幫內的長者玳林特說的，那是「帶給我們負擔的天賦」。

當然了，我們已決定不要執行莫達諾的任務。如今呢，我們對現況掌握不多，只知道邪惡暴君派了追兵來追我們。

我嘆了一口氣，音量比我以為的還大，結果狗跑了過來，吐著舌頭，尾巴搖個不停。牠的毛皮上有一條條血痕，但態度看起來還是跟平常一樣傻呼呼。

「牠想確定妳沒事。」倫佐說。基於某種原因，他認為狗絕對不會虧待別人。

我設法擠出一個心胸寬大的微笑，我對狗的感覺很複雜。

我知道這樣不對。以前爸媽教我，對待所有物種都要拿出敬意。不過保險起見，我要把話說清楚——我不是狗。

不幸的是，我經常被誤認為狗。有太多陌生人曾經摸摸我的頭，用哄狗的嗓音說：「乖狗狗。」（人類顯然不是觀察力最上等的哺乳類動物，我很顯然不是一隻狗，不論我到底乖不乖。）

首先，玳恩有格利膜。那是非常纖細的薄膜，讓我們可以像蝙蝠一樣在天空滑翔。雖然滑翔的距離不遠，但飄浮在高空（只能短短幾秒就是了）的喜悅是區區小狗永遠無法體會的。

我們也有雙手，有對生拇指，就跟人類的手一樣靈巧，比笨拙又不可靠的獸掌厲害多了。

不只那樣，我們也精通人類語言——事實上，比許多人類還講得好。相對的，當狗想要跟人類溝通時，牠們的選項很有限，基本上只有三個：吠叫，懇求，咬人。

玳恩還有其他優勢。狗和我們不一樣，肚子上並沒有名叫「補袋」的皮囊，是我們方便儲物的空間。很久以前，我曾用我的補袋裝了一些小小的寶物——閃閃發亮的貓眼石，以及和幫內夥伴互丟著玩的球。這陣子，它保護著一張地圖，上頭有淺淺的塗鴉。我的命運可能會，也可能不會由這張地圖決定。

還不只那樣。玳恩不只身體構造和狗不同，我們的行為也比較規矩。

我們不會一看到斑馬松鼠就開心到發狂。

我們不會仰躺在地，丟人現眼的要求別人搔抓肚子。

我們不會無禮的聞路人屁股。

用一個字形容狗，就是粗野。然而，每個村莊似乎都有許多狗晃來晃去，外型和體型非常多樣。有的像岩狼一樣龐大，有的沒比健壯的小老鼠大多少。

世界上有好多狗。

而玳恩好少。

我爸爸……願他的心閃耀如太陽。爸爸喜歡一句俗諺：「落單的玳恩不是玳恩。」他的意思是，對我的物種而言，「幫」就是一切。不和幫待在一起，就代表那隻玳恩不再以玳恩應當存在的方式存在。

我以前聽到爸爸的老派俗諺總是會發出抱怨的叫聲，哥哥姊姊和我都會。但我現在好想聽他再說一次，一次就好，我願意付出一切去交換。喔，我好想聽他再叫一次我的名字！

但我再也聽不到了。我也無法再見到我的玳恩幫，還有我的家人了。事實上，儘管我緊抓著希望，像握著黑暗洞穴中明滅不定的火炬，我還是很清楚自己可能再也見不到其他玳恩了。不管我的朋友和我踏上多遠的旅程，不管多拚命尋找，結果可能都一樣。

我看著狗舔我的頭，舔的過程中，牠在我身上留下一層激不起食慾的口水。「你真是隻乖狗狗。」我說，而狗瘋狂的搖起尾巴。

我想，狗也許沒那麼糟吧。

而且我需要所有能成為朋友的夥伴。

5 斐利韋的恐懼

卡拉休息的時間很短，短得誇張。之後她站起來，伸了個懶腰。

「繼續上路吧。」她說，而我們發出不帶惡意的哀號，繼續邁進。十分鐘後，我們抵達沙灘的盡頭，那裡有個峭壁一路延伸到洞穴頂端，擋住去路。

我的心一沉。沒辦法前進了。

「噢，不。」托布喃喃自語。

我眼前浮現可怕的畫面：我們五個可憐兮兮的在石筍森林中遊蕩，最後餓死在裡頭。

「我去看看。」倫佐提議。

他涉水，沿著岩壁慢慢移動，當水泡到他腰部時，他轉過頭來大喊：「水中有小平台可以踩，我們也許可以沿著平台繞到對面。」

「托布，」卡拉說：「你可以坐到我肩膀上。」她蹲下，托布跳了上去。

「來吧，碧克斯。」倫佐催我，「讓我背妳。」

我瞄了一眼甘布勒，他不斷前進又後退，死命盯著湖水。

「有什麼問題嗎？甘布勒。」我問。

「水就是問題。」他嘀咕，「我們斐利韋不介意涉溪或踩過小水坑。不管別人怎麼說，我們都是會游泳的。但要泡到大片水域中？誰知道水底下可能有什麼呢？」

「你太大了，沒人背得動你。」卡拉用輕柔的聲音說。

「我知道！」我應該從來沒聽過甘布勒用那麼不爽的聲音說話，「我知道。我知道我非下水不可。」

我不敢置信的對甘布勒皺眉。「你會怕嗎？」我問。

這感覺很荒謬，我問他只是要開開玩笑。對我來說，甘布勒是勇氣的象徵。這隻斐利韋單槍匹馬攻擊可怕的火騎士，還活了下來，可以親自訴說這個故事。

「我不怕，」甘布勒兇巴巴的說：「只是……我不喜歡水。」

「我先走。」卡拉說：「如果水底有任何喜歡吃肉的生物，我拿托布餵他們就是了。」

「喂！」托布抗議。

「我開玩笑的。」卡拉說，對我眨了一下眼。

不過打頭陣就不是玩笑了，她真的去了。「冰死了！」她踩進水中時抱怨。小心翼翼的愈走愈深，最後找到了那個水面下的小平台，踩著它緩慢移動。她一隻手扶著峭壁，另一隻手往外伸，以保持平衡。托布坐在她肩膀上，使她顯得像是長出第二顆頭的人類，而且是非常奇怪的頭。

卡拉和托布隨著峭壁的弧面拐過去，消失在我們面前，不過幾分鐘後她大喊：「很安全！」

「跳上來吧，碧克斯。」倫佐說，並稍微彎腰。

我搖搖頭。「謝啦，我要騎在甘布勒背上，我以前騎過。」

我刻意不說穿甘布勒需要陪伴。斐利韋是世界上最孤僻的物種之一，我也知道他不樂於接受協助。但我想幫他，如果我幫得上忙。

倫佐抓到我的暗示了。他點點頭，追隨卡拉的腳步去了。

「輪到我們啦，甘布勒。」我說。

甘布勒瞪了我一眼。如果是以前，那一眼搞不好會讓我嚇得當場暴斃。但現在的我知道沒什麼好怕的。

我跳到他肌肉發達的背上說：「走吧！」

當然了，甘布勒沒辦法行走在水面下的小平台上。他必須游泳。

他轉動他的大頭看我，接著安靜的滑入水中，彷彿老鷹飛入雲朵。

表面上看來，我們毫不費力的移動著。但我之前曾經騎在他的背上，所以此時感覺得到他的恐懼。他的肌肉緊繃，呼吸沉重。

這令我對甘布勒感到納悶。他很強壯，他很聰明，他是你絕對不會想對戰的生物。

就連他也跟我一樣，會感到恐懼嗎？這可能嗎？

最後，我們爬出水面，來到頁岩區，這裡的石頭都很寬大。我從甘布勒背上跳下來，讓他甩乾自己。

「謝謝你載我啊，我的斐利韋朋友。」

甘布勒用鼻子噴了一口氣，還想假裝生氣的樣子，但他的自豪顯而易見。他辦到了。一會兒過後，他甚至對我輕輕點了個頭，答謝我的陪伴。

其他人都在等我們，溼答答的發著抖。「那肯定是個村莊。」倫佐說，望向兩團顯然各自獨立的火焰。

「我好像看到……呃，不是人類，是某種生物，繞著火焰移動。」卡拉嘆了一口氣，我們憂心忡忡的看著彼此。「碧克斯，妳怎麼想？看來我們只有兩條路可以走，一是原路折返，二是走向那些生物，天知道是什麼。」

我很確定甘布勒不會想游回去。還有，就算我們有辦法摸黑折返，也沒人想再冒險面對懸崖和鳥群了。

「我們去看看對方到底是誰吧。」我的語氣比自己想的還篤定。

頁岩很滑，上頭覆蓋著深藍色的苔蘚，不過跟先前走完的那一大段路相比，這只像是在草地上散步。

距離村莊四分之一里格時，一陣警報聲襲向我們的耳朵。

叭哩——！叭哩——！

那是某種號角，發出兩個警告的顫音，然後就安靜了。

我們大眼瞪小眼，等待著，不知該怎麼辦。在做出決定前，旁邊的湖泊便爆出一片白沫。

有十幾隻生物衝出水中，力道極大，先是飛過空中，才落在我們和村落之間，排成一列。

我知道那是什麼生物，我們都知道。

「奈泰特！」我大叫。

6 拉・卡米沙

奈泰特是聶達拉的統治者物種之一，不過他們也棲息在聶達拉之外的許多地方，顏色、身長、體型各異。儘管我們本來就知道這些事，眼前的奈泰特還是看起來極度不尋常。首先，奈泰特的顏色往往介於藍和綠之間，但這些生物沒有顏色。他們的皮膚光滑、半透明，可以直接看到下方的動脈和靜脈。我甚至隱約看得到他們的內臟。

他們就跟大部分的奈泰特一樣，能在水中呼吸，身上有許多層鰓。不過呢，繼令人不安的半透明肉體之後，他們身上最嚇人的特徵就是那巨大的眼睛了。帶有矩形黑色虹膜的金色眼珠閃閃發亮，幾乎占據整顆頭。頷骨背側伸出短小但可移動的肉莖，上頭還長著第二對眼睛。散發出詭異的冷光，使這些奈泰特頂著綠色的光環。

我打了個冷顫。我第一次看到奈泰特時也是同樣的反應，但相較之下，我第一次看到的那隻顯得很安全無害。眼前這些看起來更像是法術變出來的生物，而不是血肉構成的。

他們身上也有武器，都是些古怪的裝備。我看到石斧、缺角的燧石刀、原始但看起來很有威脅性的長矛，還有連枷——繩子串起的一顆顆石頭，外觀像一大串珍珠。

卡拉舉起雙手，掌心朝外，代表她手上沒武器。托布、倫佐和我也照做。當然了，甘布

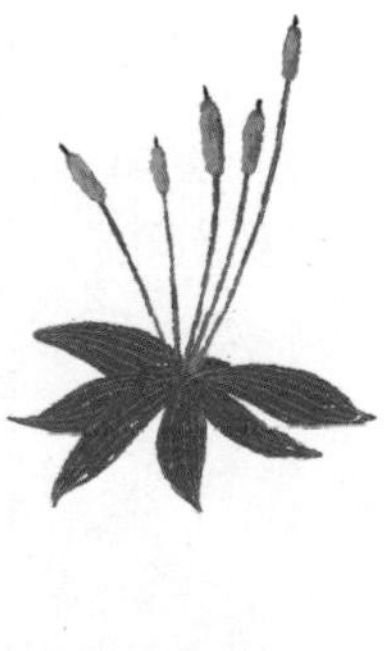

勒學不了我們，所以他採取斐利韋版本的姿勢，稍微低頭，收起爪子。

「我們不會傷害任何人。」卡拉說。

奈泰特不發一語，就只是站在那裡，像一面溼答答的牆壁，擋在我們和村落之間。那村落大約有二、三十個石頭堆起的無屋頂小屋。

我瞄了幾眼村莊。那小聚落有一部分延伸到水面上，由石柱撐起更多房子。這不令人意外，因為奈泰特是水中生物，同時也能在陸地行走。村莊中最遠離湖泊的地方有一道石籬圍起十幾隻白色蛞蝓，跟小馬差不多大。

我再次打了個冷顫。

「請聽我說，」卡拉說：「我們只是迷路了，我們不打算傷害任何生物。」

奈泰特沉默著，但我發現有動靜。「我猜有個村裡的長老之類的人物正在過來。」我低聲說。

六隻奈泰特組成一小隊人馬，從村莊那裡走了過來。其中一隻坐在如波浪般起伏著的巨大蛞蝓上，態度跋扈。如果在其他情境看到這場景，可能會覺得很好笑。但我感覺得到，我們的性命掌握在這些奈泰特手上。笑是此時此刻最不該做的事。

他們到場後，卡拉開始解釋：「我們迷路了，剛好經過這裡，沒要傷害誰。」

其中一隻剛到場的奈泰特用口音很重的通用語說話。

「拉．卡米沙駕到，全薩朵奈泰地亞之王，聖水保護者，生火者，無敵者拉．卡米沙，偉大者拉．卡米沙，眾生之母拉．卡米沙……」

頭銜與頌讚語不斷持續，拖了很長一段時間。對於騎著蛞蝓繞行地下湖泊的生物而言，這些稱號似乎有點太多了。不過卡拉耐心十足的等到對方背誦完所有稱號才開口：「我是卡拉珊德．多拿提，一個單純在逃難的女孩，只希望與你們和平共處。這些是我的同伴：甘布勒，倫佐，托布，還有碧克斯。」

最後，背負著許多頭銜的拉・卡米沙開口了：「立刻離開我的領地，否則只有死路一條。」

那是一個威脅，但我的第一個反應是讚嘆。她的嗓音極富音樂性，有許多層次，脫口而出的字句像是由十幾種樂器合奏出來的。

「離開這裡是我們最大的心願……」卡拉開口。

「妳是在汙辱我們嗎？」拉・卡米沙質問。

我有點驚訝的發現：這裡的奈泰特都比我看過的多出一對會發光的眼睛，但拉・卡米沙至少多出四顆眼睛，其中兩顆在她脖子低處，另外兩個接在肩膀伸出的觸手上。

「不是的，陛下。」卡拉說：「我只是……」

「我的領地貧瘠又沒價值，你們才跑來這裡貶低我嗎？」與其稱之為她的「發言」，不如說那更接近歌唱，甚至像是魯特琴和豎琴同時演奏的聲音。

「陛下，我們不是威脅，我們也沒——」

「威脅？」拉・卡米沙發出顫音。她的下屬狠狠瞪著我們，用手指觸碰武器。「你們自以為憑你們的力量可以對我們造成威脅？」音樂的調子變得不和諧。

「我們，」卡拉顯然將心中的不耐吞了下去，「並沒有要威脅你們，也沒有任何貶低的意思。」

這對話重複了好幾輪。不管卡拉怎麼說，拉・卡米沙都會視為汙辱或威脅，一次又一次。

卡拉的臉色愈來愈沉。

「偉大的女王，」儘管卡拉表情極度不悅，我還是開口了：「我是碧克斯，一隻玳恩。我們玳恩眾所皆知的能力，就是可以分辨真偽，從來不會誤判。我可以證實，我的朋友卡拉說的都是真話。」

「玳恩？」拉．卡米沙似乎相當驚豔，「我聽過一些你們的故事，嗯……」她歪了歪她古怪的頭，扭動觸手，思考著。「我對妳很感興趣，來吧，和我們吃一頓皇家宴席。」

我們互看彼此幾眼，不知該為她突然大轉變的態度感到放鬆還是害怕。

不久，奈泰特衛兵組成護衛陣形，而拉．卡米沙驅策她髒兮兮的駿馬。她用帶著顫音的甜美嗓子邀請卡拉走在她旁邊。

我們其他人走在後方，看著那古怪的畫面。奈泰特村莊是個假象。我們以為看到的是簡陋石屋蓋在頁岩上，走近才發現那只是村莊最外緣、地面上可見的部分。村落的絕大部分都在水底。

每個小屋中央有個池子，穿過頁岩，連通湖泊。這些「小屋」更像是水井，而非房屋。不過裡頭並非空蕩蕩。每個小屋內都有一個乾燥的區域，奈泰特可以在那坐坐或小歇。在沒見過什麼世面的我看來，石牆上還掛了藝術品、地衣和苔蘚織出的小毯子作為裝飾。

拉．卡米沙的石頭小屋比其他屋子大上兩倍。我們爬上一段梯子，然後走下滑溜的石階，進入內牆。一個巨大的黑水池填滿中央房間。然而，四周的乾燥區域仍足夠我們所有人找地方坐下。

拉．卡米沙坐在一張石椅上，而我們坐頁岩地板。一隻奈泰特從水中冒出來，舉起兩個藍色大貝殼，裡頭各裝著一品脫的水。

「與我們一起暢飲，接受我們的款待吧。」拉・卡米沙說，並露出愉悅的微笑。

我們點點頭，心裡不太踏實。女王不久前的威嚇仍迴盪在耳中。

她拿起一個貝殼酒杯，我們剩下的人則將第二個杯子傳來傳去，輪流飲用，每個人都喝得很猶豫。那水很美味，也很怪，溫度低得像冰塊，清澈得像空氣，也像是冬天的第一片雪花落在舌尖。

喝完水後（其實我還想喝更多），我們聽拉・卡米沙述說她的族人，也就是薩朵奈泰特，與其他奈泰特群體嚴重決裂的故事。薩朵奈泰特踏上流亡之旅，為保命而不斷逃跑，結果找到了這個流著生命之水的奇蹟之地。

她說話的同時，不斷有僕人從水中冒出，端上沒有顏色的生魚和煮過的海草。卡拉起先看到這兩樣菜都嚇得一縮，但還是設法吞了幾口進肚子裡，露出顫抖的微笑。托布很滿意的享用著海草，倫佐也吃得津津有味，彷彿端上來的是他最愛的料理。

不管怎麼說，我對生魚都沒有強烈的反感。我們那一小票玳恩經常挨餓，已經學會吃下任何吃得到的東西了，而且在任何時間都能夠進食。

「好啦，告訴我吧，妳為什麼來這裡，妳想要我做什麼？」拉・卡米沙一邊咀嚼一面說話。對奈泰特而言，邊吃東西邊說話顯然是一件普通的事。她看了我一眼，並補充：「這隻玳恩會告訴我們，妳說的是不是真話。」

「我們試圖爬上山道時，遭到剃刀鷗攻擊。」卡拉解釋，「我們逃進一個洞穴，因此來到了陛下的領地。」

「她說的是真話。」我插嘴，「您可以看看我們的割傷……」我倒抽一口氣。我舉起手臂，想讓她看看我其中一個刺痛的割傷，結果傷口不見了。我搞錯手了嗎？

我碰了印象中的其他傷口，全不見了。

薩朵女王笑了，笑聲聽起來就像長笛的合奏。「你們喝了水，這裡的水會加速傷口癒合。」她露出狡猾的表情，「妳以為我們為什麼要躲躲藏藏？如果水的祕密被外人知道，全世界都會變成我們的敵人，想要奪走原本屬於我們的東西。」

氣氛一下子變得緊張起來。甘布勒的尾巴甩了一下，倫佐全身僵硬。

「正題來了。我們要怎麼確定，你們不會告訴外界這個祕密？」拉．卡米沙質問：「我們怎麼知道，你們不會帶外界的人進來？」

卡拉似乎沒料到女王會這麼出招。接下來有好幾秒，我們都沉默的坐著。

最後開口的是倫佐：「偉大的女王，我們只知道通往這裡的其中一條路。如果您封住那個開口，我們就不知道要怎麼進來了。而當我們離開的時候，您可以遮住我們的眼睛，引導我們離開。」

這是聰明的小偷會想到的解決之道。

半透明的女王若有所思的看著他，接著一一打量我們每一個人的臉。「我接受這個說法。」她最後總算說：「不過你們得先幫忙一件事，一件我們自己做不來的事。」

「那會是多糟的事？」托布小聲對我說。

接著她開口，托布的問題得到了回答。

7 女王的要求

我騎過馬，甚至（短暫的）騎過一隻逃竄的加利朗，那是一種六腳的群居動物，緋紅色身體，金色尾巴，長得不得了的脖子。

對我來說，兩者都不容易騎。我們玳恩比較相信自己的雙腳。（或者格利膜，在碰到危急狀況的時候。）

因此呢，當好心的奈泰特推一把，讓我爬上一隻黏黏的小蛞蝓時，我感受到的可不只是一點點驚慌。那隻小蛞蝓比馬高一些，但頭（如果一根肉管可以稱作頭的話，而且肉管末端的括約肌不斷收縮又放鬆）低垂到地面附近。

為了跨坐到那生物的背上，我必須攀爬，就算有奈泰特的幫助也一樣。我將手指和腳趾插入感覺像是冰冷果凍的物質內，蹦跳似的往上爬。過程中，我的身體正面沾附了一層黏液。

蛞蝓不是我最喜歡的坐騎。沒有馬鞍，因此我坐在上頭就像是坐在一攤黏糊之中。牠靠節奏感十足的脈動前進，害我頭暈。

另一方面，牠和其他蛞蝓坐騎似乎非常冷靜，完全沒有任何動搖。牠們不會亂跑，也不會陷入驚恐，只會穩穩的前進，滲出液體。

拉．卡米沙並沒有跟我們一起行動，而是派了三名警衛過來。其中一個叫達夫．杭契，位階似乎很高，陰沉少話，說話聲當中也沒有拉．卡米沙那種動人旋律。

我們繞著湖泊前進，然後拐入一條小隧道，穩定的下坡。我們愈往前進，氣溫就愈高。護衛在蛞蝓背上顯得很疲倦，彷彿走在沙漠，陽光無情的灑在我們身上。

湖泊附近有磷光照亮我們的道路，但在深邃的洞穴中，唯一的光源是奈泰特帶路者的發光眼珠。

「真不知道能不能信任他們。」甘布勒在我們旁邊快走，同時嘮叨著，「他們有可能會將我們帶到某個地方，然後在徹底的黑暗中拋下我們。」

一會兒過後，我感覺到前方出現了新的光，柔和的橘光，氣溫升得愈高，就變得愈亮。我們的護衛氣喘吁吁，而小蛞蝓移動得更慢了。這裡很溫暖，但也只是和煦的春日那種程度。儘管如此，那顯然還是對奈泰特和我們的坐騎造成很大的負擔。

我們轉了一個大彎。石牆表面粗糙，原本有溼氣使它流淌著露水，後來愈來愈乾，愈來愈光滑。

達夫．杭契喊停。「我們沒辦法再前進了。」他氣喘吁吁。

卡拉從黏呼呼的蛞蝓上翻下來，我也開開心心的照做了。「那你最好解釋一下，女王的要求是什麼？」她說：「她到底要我們帶什麼回去？」

達夫．杭契深吸一口氣，「當我們逃離魔爪，到地下定居時，我們將手上最神聖的物件也帶來了，那就是皇冠、盾牌、眼睛。首先是碧利卡之冠，是拉．卡米沙高貴出身的象徵。

第二樣重要性較低，但還是很尊貴，叫甘格利之盾。最後是眼睛，那只是一個玩具，不怎麼重要，但那是女王母親給她的童年玩具。」

卡拉的雙手盤在胸前。「然後呢？」她問。

「我們一抵達這裡，就有一幫叛軍試圖帶著這些聖物潛逃。在他們逃跑過程中，有火山激烈噴發。肯定是諸神對他們的背叛發怒了。」

「肯定是囉。」卡拉說，倫佐忍住不笑。

「叛軍被岩漿吞沒，聖物就那麼遺失了。」

「你要我們找回來？」卡拉問。

達夫點點頭。「你們如果繼續前進，就會遇到河中之河，池中之池，危機和希望。聖物就在內池的底部，深到無法爬下去的位置。」

卡拉瞄了我一眼，而我輕輕搖頭。他靠省略法說謊，故意不說細節，好對付我，欺騙我的識別。

「如果我們帶回這些東西，你們就會放我們自由？」卡拉問。

「女王是那麼說的。」

不，她事實上沒說。她沒做出承諾，只提出請求。達夫又在避重就輕了。

卡拉自己也知道，不需要我提醒。她還是點點頭，假裝相信了他的詭計。

「我們會在這裡等著。」達夫．杭契仍然氣喘吁吁的，「這是唯一的進出通道。」他說這話時抖了一下，迅速瞄我一眼，而我假裝沒注意到，就像我假裝沒聽到他的新謊言那樣。

讓他以為我們相信他吧。

我們拋下奈泰特和小蛞蝓，徒步前進。現在的溫度對我們來說也算熱了，夏天正午的熱——不到無法承受，但也會令人不適。光線愈來愈強，很快的，我們看到光源了。

眼前有一個巨大的洞穴，岩漿流在當中縱橫交錯。但那還不是最糟的。洞穴頂端也會滴岩漿下來，岩漿像是緩慢墜落的雨滴，燙到會直接燒穿衣服和皮肉。我們的目的地在一百碼外，沿途不斷落下足以致死的岩漿。洞穴牆面從那裡不斷、不斷往上延伸，是一段岩石峭壁，消失在高處的黑暗中。

峭壁的底部有個長方形的池子，四周有石頭圍起。一道小水流沿著石壁的溝槽流下，注入池中，濺起一片水氣。湧出池子的水蜿蜒蛇行，穿過岩漿流之中，逐漸乾涸。水流若太靠近岩漿，便會被煮沸，一整段都冒著熱氣。

抵達池子之前，有一坨坨熔融的岩石、網狀的岩漿河、冒熱氣的溪流，而在那一切的下方，有一片結了黑色硬殼的地面。

我吞了一口口水，我猜其他人也是。

「奈泰特認為滴下來的岩漿傷不了我們嗎？」卡拉質問，不敢置信的笑了。「我們沒辦法過去啊！」

然而，倫佐觀察著這場面。我看著他，看他由左而右、由上而下仔細搜索的模樣，每個細節他都沒放過。他花了很多時間，邊思考邊自顧自的點點頭，無視我們不耐煩又不敢置信的眼神。

最後他說：「我辦得到。」

「你辦得到什麼？」卡拉問。

「我可以到池邊，撈出裡頭的東西。」

「你瘋了。」卡拉說。

「也許我瘋了。」他回答時臉上掛著一個大大的賊笑。「但我同時也是一個非常優秀的小偷。我曾經溜進又溜出有錢人的房子，有高牆圍起、惡犬和武裝惡煞看守的那種。這我辦得到。」

卡拉皺眉。「好吧，倫佐大盜，你發現了什麼我沒發現的事？」

「有人在這裡施了法術，我不知道是什麼。地面有坡度，導致岩漿在冷卻、凝固前會順著溝槽流動，不過呢，那溝槽跟法術脫不了關係。任何坡度都不可能避免岩漿在溝槽中累積。不可能的，所以這裡有魔法，古老、深沉的魔法。」他露出一個頗奸詐的微笑。「不過除了法術之外，我們還有數學。」

甘布勒猛然抬頭，感覺很驚訝，很不斐利韋。「你懂數學？那是我在學者島的研究領域之一，後來我……呃，後來我惹錯了人，才流落到地牢去，直到遇見碧克斯。」

「我總是東偷點西偷點。」他指著前方說：「這裡有七十二個不同地點會滴落岩漿，落在七十二個地方。起先，看起來是隨機的——看起來像是不可能避免被燒傷，但我看出了一個模式，如果有紙和筆，我會更容易解釋……」他環顧四周，彷彿期待有人會遞東西給他，後來才看到卡拉臉上的惱怒和不耐。「我也可以晚點再和甘布勒討論數學啦。」

「那樣最好。」我同意。

「重點是，它們有節奏、有數學模式。雖然不容易，但我想跳個十二次之後可以到達那裡。最困難的部分是第四跳和第九跳。」

「就算你活著到達池邊，水還是在冒熱氣啊。」甘布勒說：「你的手會燙傷的。」

「說得對，我需要撈東西的工具，可以耐熱的物體。」他意味深長的看著卡拉的劍。

「不、不、不，」卡拉說：「這是聶達拉之光！屬於我們家族，永遠都是我們的。是無價之寶。」

「對，而我是一個小偷。」

卡拉嘟起嘴，繃著臉。「倫佐，回答我會或不會。」她說：「待在碧克斯可以聽得到你說話、判斷真假的地方。你會不會偷我的劍？會或不會？」

倫佐露出淺淺的微笑，調皮的歪了一下頭，「我不會回答的，卡拉。妳要不就信任我，要不就別信任。妳是這群烏合之眾的領袖，我們信任妳的直覺。妳的直覺怎麼說呢？」

卡拉看起來並不高興，完全笑不出來。她的喉嚨發出有點像動物咆哮的聲音，往前踏出威脅性十足的一步，手放到劍柄上。不過倫佐的微笑一直都沒消失。

他們互瞪了好長一段時間。倫佐看起來很開懷，卡拉氣呼呼的，疑神疑鬼。最後她抽出劍。有那麼一瞬間，我不確定她會不會砍下倫佐的頭。

「拿去。」卡拉說，將劍柄塞向倫佐。

「謝啦，卡拉。」倫佐說，語氣中只有一丁點嘲弄。

卡拉的回答感覺像是一聲嘶吼。

8 審慎規畫與完美行動的傑作

玳恩不怎麼會跳舞，我也沒什麼機會欣賞真正的舞者展現優雅和技術。然而，我懷疑倫佐的動作會讓舞者自嘆不如。

他等待著，隨著我掌握不到的節奏點頭，接著往前一跳，又高又遠，降落時跨過一條溝槽，一大顆燃燒的石頭從旁邊滾過。

接著他又一跳，落在一個狹窄的地點，有兩條溝從他旁邊通過，距離都只有幾吋。他往後一仰，讓一滴岩漿從胸前劃過，間距只容得下一根頭髮。接著他又往前傾，讓另一滴岩漿擦過他的屁股，距離又更近了。

他停了一下，接著做出三次跳躍，穩穩落地，在一個沒有岩漿落下的空地定住。他總算能喘口氣了。

那是令人膽戰心驚的畫面，但我們並沒有別過頭去。

就如倫佐預測的，第四次跳躍碰上了最糟的情況之一，他得拿卡拉的劍往側邊一劈，才擋得住一團岩漿。

倫佐花了半小時跳躍、扭動、彎身，才抵達池邊。他左手受了灼傷，肯定很痛，衣袖都

燒得又黑又爛了，下方皮膚赤紅。

我想出聲呼喚，問他是不是還好，但又怕嚇到他。

倫佐總算漂亮的站到冒煙的池邊了。

他揮動卡拉的劍。她嘴裡念念有詞，但眼睛閃著光。

「妳認為他會回來嗎？」托布低聲問我：「他不會真的偷走卡拉的劍，然後拋下我們吧？」

「當然不會。」我說，但我並不完全確定。我上一個信任的人類男性是一個叫盧卡的學者，他背叛了我們。

不過我還是對自己說——他是倫佐，我們已經一起經歷這麼多了。他不像盧卡，他是這個家庭的一分子。

在熱氣雲的環繞下，倫佐將卡拉的劍刺入沸騰的池水中，用劍尖探索。接著他從水中抽出劍，等劍冷卻，然後轉過來，將劍柄那頭放入水中。他緩慢、謹慎的拉起劍，彷彿他是個漁夫，碰到魚兒在試探性的咬餌。

慢慢的，我們看到有東西浮現了。倫佐靠蠻力將那東西拖起來，一隻腳踩著水池牆面作為施力點。一個沉甸甸的金屬物體掉到地上了，鏗。

是一個盾牌！倫佐將劍柄套到背帶中，勾上岸。

他又開始用劍探索了。倫佐滿頭大汗，似乎愈來愈沒耐性了。

最後他回到了我們身邊，用盾牌遮蔽頭頂。就像法術強化過的溝槽一樣，任岩漿流動在上頭，彷彿那只是雨滴。

「我感覺得到那裡有另一個東西。」倫佐回報，擦了一下眉間的汗。「但沒有打撈的施力點。」

「破壞池子的側邊，」甘布勒提議，「熱水就會流光，底下的寶物就會露出來了。」

倫佐點點頭。「對，我也那麼想。但水流出來之後就會注入岩漿，這整個空間可能會變成巨大的茶壺，裡頭全是熱氣。」

「你就會沒辦法穿過蒸氣，回到這裡。」卡拉說。

倫佐點點頭。「完全辦不到……如果得走回頭路的話。不過，那頭也許有其他出路。」

卡拉望向我，「達夫．杭契說只有一條路可以回去，他說謊嗎？」

「對，」我證實這個說法。「但那不代表我們找得到另一條路。」

「那些熱氣都跑哪去啦？」托布大聲說出心中的納悶，轉動脖子，抬頭看。

「渥比問了個好問題。」甘布勒說，語氣有點驚訝。

甘布勒有時還是很難將托布視為地位跟大家完全平等的生物。斐利韋會吃渥比，他得大大調整自己的思維，才能將托布視為一個夥伴。

當然了，過去大家也知道玳恩會吃渥比。我第一次遇到托布時曾提醒他這件事，但他不為所動。謝天謝地。

「儘管這裡很熱，空氣感覺還是太乾了。」甘布勒說：「這裡應該要感覺很潮溼才對，空氣也會很黏。」

我們都抬起頭盯著正上方，這時，神奇的事情發生了。遙遠的上方，一個明亮的光線碎片映入眼簾。

「是月亮！」我脫口說。

「我們在一座火山的底部。」卡拉說：「熱氣都從火山口散出去了，原來如此。」

「我們也可以從那裡出去，如果夠幸運的話。」倫佐說。

月亮（多麼可愛又充滿希望的銀色）映入視野的同時，倫佐來來回回用盾牌護送我們到池邊。熱氣和泡泡讓人很難望穿池水，不過裡頭絕對有東西。方方的、人造的，不是自然物。

「妳的劍砍得壞這個蓄水池的石牆嗎？」倫佐問卡拉。

「你來砍？辦不到。」卡拉說：「我來砍？辦得到。」

托布剛剛晃到一旁去了，此刻跌跌撞撞的回來，非常激動，「有樓梯！岩石上挖出了一段螺旋梯。」

卡拉聽到了，思考一下。「好，」她說：「我破壞水槽後，水會流出來。那個盒子會燙到無法觸碰，不過我的劍可以將它推出來，倫佐再用盾牌運送。其他人開始爬樓梯吧，我們會跟上。」

我不想錯過這有點瘋狂的場面，但我更想避免被煮到半熟，因此我決定照卡拉的計畫先走。我們爬了大約一百階後，聽到一聲巨響、一聲喊叫、一連串腳步聲、鋼鐵的碰撞聲，還有最令人振奮的——輕快的笑聲。

我們在一段樓梯平台上等待，最後卡拉和倫佐跌跌撞撞的現身了，還不斷絆到彼此。他們將一個長方形的石盒和盾牌扔到地上，瘋了似的大笑。

「幹得好啊，卡拉！」倫佐總算能說話時，對卡拉說。

「我幹得好？是你幹得好，倫佐。」

「這是審慎規畫與完美行動的傑作。」倫佐說，我不需要用玳恩的天賦也能判斷，這是他的幽默，而不是完完全全的真心話。

「對，過程中還得瘋狂奔跑，大家一起陷入恐慌。」卡拉回答，並擦掉她笑出來的眼淚。

9 無盡的階梯

倫佐打開有豪華雕刻裝飾的盒子。它設計精巧，而且可能受到耐耗損魔咒的保護，內容物無比乾燥。

倫佐低聲吹了個口哨，取出一個金色皇冠，上頭飾有珍貴的鑽石、紅寶石、奧特拉石、得賴恩石。

「倫佐，我猜你正在想，賣掉珠寶、熔掉金子可以賺多少錢。」卡拉說。

「才沒有。這是藝術品啊，妳不覺得挺美的嗎？」他伸長手，將皇冠放到卡拉頭上。「原封不動才能賣到最好的價錢。」

卡拉抓下頭上的皇冠，氣得臉紅通通的。

「我不想這麼說，但這皇冠很適合妳。」甘布勒說。

「我的家人身分高貴，或者說，我家曾經是名門。」卡拉說：「但我不是，我只是一個偶爾當當陷阱獵人或盜獵者的女孩。皇冠不適合我。」

「妳只是一個揮舞聶達拉之光的女孩。」倫佐說：「總而言之，如果我想偷東西，我會偷妳的劍，卡拉。那把劍的價值比皇冠多十倍。」

「我們該開始往上爬了。」卡拉說，顯然已準備好轉換話題。「還有很長的一段路要走呢。」

「不！」托布喊道：「我想看另一樣東西！」

另一個東西，也就是第二個物件，是一根管子，跟卡拉的手臂一樣長，不過沒比我的手腕寬。與皇冠相比，看起來似乎沒什麼價值。磨損的皮革包裹著這個筒狀物，由腐蝕的鐵環固定。

「托布，你想拿來玩嗎？」卡拉問。

托布好奇的把管子抓過去，以靈活的爪子將它轉了一圈。「喔，你們看！這頭有玻璃，然後呢……這一頭還有一片比較小的玻璃。」

「你認為達夫．杭契還在等我們送東西過去嗎？」我問。

「你的意思是，他是不是還在那裡等著殺我們？」甘布勒嗤之以鼻，「不，都這個時候了，他猜到我們不會回去了。」

「可是——」托布猶豫了一會兒，同時繼續把玩那個老舊的圓筒。「我在想……」

「怎麼啦，托布？」我問。

托布聳聳肩。「帶走這些不屬於我們的東西，這樣真的好嗎？」

「他們欺騙我們耶，托布。」倫佐大喊：「幾乎可以確定他們一定會殺了我們！」

托布透過那個圓筒看東西。「雖然是那樣，感覺還是不太對。」

「這是有原因的，托布。」卡拉拍拍他的背，「感覺不太對，因為根本就不對。」

「噢，拜託。」倫佐語氣充滿抱怨，「我冒著生命危險弄到這些東西耶。用它們換到的錢可以在這趟旅程救我們的命。把它們丟在火山底部直到世界末日，對任何人都不會有好處的。」

「碧克斯，」卡拉問：「妳覺得呢？」

我抓抓耳朵，遲遲不回答。像這樣的時刻，會讓我想起自己為什麼永遠無法成為領導者。我心中有一百萬個答案，不只一個。領導者不能舉棋不定。

「我猜，」我最後總算開口：「你們可以從另一個角度切入——我們犯了一個小錯，去成就更大的善行。」

倫佐又吼了一聲，不過甘布勒點點頭。「我同意碧克斯的看法。」他說：「找出更多玳恩、幫助物種再次興盛起來、打敗莫達諾——這是大到不能再大的善行。」

「所以我可以留著這些東西？」托布懷抱希望發問。

「對，」卡拉說：「留著你的蠢玩具吧。」

「但要記得保有罪惡感喔。」倫佐補了一句，並翻了個白眼。

「我們真的得繼續爬了。」甘布勒說：「很抱歉，我先前沒吃什麼食物，吃的東西也不太像樣。」

「我同意。」卡拉說：「走吧。」

我們沉默的爬上這段無盡的階梯，感覺像是嘗試要一路走到月亮上似的。上行的樓梯繞一圈有兩百階，之後抵達一個樓梯平台，然後就會繼續往上延伸。不斷反覆。

通過第五個樓梯平台時，我口齒不清的說：「話說，這到底是誰蓋的？」長途旅行和各種疼痛讓我強悍不少，但爬一千個階梯仍然很難受。而且我知道，如果我覺得難受，那托布一定更不舒服，但他完全沒抱怨，而且拒絕我們的幫助。

「這段階梯是由上往下蓋的，蓋的人希望抵禦來自下方的勢力。」卡拉說。

「妳怎麼知道？」我問。

她聳聳肩。「大多數戰士都用右手揮動武器。妳往上爬的時候會感覺到右手沒什麼移動空間吧？往下爬的人才有更多空間。」

「這就是擁有價值連城的寶劍的平凡又普通的女孩，剛好會知道的事。」倫佐逗她。

「我的拇指看起來變小了！」托布插嘴。他正在玩他的玩具，但我們都累到懶得回應。

不斷、不斷、不斷、不斷往上。我們來到第五十個平台（也就是走了一萬階），停下來吃了一頓淒涼的點心——乾條狀的太陽草。甘布勒試了一點那種甜香草，然後吐了出來。（狗立刻吃下去。）「再等等吧，」甘布勒說：「我還沒那麼絕望。」

我們繼續攀爬那折騰人的無盡階梯，唯一聽得到的聲音來自我們疲憊的呼吸和沉重的腳步。我的腿部肌肉在劇痛中發出沉默的慘叫，空氣似乎餵不飽我飢餓的肺。

最後，在幾個小時的掙扎後，我們把自己拖上了最後一個樓梯平台，那裡又寬又平，容得下十幾個人。在那裡，我們碰上了一道門，厚實的橡木上包著鐵皮。

但我們甚至沒有考慮試著打開那道門，迎接後方任何的恐怖事物。在那之前，我們極度需要睡一覺。

我們決定輪流站哨，而我提議當第一個。卡拉和倫佐在地上躺成大字形，把狗當成枕頭，而甘布勒縮在角落，一隻爪子塞在頭下方。托布立刻就睡著了（這是他的特技），頭靠在我的肩膀上，雙手仍緊抱著我們在石盒中找到的那個皮革裹起的物件。

我小心翼翼，盡量不打擾朋友睡眠，將手伸進自己的皮囊裡，取出那張皺巴巴的地圖。我已經帶著它走了好久好久的路。在月光照耀下，我用食指畫出我們走過的路徑。

塔洛在這裡，那是一座活生生的移動島，據說是肉食的島。

玳恩荷姆在這裡，那是島上的村莊，根據傳說，裡頭曾有玳恩的北方聚落。

險惡的山脈在這裡，冰冷的大海在這。

而我們在這裡，坐在一個火山內，都是我害的。都是我渺茫的希望害的，都是因為我可能瞄到移動島上有一隻玳恩。

「碧克斯？」托布輕聲說。

「抱歉，托布。」我摺起地圖。「我原本不想吵醒你。」

「我做了一個夢，夢到火和岩漿，我打算騎小蛞蝓逃跑，但沒逃掉。」

「為什麼你不駛利呢？」

托布歪了歪頭。「那是什麼？」

「渥比不會駛利嗎？就是控制夢中發生的事情。」

「在睡夢中？」

「當然了。」我說：「那就是重點啊。玳恩總是會那麼做。」

「噢，天啊。」托布看起來很佩服，「要怎麼學駛利？」

我聳聳肩。「需要很多練習。」

「如果我可以駛利，那我每天晚上都要做飛行的夢。」托布說，然後調整了一下他辮尾的結。他的下巴朝我手中摺起的普拉雅葉點了一下，「妳剛剛看了地圖。」

「對。」

「別擔心，碧克斯。我們會找到那座島的，而且我們會找到更多玳恩。我就是知道。」

我微笑。「你這朋友真棒。」

「妳也很棒。」

「休息吧。」我說：「還有很長的路要走呢。」

「長途旅行是最棒的。」托布咕噥，同時闔上眼皮，陷入酣睡之中。

我拍拍托布的頭。我感覺到希望和恐懼、焦慮和感激、寂寞和愛。在以前的世界，我和玳恩幫的生活中，我曾有過如此複雜的感受嗎？有過這麼澎湃的情緒嗎？有這麼多困惑嗎？身為崽子，我曾經感到焦慮。我的哥哥姊姊總是取笑我，爸媽經常為我煩惱。不過現在回顧那段過去，那時的自己多麼愜意。

我不用為任何人負責。

如今我覺得自己得負起責任。

我抬頭凝望天空，嘆了一口氣。月亮也在漫長的旅途上，從原本的位置滑開了。隨後出現的是一把耀眼、堅定的星子。

10 遠變近

天亮了，我們準備打開那道門。我們非常餓，也沒獲得充分的休息，但至少狀態比較好了，準備好面對門後的任何事物。

卡拉拔劍，我抽出那把尺寸小了一截的劍。倫佐一手緊握著劍，另一手握著盾牌。托布不知為何，似乎將那圓筒視為武器揮舞著。當然囉，甘布勒一如往常，靠爪子和靈活反應對戰。

「好啦，碧克斯，」卡拉說：「妳去開門。八成會打不開，但如果真的開了，妳就退到門後，我說安全才出來。」

那是個微不足道的任務，事實上，每每作戰時，我都是這個隊伍當中最派不上用場的。連托布都能用渥比的怒火嚇壞敵人。

我抓著門把，一個沉重的鐵環，我向卡拉點頭，然後一拉。大家吃了一驚，因為門旋開了，雖然過程中發出一大堆嘎吱聲。

我在門後什麼也看不到，耐心等候著，直到卡拉說：「碧克斯，沒事了，妳看看這個。」

我繞到門板前面，先感受到冰冷的強風和純淨的空氣，才發現腳邊有冰冰、白白的東西。是雪！

在奈泰特洞穴那種潮溼暗處待了一陣子後，我感覺眼前這個畫面美得令人屏息。我們在一個巨大火山口上的坑壁上，整個世界在眼前攤開，像是一張無止盡的地圖。北方和東方有隱隱約約的黑色山脈，愈往西地形愈平坦，也就沒那麼壯觀。

倫佐和卡拉並肩而立，陽光耀眼，因此他們的手擋在眼睛上緣。

「你看到那團影子了嗎？」卡拉指著前方問：「會不會是個村子？」

倫佐瞇眼。「也許是吧，很難確定。」

「那是個村子啊。」托布的語氣篤定得令人意外，「我看到村子中央有一大棟屋子，四周有木牆和尖木籬，噢……」他默默數著，「村裡大約有五十棟房子。」

卡拉、倫佐、甘布勒和我都做出同樣的舉動——轉過頭去，不敢置信的看著托布。

托布並沒有用眼神回應我們，而是拿著那個愚蠢的圓筒，放在右眼前，另一隻眼閉著。

「呃……你說什麼？」我問。

他放下那根管子了。「我叫這個魔法變大變小器。妳從其中一頭看，所有東西都會顯得又小又遠。從另一頭看，所有東西都會顯得又大又近。」

卡拉拿走他手上的管子，放到眼前。她臉上一開始掛著不相信的嘻笑，接著轉換成茫然和驚訝，最後是讚嘆。「哇，很棒的發現呢，親愛的托布。」她最後說：「太棒了。」

第二個透過那根管子瞪著遠方的人是倫佐，他的表情變化跟卡拉相同。

最後輪到我了。玳恩的視力很好（儘管跟嗅覺的厲害程度相比，還差得遠），但那管子簡直讓我擁有了拉提頓的卓越視力。

「這是法術帶來的奇蹟！」我驚呼。

不過倫佐搖搖頭。「我感覺不出任何法術。」

「我也是，」卡拉說：「這是人造物，是知識和工藝的結晶。」

「非常實用。」倫佐說：「別管什麼皇冠和盾牌了，任何一支軍隊的將軍都會願意拿自己的右手來換這個沒名字的玩意兒。」

「它有名字啊。」托布反駁，「它是我的魔法變大變小器。但你說這東西沒有施法術，所以我大概得改個名字。」他點著自己毛茸茸的下巴。「叫它——遠變近如何？」

遠變近呈現的影像是真實的。遠方真的有個村落，是人類的要塞。然而，我們花了將近一天的時間才走下陡峭的火山石坡，靠近村落時已經快入夜了。每往前走一步，氣溫彷彿都跟著下降一些。起先我們感到振奮，但很快就發現自己開始發抖了，將行囊內所有衣服都套到身上。儘管如此，我們還是決定露宿，因為對任何村落來說，半夜來訪的陌生人不太受歡迎。

到了早上，又冷又餓的我們列隊走向最近的村莊大門。在接近的途中，六名弓箭手從尖木籬後冒了出來，射出六支箭。箭深深插入地面，距離我們腳趾只有幾吋。

我立刻感到慶幸，還好我們等到早上才過去。如果在白天都受到這種對待，夜晚拜訪的下場恐怕很難想像。弓箭手的箭法準得令人憂心，他們大可宰掉我們，這是顯而易見的。

有個披著裝甲的騎士出現在牆上，他的臉被開著一條縫的頭盔面甲遮住了。旁邊站著一個傳令官，負責質問我們。

「我的主人偉大米洛想知道你們是誰，所為而來。」

「我們只是過客。」卡拉說。

騎士對著傳令官耳語。

「我的主人偉大米洛說你們可以靜靜通過，但不得入村。」

我們顯然沒做好闖入村內的準備，但卡拉還不放棄。「如果能給我們一點食物和水袋，我們會很樂意通過這裡。」

傳令官正想回答時，騎士舉起一隻手打住。「我們會帶食物和水過來。」騎士說：「不過在這麼危急的時刻，我們不能讓陌生人進來。」

「為什麼現在是危急的時刻？」卡拉問。

「看來你們是外地人，不然不可能不知道。戰爭快開打了。山脈的另一頭，聶達拉大軍正在集結。山脈的這一頭，斯格利卡薩也在備戰。」

「不好意思，大人。」卡拉說：「我以為戴瑞蘭是由馬利金國王統治的。」

「他……不在了。」騎士搖搖頭，低聲補了一句，「我不能再提更多卡薩的事了。」

對話到此為止，騎士的身影消失了。這不是我們第一次聽到聶達拉和戴瑞蘭準備開戰的傳言，但不管怎麼說，我們都無能為力。我們是一個五人小隊，只有五個人。那不是我們能處理的問題。

我的冒險任務——我們的冒險任務，是找到更多玳恩。那也是我們唯一關心的事。

至少，在等待期間，我是那麼告訴自己的。

十分鐘後，兩個年邁的女人通過小暗門，走出要塞村莊，帶來幾條新鮮的麵包和肉乾，還有水袋，然後不發一語的退回村內。

我們繼續前進，我在路上發現甘布勒不太對勁。他的頭和尾巴都低垂著，雖然動作仍帶著斐利韋族類特有的強勁優雅，但我感覺有事讓他心煩。

「甘布勒，你有心事。」

「對。」

「你想告訴我嗎？」

「當然，我猶豫，只是因為還在思考那一切可能代表什麼。」他嘆了一口氣，「記得那個頭銜和名字嗎？斯格利卡薩？那恐怕是斐利韋的字彙，而且是危險的字彙，非常危險。」

11 瓦爾提的隱憂

卡拉插嘴，「你說什麼？」

「卡薩是個古老的頭銜，不再是今日會使用的字。」甘布勒說：「關於這個，不是什麼光采的故事。很久很久以前，有隻斐利韋崛起，打算統治所有族人，他用的頭銜就是卡薩，意思是『絕對的統治者』。斯格利則是一個更長的斐利韋詞彙的縮寫。意思是『無憐憫者』，一個殺手。」

「嗯，聽起來不怎麼令人振奮。」倫佐評論。

「我們斐利韋已經將那段時光、那些信念拋到腦後了，它們有毒。尤其是『我們注定要統治其他物種』這種想法。」

「那正是莫達諾在聶達拉想做的事。」卡拉說，瞄了我一眼。「就算那得讓其他物種滅絕，也照做不誤。」

「如果這是真的，如果戴瑞蘭真的因為一隻瓦爾提的謊言淪陷了……」甘布勒說，尾巴抽了一下，「那對所有斐利韋而言，是可怕的羞辱。」

「瓦爾提？」我追問。

「碧克斯，妳也知道，我們是獨居物種，總是單獨狩獵。我們要是聚在一起，只會為了養育後代和學習。保持獨立、為自己思考是我們的天性。但是……」甘布勒嘆了口氣，「過去曾有幾次瓦爾提崛起——瓦爾提會激發斐利韋對其他物種的仇恨，鼓吹其他斐利韋和他一起行動。不加入的則會無法發聲，不是因為恐懼，就是因為被囚禁。那是一種瘋狂，一種掌握心靈軟弱者的瘋狂。」

我們繼續前進，感受甘布勒那番表白的重量。如果戰爭真的快爆發了，如果莫達諾和一隻危險、兇殘的斐利韋起衝突，會有什麼後果？

「甘布勒，瓦爾提率領的軍隊會有哪些特性？」

「狡猾、欺瞞、細膩的心思，還有絕對的殘忍無情。」

「太好了。」倫佐喃喃自語，「我們去找碧克斯的移動島，離這瘋人院遠一點吧。就算那島是肉食性的也沒差，總比現在好一點。」

過沒多久，我們就看到備戰的跡象了。在兩條小河的交會處，我們碰上了一座軍營，帳篷排得密密麻麻，占地遼闊。

「托布，我可以借一下你的遠鑾近嗎？」我問。

我將管子舉到眼前，再度看到那奇蹟的視覺效果。帳篷再過去，有馬棚和牧場，裡頭有幾百隻馬。我看到好幾隊馬伕正在拖一捆捆乾草。有個桶匠和助手正在製作桶子，兩個鐵匠在敲打馬蹄鐵，其他鐵匠則在按壓風箱，維持火焰熱度。

營地外圍有一座條板箱堆出的小山，應該是裝著食物和其他補給品。比較靠近我們的那條河流上蓋了三座碼頭，讓船隻停泊——其中一個碼頭是運軍隊用的，另一個運騾子拖的長橇，還有一個運剛砍下來的木頭。而在最後這個碼頭，人類以及其他體型較小的生物正在用巨大的鋸子切割木頭。

我迅速數了一下。

「帳篷多達一千個，每個帳篷裡有四個士兵。」

「也就是四千個，還有更多人在路上。」倫佐說：「以及更多在我們需要通過的橋上。」

卡拉雙手插腰，「你是小倫，你來告訴我：你有沒有辦法通過營地，穿過那些橋？」

「當然可以，」倫佐說：「如果我非常、非常走運的話。而且要一個人才行。跟你們四個一起？根本沒成功的機會。」

「從他們下方通過的話呢？」

倫佐搖搖頭。「還是得通過哨崗和他們的狗。給我那根蠢管子。」他說，然後接下遠變近。「我不是地理學家，但根據我對戴瑞蘭的了解，往北走，應該遲早可以找到淺灘、渡船，或者沒人看守的橋。」

他嘆了一口氣，聲音有點太大了，很難產生鼓舞效果。

「這是一個備戰之地。」甘布勒掃視這片鄉村風景。「我們要記住一件事：碰到任何人都不能當成是無辜的，除非他們證明自己的無辜。」

「戰爭，」我咕噥，「人類的愚蠢行為之一……」

倫佐笑了，「妳沒說錯，碧克斯。」

「這次蠢的似乎不只人類。」甘布勒陰鬱的說。

「但戰爭的目的是什麼呢？」我問。

「權力。」倫佐說：「人類——似乎還有些斐利韋，想要權力。他們想要主宰，控制他人。想要掌握生殺大權。」

我沒想到一個年輕的小偷會講出這麼有哲理的回答。不過，倫佐本來就常讓我意外。

卡拉的手指敲著嘴唇，思考著。「我們認為移動島正往那個方向前進，」她指向北方。「就我們所知，它可能位於山脈沒入海中的地方。或者，現在可能已經通過那裡了。」

甘布勒順著她的視線望過去。「它移動的速度很慢，我們可以確定。就算通過山脈底部也不可能跑得太遠。」

「沒別的路。」倫佐說：「我們必須渡河，不然到不了海邊。」

「越過了河，我們還是得設法移動到海邊，沿著海岸行走，尋找島的跡象。」卡拉說：「就我們所知，那段地形很崎嶇。」

我嘆了一大口氣。卡拉看到我悶悶不樂的樣子，拍了拍我的肩膀。「別那麼喪氣，碧克斯。」

「我沒喪氣。」我說：「我只是擔心你們，大家為我冒了這麼大的風險。」

「才不是呢，碧克斯！」托布驚呼，「這已經不只是妳自己的事了。一開始是那樣沒錯，對。但現在我們知道找出更多玳恩有多重要了。」

我微笑，撥亂他的毛。「也許我們是左右世界命運的關鍵角色。」我說。我是在開玩笑，但托布嚴肅的點點頭。

「對，」他說：「我相信哈那杜魯的存在，她是雲端上的偉大藝術家，將所有人的命運都畫在她的大畫架上……」

「托布，真的嗎？」卡拉問。她沒有想要嘲笑托布的意思，但顯然覺得那很蠢。

「你們也許不相信哈那杜魯，」托布的聲音平靜又莊重，「但她是我們族人信仰的純粹靈體之一。」

「我不相信命運，不論命運之神叫哈那杜魯還是別的名字，我都不信。」倫佐說：「害怕承擔生命中的責任的人，才會相信命運。」

卡拉瞪著北方，伸出手，我遞給她遠變近。

她仔細的由左到右將地平線望了一遍，花了一些時間，沒人說什麼。最後卡拉說：「我的建議是——往北走，因為目前走其他方向都行不通。」她對托布露出微笑，「希望你的哈那杜魯用大一點的筆刷幫我們開路。」

第二部

古怪的邂逅

12 瓦利諾

哈那杜魯很好心。

火山底部四周的地形平坦又開闊，零星散布著小農田和村莊，不過我們安然穿過雪地原野，似乎沒引起任何人注意。

「托布，渥比都怎麼度過寒冬？」跋涉的途中，我問托布。

托布聳聳肩。「渥比會航海。我在北塔拉海遇過浮冰，就算下雪也不怕。」

「你呢，甘布勒？」

「就跟所有大大小小的斐利韋一樣，我比較喜歡溫暖。」甘布勒用沙啞的嗓音回答，每次在我聽來都像是半呢喃、半咆哮。

我笑了。我常常看到甘布勒在陽光中伸懶腰，他會瞇起眼睛，瞇到只剩一丁點淺藍色，而他的長尾巴會像黑蛇那樣扭來扭去。

「但我們是有適應能力的生物。」甘布勒接著說：「斐利韋的毛皮很厚，肉墊相當粗。我呢，應該也過得去的。」他看著我說：「當然啦，我的毛皮跟碧克斯的沒得比。」

他說得對。玳恩與狗的另一個差異是——玳恩身上有真絲般的毛皮，很多人想弄到

手——天氣寒冷時，溫暖得不得了，天氣炎熱時，格外涼爽。

「我的腳趾開始麻了。」倫佐沒有惡意的抱怨，「我好想念馬。」話一出口，他就拍了自己的額頭一下。「卡拉，」他說：「對不起，我……」

她揮了一下手，打發掉他的道歉，彷彿那是討人厭的蚊子。「我們都很想念馬，尤其是瓦利諾。但我們就是得賣掉牠們。馬不可能應付得了戴瑞蘭的地形，完全不可能。」

卡拉的馬叫瓦利諾，我一開始和瓦利諾相處得不怎麼愉快，因為我是被綁起來的俘虜，掛在牠背上。有一陣子，我覺得馬不過是「有尾巴的貨車」，甘布勒曾這麼說。

不過當我面臨死劫時，是瓦利諾發揮了速度和靈活度才保住我的性命。牠對我有救命之恩，我知道卡拉也這麼想。

「不過，」我說：「我還是寧願妳不用做出那種犧牲。」

「我們都做了犧牲。」卡拉說：「而且在這一切結束前，我們還會做出更多犧牲。」

在聶達拉和戴瑞蘭的國界附近，卡拉將兩匹馬賣給一隻狩獵隊。我們都同意前方的道路不適合馬行走，就算是最機靈的馬也應付不來。不過她將瓦利諾留了下來，原因是她看得出誰才是對的買家。

在這一帶很難得看到馬，出沒的大都是健壯耐操的動物，像是山亞利，像瓦利諾這種駿馬又更稀少了。儘管收到一次又一次報價，卡拉都不答應。倫佐私下偷偷對我說，他擔心卡拉還沒有做好與愛馬分離的心理準備。

那天下午，我們與一個年輕女孩擦身而過，她的臉在寒風中發紅。看她的體型，我猜她比卡拉的年紀還要再小一點。但我跟人類相處的時間不多，並不確定。

我們已經離一個小村莊很近了，因此我用四隻腳走路，偽裝成狗——這對我來說不是什麼愉快的事，我不喜歡，但我得忍受。如果別人看出我是玳恩，我可能會被抓起來，甚至被殺掉。

「牠好漂亮喔。」女孩靠近瓦利諾，然後用牙齒咬下破舊的灰色連指手套。「我可以摸摸牠嗎？」

卡拉點點頭。女孩搔抓瓦利諾的右耳後方，牠最喜歡被抓的位置。「牠是拉文諾快步馬，對不對？」

「妳懂馬。」

「真希望我能更了解牠們。我在聶達拉平原看過一大群馬在跑，那次之後，就沒看過這麼大的馬了。」

「在這一帶打獵的收穫如何？」卡拉朝女孩的弓和掛在背上的箭點了個頭。我看過卡拉用的弓箭，與這非常相像。

事實上，卡拉的弓箭還曾經用在我身上。

「以前比較好。」女孩對卡拉露出害羞的微笑。「我猜也有過更糟的時候吧。」

「積雪狀況呢？」倫佐問：「高過努罕山脈嗎？」

「積到比往年這個時候還要高的地方了。」女孩的手伸進一個裂開的皮袋中。「牠喜歡糖嗎？對吧？」

「倫佐嗎？」卡拉問，朝他點了點頭。「他什麼都吃，不是他的也吃。」

女孩笑了。「我是指妳的馬。」

「牠叫瓦利諾。」卡拉說：「甜食牠都喜歡。」

「我只有這一點點，保留給特別情況用的。」女孩用手掌呈上一個變形的小方糖。瓦利諾狼吞虎嚥，顯然很開心。

「妳真好心。」卡拉說。

「我叫麥莉。」女孩說，然後又揉了揉瓦利諾的耳朵。

「我是卡拉。」

「而我是倫佐，妳可能已經猜到了。」倫佐深深一鞠躬。「與我們同行的還有托布、甘布勒，以及兩隻狗，分別是狗，還有……」他笑時稍微勾起一邊嘴角，「碧克斯。」

麥莉拍拍狗的頭，接著將注意力放到我身上，摸了摸我的背。

我不想承認，但感覺還蠻棒的。我出於禮貌搖了搖尾巴。

麥莉聳聳肩。「呃，我差不多該上路了，祝你們旅途平安。」

「也祝妳旅途平安。」卡拉說。

我們看著女孩走遠。「麥莉有點讓我想起以前的妳呢，我們第一次碰面時的妳。」倫佐說：「不過她脾氣好多了。」

我等著看卡拉回應倫佐的玩笑，結果她只牽起瓦利諾的韁繩，往前走，嘆了一口氣。

倫佐拍拍我的頭。「走吧，小狗狗。」他這麼說只是要激怒我。

我抬頭看著他，思考了一下。接著我抬起後腿，對他的鞋尖撒了泡尿。

假扮狗有時是有好處的。

我們走了大約四分之一里格後，卡拉突然停下腳步，掉頭走，完全沒解釋原因。

我們快步折返原路，快速移動，趕上了麥莉。

「我以為你們往北走了。」我們來到麥莉身旁時，她驚呼。我們都趕上了，不過甘布勒有點喘。

「我們是要往北。不過瓦利諾……」深吸了一口氣，卡拉說：「要往南。」

卡拉對瓦利諾的耳朵輕聲說了些話，然後將轡繩遞給麥莉。「牠喜歡燕麥草。」卡拉輕聲說。

「我不懂……」麥莉瞪著她連指手套上的磨損皮帶。

「也愛吃蘋果片。」倫佐補充。

「早上天氣很冷時，牠脾氣會很硬。」托布補充。

「開心時跑起來快得像風。」甘布勒補充。

我也想補充，但不能開口——瓦利諾救了我一命。牠是一個非常棒、非常正派的朋友。我永遠欠牠一次。

我輕輕發出哀鳴，而牠以馬嘶回應。

「可是……」麥莉開口，淚光閃閃。

「別讓牠吃太多甜食。記得檢查尾巴有沒有黏到刺果，牠很討厭那樣。」

卡拉轉過身去，停頓了一下。「牠喜歡別人搔抓牠，尤其喜歡右耳後方。」

之後她再也沒回頭看，但我看了。我看到麥莉把臉埋在瓦利諾的鬃毛，啜泣著。

「為什麼麥莉在哭？」我悄悄問甘布勒。玳恩也會哭，但只會在感到深沉悲傷的時刻。

「我認為，」甘布勒說：「那是喜極而泣。人類哭泣的理由有很多種。」

我望向卡拉，沒看到任何淚水。但我確定她很心痛。我非常了解那種悲傷。

13 夢見玳恩

我們運氣夠好，不只找到了食物，也找到有床鋪的旅店。人類的床對我或托布而言都太大了，因此我們一起睡同一張。卡拉和甘布勒睡一間，倫佐、狗、托布和我則睡另一間。

在小酒館內，我們吃了美味的麵包，還切了幾塊烤肉。肉來自我們不太熟悉的動物，但很好吃，盤子愈疊愈高。我們喝了瓶果汁，還分著吃一個板油布丁。不過甘布勒很嫌棄，說任何有尊嚴的斐利韋都會認為布丁甜過頭了。

晚餐後，我們帶了一瓶果汁回房間，我開始用一堆問題騷擾倫佐。他在哪裡出生的？（他完全不確定。）他的爸媽是誰？（父不詳，媽媽死於拉斯普熱病。）他怎麼變成小偷的？最後一個問題釣出比較完整的回答。「我媽過世後，就剩我孤單一人了。」

「那一定很可怕吧。」我說。我太了解那種感受了。

倫佐聳聳肩。「我沒有時間害怕，我很餓。當時我十歲，無依無靠。沒人要給我工作，所以我開始從攤販偷食物。有時我可以全身而退，有時得跑給人追。」他想起一段回憶，笑了出來。「有一次，我從一道高二十英尺的牆壁跳進壕溝裡。原本有可能丟掉性命的，結果我陷進泥巴裡，腰部以下都埋住了，我當場就被逮到了。」

托布瞪大眼睛。「他們有沒有把你關進地牢？」

「喔，當然有。」他笑了一聲。「之後賞了一頓鞭子，就放我走了。」

「一頓……什麼？」托布問，握緊了爪子。

倫佐站起來，將衣服拉到頭上。「二十鞭。」

他的背上布滿淡淡的粉紅色線條。有些特別凸、特別寬。

「你會……」托布開口，後來臉縮成一團，說不下去。

「會痛嗎？」倫佐替他問完，放下衣服。「當然啊，我又哭又叫，像個小嬰兒似的。被鞭打完之後，我幾乎連爬都爬不動，非常虛弱。後來有個老頭可憐我……呃，我想那應該是可憐吧，不過老德拉斯寇待人接物總是不會好心過頭的。德拉斯寇領導著一幫小偷，他很乾脆的對我說：替幫裡行竊，我就會有人罩。如果我自己行動呢，嗯，德拉斯寇會想辦法讓我一定被逮。」

「然後……」我催倫佐繼續說下去，他似乎沉浸在回憶裡。

「然後，我開始幫德拉斯寇偷東西，而他確保我不愁吃穿。他不會打我，不怎麼打。只在我犯錯時打。德拉斯寇呀，他是個偉大的小偷。我從他身上學到很多。」

「聽起來，你好像很感謝他耶。」托布說，看起來有點困惑。

倫佐點點頭。「窮人在這世界上沒什麼選擇。主人有好的也有壞的，德拉斯寇不怎麼好，有時很粗暴，但我的技能都是從他身上學到的。等到我設局讓民兵抓走他時，我已經學會了一大堆招數。」

「等等，設局讓他被抓是怎麼一回事？」我質問。

我看到倫佐的眼中閃著光，那模樣和他平常油條又隨性的樣子很不一致。「你們有沒有看到我背上最嚴重的疤？那是德拉斯寇打的，他喜歡用竹杖打我。可以不用打那麼多下，但效果更強。」

「所以你向他復仇？」

倫佐微笑。「如果有人跟你說復仇很空虛，千萬別聽他們的。」他的微笑更燦爛了。「那個老怪胎被逮捕的日子，對我來說是非常、非常開心的一天。」

托布的眼皮愈來愈重了。幾秒鐘內，他便沉沉睡去。但我還有很多問題想問倫佐，希望他不介意。我的哥哥姊姊總是愛取笑我無止盡的好奇心。

「倫佐，」我壓低聲音，以免吵醒托布，「我可以問你其他問題嗎？」

他聳聳肩，「當然可以。」

「你為什麼要跟我們一起行動？」

他拍了拍我們從薩朵奈泰特那裡拿走的盾牌。「看到了嗎？這比我偷過的東西全部加起來還貴三倍以上。」

「就只是這樣嗎？為了發財的機會？」

「對。」他簡單的回答。

我微笑。「你忘了你在跟誰說話。」

「玳恩。」倫佐說，還裝出生氣的樣子。「我現在知道為什麼沒人想跟你們混在一起了。」

我們都笑了。很快的，倫佐也睡著了。他開始打呼，但不是卡拉那種蟾蜍叫似的音量。

我清醒的在床上躺了一會兒，托布在旁邊發出嘶嘶的呼吸聲，倫佐斷斷續續打呼。最後我總算睡著了，夢到一個清澈的湖泊，表面平靜得像鏡子。我坐在甘布勒肩膀上，盯著下方的湖水，看到自己的臉的完整倒影：金色的毛、下垂的耳朵、充滿疑惑的眼神。

一陣風吹來，弄皺了我的倒影。突然，甘布勒消失了，我掉入冰冷的水中。浮上水面後，我大口吸氣，看到自己站在前方。

可是不對啊，那不是我，對吧？那是另一隻玳恩。

貨真價實的，會呼吸，活生生的。

「迪艾唔抹，雷懷塔尼。」他輕聲說。

是玳恩語。有多久沒聽到自己族人的語言了？我想了一下才弄懂他在說什麼。

妳不孤單。

我內心的一個小角落，也就是受過駛利訓練的部分，試圖回應，試圖掌控這個夢。你怎麼知道？我試著問，但我發出的聲音只是不成語言的嗚咽。

我按照前人教我的做法，重複駛利吟詠。妳就是夢，夢就是妳，我告訴自己。妳就是夢，夢就是妳。

我牢牢抓著還想得起來的那些慢慢消散的回憶片段——湖底，我腳掌間的沙子，那隻玳恩憂愁的微笑，他的毛皮散發出甜美、熟悉的氣味。就像塵霧，像一縷縷輕煙，像歌聲的回音——存在，又像是不存在。

我醒來，打了個哆嗦。我感覺得到他呼出來的溫暖氣息，還看得到他眼神的問候。

我還聽得到他說的話。

妳不孤單。

14 老敵人回來了

到了早上，我們喝濃茶、吃司康和培根片當早餐。托布仍用背包背著那個皇冠，卡拉撬了最小顆的寶石下來，剛好足以支付食物、住宿，以及幾條乾淨毯子的費用。

我們繼續北上。路邊有些積雪，空氣冰冷但清新。我們不時借助遠變近的力量，確認是不是已經通過最後一座軍營了。

「前面有一大群人，動作很慢。」卡拉檢視前方的路，並向我們回報。「抱歉啦，碧克斯。」

我改用四隻腳走路，表現得像狗。逐漸接近前方那隊人馬的途中，我聞到討厭的味道——人類的穢物。我可以忍受乾淨人類身上的味道，有的甚至特別好聞。不過髒兮兮的人類氣味很難無視。

走著走著，我看出原因了。我們前方那批人不是要去市場的農夫，甚至不是要去新崗位的士兵。我們正在逼近一群被鐵鍊銬起的人，前方有個騎馬的壯漢在帶路。一隻壯碩的灰色斐利韋殿後。

那是足以讓胃一陣翻攪的可怕場面，接著我又看到更可怕的。

我認出一個被上鐵鍊、全身髒兮兮的人類了。是盧卡。

曾經救我一命的盧卡。

曾經試圖奪走我性命的盧卡。

盧卡曾和我們一起行動一陣子，我們信任過他。他是一個學者，而且事實上，他相當深入研究玳恩。

然而，盧卡不只是一個學者。

他同時也是背叛者柯普利家族的後裔，卡拉家族的世仇。盧卡最後出賣我們給莫達諾，希望取得影響力，藉此取回家族的財富。

不過我們智取了盧卡——以及莫達諾。

我抬頭看看卡拉是否認出了我們以前的敵人，她也發現了。

盧卡的頭髮髒兮兮的，還打結了。他時髦的衣服換成了帆布連身衣，靴子破了一個洞，腳露了出來。

我們來到鐵鍊人龍的尾端了，隊伍由十幾個人組成。灰色的斐利韋轉過頭來，威脅的瞪了我們一眼，不過我們從旁邊走過時，他什麼也沒做。當他瞄到甘布勒時，溜到了一旁去。經過盧卡身邊時，他甚至沒注意到我們，頭低低的，視線聚焦在他疲倦、蹣跚的下一個腳步。

我們繼續前進。卡拉露出一個壓抑又猶豫的表情。大約走了一百碼後，她停下腳步。

「碧克斯，」她說：「我……」

我點點頭。「如果妳要問的問題跟我想的一樣。」我說話時小心不讓陌生人看見，「我的答案是——好。」

「倫佐？」

倫佐瞇起眼睛。「當過叛徒的人，永遠是叛徒。」

「甘布勒？」卡拉問：「托布？」

甘布勒說：「我不希望任何生物被上鐵鍊。」

托布思考了一下。「我也不想。」他說：「不過我同意倫佐的看法，盧卡不是可以信任的人類。永遠不能相信他。」

「為什麼他們被上鐵鍊？」我問：「他們是罪犯嗎？」

「很有可能。」卡拉說。

「八成是。」倫佐說：「畢竟盧卡在裡頭。」

「有可能是奴隸。」甘布勒說：「如果是那樣，我們應該要解放所有人。」

「我不確定能不能冒那麼大的險。」卡拉搖搖頭，「不要弄到整個鄉村地區都接到通報。」

「我認為是值得冒的險。」甘布勒說。

卡拉嘟嘴。「那好吧。」

「托布，」倫佐說：「請給我皇冠，謝謝。」

倫佐撬下三顆大寶石，不發一語的交給卡拉。他只輕輕搖了搖頭。

我們看著她花了十分鐘和負責人討價還價，最後他打開了所有的腳鐐。他們迅速四散，顯然被自己的好運嚇了一大跳。

卡拉跨著大步回到我們身邊，盧卡跟在她身後，腳步蹣跚。

「我的玳恩朋友，看到妳這麼好，我就放心了。」他走到我身邊時說，嗓音粗啞又虛弱。

「朋友？」我質問。

盧卡的身子一縮，低下頭去。托布從背包挖出麵包，遞給盧卡。他狼吞虎嚥，看起來像餓昏頭的豬。他還喝了一些我們在小旅店買的蘋果汁。

「我們沒有多的衣服。」卡拉說，語氣毫無憐憫。

「我穿這件衣服好幾天了。」盧卡說：「我不會因此丟掉性命的。」

「你們這種人永遠都會活下來。」甘布勒嘲諷的說。他不想看到任何生物被上鐵鍊，但不代表他對盧卡有好感。「你只要做出一個錯誤的舉動，我就喝你的血。」

「前提是你能比我先宰掉他。」卡拉說。

盧卡點點頭。我看到原本被鍊子銬住的地方都磨破皮了：腳踝、手腕、脖子。

之後，我們沉默的走了一段路。盧卡似乎感覺到，我們不想和他扯上關係。

大約一小時後，他打破了沉默。「你們要去巫師之橋嗎？」

「巫師之橋？」卡拉說：「你為什麼這樣覺得？」

盧卡聳聳肩。「我猜你們想去海邊。如果你們的目標是移動島，那你們在聶達拉的時候曾經非常靠近。」

「你跟蹤我們？」我質問。

盧卡瞄了我一眼，然後說：「對，遠遠的跟著。還來不及趕上，你們就消失了。」

「你要是趕上我們，打算怎麼做？」我問。

盧卡猶豫著。我有辨別話語真偽的能力，而他有說謊的欲望，他卡在兩者之間。他揉揉脖子上的紅圈，「我會逮住妳，碧克斯，然後送到莫達諾那裡表示我的敬意。」他幾乎露出了微笑，「當然，我也會帶走卡拉的劍。」

「你會怎麼處理聶達拉之光？」卡拉質問。

「交給我父親。我們將會以這把劍鼓舞族人，募集一支軍隊，在即將來臨的戰爭中守護莫達諾。」

「不用碧克斯告訴我，我也知道你話沒說完。」卡拉說：「你會不會將這把劍交給莫達諾？」

盧卡斯的沉默就是答案。

「我懂了，」卡拉說：「你會等到時機成熟再背叛莫達諾，讓你父親坐上王位。」

盧卡擠出一個嘲諷的笑，「嗯，每個人都有夢想，不是嗎？就連妳，多拿提家的卡拉珊德，也有夢想吧？」

我以為她會憤怒反擊。不過盧卡既然暗示卡拉也有自己的計畫，她就無法開口了。至少，她無法在一隻玳恩面前開口。

15 一種手段

我們在雪之花盛開的結冰原野上過夜。那裡的氣味很棒，乾淨又帶著土味，寒冷的氣候就沒那麼棒了。不過我們有食物和水，以及一點蘋果汁。我們稍早向一個農夫買了衣服，讓盧卡看起來體面一點，雖然不怎麼有型。真不知要花多少時間他才會變得像以前那麼自負。

我們吃完東西，小火堆的火燒得更旺後，盧卡說：「我記得，就像我先前說的……我不是逼你們告訴我啦……不過，你們似乎想往東走，去海邊。」

沒人回答。

「我只是有點好奇，你們對戴瑞蘭的地理有多少了解。」

還是沒人回答，卡拉、我和倫佐疑神疑鬼的對看，甘布勒翻了個斐利韋白眼，托布的鼻子哼了一口氣。

「我對這一帶有點了解。」盧卡補充，「我在學者島的時候，研究過戴瑞蘭的地圖。」

「我來過這裡一、兩次，」倫佐說：「不需要你的幫忙。」

「我知道離這裡最近的河上有一座橋。」盧卡固執的繼續說。

「你想當嚮導？」卡拉質問，語氣並不友善，「帶領我們走入另一個陷阱？」

盧卡低下頭去。「卡拉，我忠於我的家族，不過我的家族在聶達拉。在這裡我沒有朋友。」

「那你是怎麼流落到這裡來的？」她質疑盧卡，追問真相。

「老實說，我跟蹤妳，想弄到妳的劍。聶達拉守衛放我通行，因為我帶著父親的信。他現在還是有很多朋友。」

「他說的是真話。」我證實。

「我爬過一面峭壁，偷偷越過戴瑞蘭國境，我猜你們也是走同一條路。我很確定自己緊跟在你們後方。後來我的食物和錢都沒了，在攤販偷水果時被逮到。」

仍是真話。

「警衛把我賣給奴隸販子，我原本注定會在爐渣坑工作到死，後來你們救了我。」

「我們可憐你，」卡拉說：「不代表相信你。」

她說的不是真話：她相信他。但我沒說話。

「而且我完全不信任你。」卡拉補了一句，雙手盤到胸前。「那我問你，盧卡。我們甩開了一個火騎士和六個莫達諾的蒼白守衛，他們全死了。」

「很不得了。」

「莫達諾有沒有加派追兵，你知道嗎？」

「我不知道。」盧卡回答。

我對卡拉點點頭，那也是真話。

「不過，」盧卡說：「我懷疑莫達諾不會冒險派新的追兵越過聶達拉邊境，進入戴瑞蘭，尤其不會在戰爭逼近時這麼做。」

甘布勒舔著一隻腳掌。「就這件事而言，我與叛徒的看法相同。莫達諾此刻有更大的問題要操煩。」

「不過呢，」倫佐說：「我們移動時儘量掩蓋行跡也不會少塊肉的。莫達諾非常想要自己的軍械庫裡有隻玳恩。」

有一度，所有人都盯著火焰，看火花旋入黑暗之中。

「這樣吧，」盧卡轉頭看我，「我請碧克斯確認我說的是不是真話。我可以帶你們前往貝拉格茲灘。我不確定那裡有沒有人看守，不過那是往東方最近的路。我在這片土地上沒有朋友，也沒有盟軍。」

「不管他說的是不是真話，」倫佐說：「我都不想聽這傢伙的，我沒興趣。」

盧卡嘆了一口氣。「隨便你們吧。」他緩緩起身，從那圈火光往外走幾英尺，進入黑暗中。他坐到雪之花形成的墊子上，我聽到嘎吱聲。

「我認為，他知道的事情，我們應該要全都知道。」我對卡拉說。

她點點頭，朝他的方向撇了一下頭。

我站了起來，甘布勒起身，安靜的走在我旁邊。

我們接近盧卡時，他並沒有抬頭看我們。

「你有什麼可以告訴我們的？」我問。

「如果說謊，你馬上就會知道我可以用多快的速度挖出你的內臟。」甘布勒說。

盧卡點點頭，在微弱的星光下只能依稀看到他的臉。「你知道一隻無賴斐利韋接掌了戴瑞蘭嗎？」

甘布勒看起來心神不寧。情況演變成這樣當然不是他的錯，但我感覺得到，他身為斐利韋，認為自己被針對了。

「嗯，斯格利卡薩可厲害了。」盧卡接著說：「他就跟莫達諾和那班朝臣一樣腐敗、卑鄙，而且還有更糟的地方。他改道所有河流，好將低窪的沼澤轉變成艦隊停泊的港口。他奴役了數以萬計的人，關起來的還更多。他的地牢實在太滿了，還得用戶外營地收押囚犯，由特拉曼巡邏。」

「特拉曼？」甘布勒很驚訝。「我以為特拉曼不會服侍任何人。」

「肚子餓就會了。」盧卡說：「斯格利毀了供給特拉曼食物的原野。他的毒藥深深滲入地底，殺死了特拉曼捕食的地底生物。他們並沒有全部歸順斯格利，但有一大批特拉曼為了存活轉而效忠他。他非常有系統的奴役一個又一個物種，或者用威嚇令他們乖乖聽話。」

甘布勒歪了歪頭，「你到底是怎麼知道這些事的？」

「張大耳朵聽人說話。」盧卡臉上閃過一抹煩躁，「沒人在意奴隸偷聽。」他摘下一朵雪之花，一片一片拔掉花瓣。「很美，對不對？」他說：「你們知道嗎？這是唯一一種在月光下盛開的花。」他臉上表情感傷而古怪。「我以前在學院裡上過一個教授的課。可硬朗囉，那個老頭。我很榮幸成為他那一年維登芙蘿菈課唯一的學生。」他將花扔到一旁。「後來我才決定研究狄薩格法烏那——也就是像你們那類瀕臨絕種動物，碧克斯。」

我想起盧卡第一次在學院看到我的時候。他繞著我打轉，看傻了眼，點出我的格利膜位置，還有我的對稱性拇指，使我之所以為玳恩的每一個身體細節。他研究玳恩，但從來沒有見過真正的玳恩。

那一天，我覺得自己像個畸形的怪物。某種層面而言，我真的是。

「雪之花還有幾個有趣的面向，」盧卡接著說：「基本上是野草，有侵略性。農夫恨死雪之花了。生長的速度快得瘋狂，會占領土地，沒什麼植物能在雪之花蔓延的途徑上生存。」他對我露出冰冷的微笑。「還挺像人類的，也像斐利韋。」

「並不是所有人類和斐利韋都像那樣。」甘布勒說。

「我不了解追求戰爭的欲望，」我嘀咕，「也不知道為什麼有必要控制，甚至毀滅其他物種。」

「可憐的碧克斯，」盧卡的語氣帶著一丁點嘲諷，「妳懂的還是太少了。戰爭不是目的，只是達成目的的手段。」

我覺得自己的心臟一縮，像個握緊的拳頭。「但有什麼戰爭是合理的？有什麼理由可以害死那麼多生命？」

「權力。」盧卡語調平板，「他們做的一切都是為了權力。」

可怕的是，他相信這個說法。

更可怕的是，我也相信。

「很快，學院的學者就不只要研究玳恩的滅絕了，碧克斯。」盧卡笑了幾聲，「他們會有更多滅絕生物可以鑽研。想想那些終禮！噢，那些狂歡！」

「夠了，」甘布勒說：「再說下去，我們就幫你規畫葬禮。」

「物種來，物種去。」盧卡說：「別為此不爽，新物種會取代舊物種。世界就是這樣運作的。」

「可是現在明明是人類，或者誰，該為有物種滅絕負責……」我開口。

「他們只是比大自然有效率。」盧卡說。

我們都陷入了沉默。寒風吹得雪之花沙沙作響，那聲音應該要聽起來很美才對，現在卻有點不祥。

「妳還留著我給妳的記事本嗎？」盧卡問。

我從皮囊中抽出筆記本。每當時間允許，以及有辦法從當地植物弄出墨汁時，我就會記下當時的感覺和經驗。

「妳應該寫下對玳恩所知的一切。」盧卡說：「文化、情感、音樂、故事，全部都記下來。」

「為什麼？」我問，但已經知道他會怎麼回答了。

「為了學者。」盧卡伸出食指，指著自己的胸口。「為了像我這樣的人，為了以前的我。等到玳恩滅絕時，就會有個紀錄留下來。」

甘布勒用頭頂了我一下，「走吧，碧克斯，在我做出什麼我不會後悔的行動之前。」

我們將盧卡留在那裡，讓他一個人坐在美麗又危險的花田之中。

16 緋紅色森林

我們心不甘情不願的採用了盧卡的建議，結果貝拉格茲灘就在他說的位置冒了出來。我們走了整整兩天才到達。那不是一座橋，而是一個淺到涉水就可以通過的地方。

倫佐和甘布勒尋找軍隊經過的痕跡，結果只找到腳印。事實上，是許多腳印，我們猜測最近曾有支軍隊通過這裡。

河的水流和緩但嚴寒，走到最深處時，水淹到我脖子的高度。卡拉打頭陣，托布坐在倫佐肩膀上。甘布勒花了一些時間鼓起勇氣，然後滑稽的衝過淺灘，彷彿想跑在水面上似的。

最糟的部分是，我們得在衣物溼透後對抗寒冷。雪又開始下了，幸好沒刮風。

「根據我的估計，我們距離海岸只剩六十或七十里格。」肩膀上披著一條毯子的盧卡說：「不過有幾段路很崎嶇。」

「對，」倫佐口氣充滿抱怨，「他們知道，我說過了。」

我們繼續跋涉，走著走著看到前方有一片森林，葉片都是緋紅色的。我們的心情振奮了一些。希望可以遇見能填飽肚子的獵物，也希望能幫托布弄些小蟲子或香草來。對於筋疲力盡又冷到不行的我們而言，圍繞劈啪作響的明亮火堆吃上溫暖的一餐是很必要的。除了進食之外，我們相信好好睡上一覺一定能重回軌道。

「走入森林後就得掩蓋自己的足跡。」卡拉朝後方雪中的腳印點了一下頭。

「但新雪當然會蓋住舊足跡啊。」我說。

倫佐搖搖頭，「對經驗豐富的追捕者而言，比方說卡拉好了，那樣是不夠的。」

卡拉對他的恭維露出微笑。「新雪會平均的降到地面上，除非積得很高，不然只會讓我們的足跡變得稍微不顯眼。」

托布瞄了一眼後方，大耳朵轉動著。「我們為什麼要擔心足跡？誰在跟蹤我們？」他緊張的問。

「就我所知，目前沒有。」卡拉說，然後意有所指的瞄了盧卡一眼，「不過謹慎為上。再怎麼謹慎也不會過頭。」

我了解卡拉對盧卡的想法。決定要救他的人是她，她現在也知道他說的是真話，不過她還是不喜歡他，或不信任他。我很確定卡拉不會原諒盧卡。說到這個，我也不會。

對一個人懷抱這麼多感覺是很難受的。長大就是這麼一回事嗎？所有事情都會變得這麼複雜又難解嗎？只有灰色，沒有非黑即白嗎？快樂總是會摻雜悲傷嗎？憤怒總是會帶著憐憫？

我想起最後一次見到我媽麥雅的時候，我們一起看著奶油蝙蝠飄浮在微風上。我抱怨的說：「我好無聊喔。」我想要冒險，想要看看這個世界，想要變得勇敢。

好想趕快長大啊！媽媽看著我，輕聲說：「妳不必急著變勇敢，根本不用急。」

我終於明白她的意思了。

我們在破碎的地形上走了長長一段下坡路，才到達森林外圍。一條狹窄但湍急的小溪沿著森林的邊邊筆直流過，像是沒什麼用的屏障。我們找到一個地點，在溪的兩側都有高起處，可以輕易跳到對岸。（備註一下，托布跳的時候緊握著倫佐的手。）

我在對岸停住，試探性的嗅聞空氣。甘布勒也照做，然後我們憂慮的互看了一眼。味道很不對勁。森林應該會散發出綠色植物成長和腐敗的味道，但這座森林散發出不太一樣的腐敗氣味——甜膩又帶著刺鼻的阿摩尼亞味。

我抬頭，發現枝幹形成的紋樣沒有一般森林那麼尖銳，比較曲折。弧線、曲面、螺旋的纏繞應該會很優雅，但不會帶來任何慰藉。感覺像看著劣等的織品，彷彿整座森林都是一張疏於照料的巨大毯子的一部分。

倫佐靠近一棵光滑的樹幹，把手放到上面。然後猛然收手。「樹會震動！來感覺看看。」

我不想顯得膽小，所以站到他身旁，把手放上去。摸起來感覺比較像加利朗的獸皮，而不是真正的樹皮。冰冰的，但我感覺到一個緩慢、深沉的脈動，彷彿巨人的心臟在跳。

「繼續前進吧。」卡拉說：「要入夜了，我們要不穿過森林，要不就得在裡頭過夜了。」

她的話肯定讓我的腳步變得有勁一些。我不想在森林裡過夜，所有人都不想。

「我一直在找掉下來的樹枝。」倫佐說：「用來撥亂我們的足跡。不過我現在還沒看到半根。」

「而且地上也沒有地被植物。」托布也感覺到不太對勁，「雖然照到地上的陽光應該足夠讓一、兩個小樹叢或灌木林叢生長。」

他說得對，地上空空的，只有土和石頭。雪會穿過枝葉縫隙落下來，但一碰到地面就融化了。

卡拉加快腳步了，並沒有快到令人緊張，而是很微妙的加快，彷彿不希望我們注意到。不過這臭味、陰森，以及似乎來自地面本身的脈動，都在我心中點燃了純然的恐懼。我感覺到冰冷的疲勞隨著每一步加重，而且我知道不只有我這樣，這大概是托布在這趟旅行中最久的一次沉默。當我望向他，他都是眉頭深鎖，臉上的皺紋朝四面八方延伸。

「你原本就知道這裡嗎？」我問盧卡。

他用力搖頭。「不知道。如果是我帶隊，我會掉頭離開。」

我開口想要回答，但突然打住。我看到甘布勒繃緊身體，耳朵警戒的豎了起來。

「我聽到一個聲音。」他用氣音說。接著我也聽到了。

17 掉落

我們都停下來豎耳傾聽。我的聽力比其他人都好，大概僅次於甘布勒，不過托布的耳朵也很靈光。

「一個軟軟的聲音？」我問。

「一個滑溜的聲音？」托布輕聲說。

甘布勒沒回答，沒必要。那聲音變得更近、更大了，他和我同時大喊：「快跑！」

四周愈來愈暗，暗到我們幾乎要看不到路了。那滑溜的聲音愈來愈大，到最後連卡拉和倫佐都聽到了。那像是有人在我們後方拖著一包溼溼的石頭，而那石頭滑過了泥巴。

樹林濃密到幾乎無法通過了。「我們得挺身作戰！」卡拉大喊，拔劍。

倫佐拔劍，我也照做。我們六個，背對背站著。盧卡沒有武器，不過他握緊拳頭，做好了準備。托布站在我旁邊，身上的武裝只有他的遠變近，還有無法預測的脾氣。

聲音停止了。

我們站在那裡，豎耳傾聽，吸入刺鼻的阿摩尼亞味，喬木的茂密葉片愈來愈不像葉片，而是以詭異的血紅色蓬蓋團團包圍我們。結果沒有任何東西出現。

卡拉慢慢呼了一口氣。「走吧。」她最後說。

我們繼續前進了，在纏得很緊的枝幹間撕扯出一條路。不過那詭異的滑溜聲響馬上又回來了。

踉蹌、撕扯、喘息。踉蹌、撕扯、喘息。

逃跑時感受到的恐懼跟其他時候不太一樣。溜之大吉等於承認自己沒有辦法回擊、獲勝。那就是承認自己的脆弱，而脆弱會助長恐懼，就像乾稻草會使火燒得更旺。

我的眼角捕捉到突如其來的動靜——有個黑影長著短短的翅膀，身體長長的，直撲我們，而倫佐以不可思議的速度應對，他將背上那面偷來的盾牌往前甩，在那生物撲上他的幾秒前舉起。

衝擊力將他撞倒在地，而那道黑影飛了過去。還是看不出那是什麼。

「繼續走，繼續走！」卡拉催促，手拿著劍，在黑暗中搜索著看不見的敵人。

我走了一步，踉蹌了一下，然後找尋平衡。我又跨了一步——踩入空無之中。

我的左腳踩在穩固的土地上，我的右腳在空中。

與其說看到，不如說我感覺到前方有一個又寬又深的洞。

「啊！」我大叫，無助的往前跌落。

倫佐想抓住我，但他的手從我的毛皮上滑開，我掉了下去。掉落了大概五十英尺才想起我的格利膜。我將格利膜大大張開，承接空氣，將墜落轉變為俯衝。

不過玳恩的格利膜不是翅膀，不能飛行，只能滑翔。除非在少數情況下碰到強烈的上升氣流，否則只能向下滑翔。

我不斷往下掉，不斷俯衝，害怕我的速度會讓我撞上土牆，失去意識，那樣我大概會摔死。

我向空中畫了一個窄窄的弧形，朋友們在我頭上發出的瘋狂呼喚愈來愈遙遠了。我可以不斷畫螺旋下墜，也可以賭一把，故意打直往前飛，直到我撞到東西。

我選擇第二條路。

結果我撞上一面土牆，使我的手肘彎起，格利膜鬆弛。

我再次大喊，或者說試圖大喊，因為掉下來的泥土使我窒息。我發狂似的亂扒，卻什麼也沒抓到，只撈到潮溼的泥土。我向下跌落，不斷撞上牆面，尖叫，什麼都抓，亂抓一通。

我重摔了一下，力道大得驚人。胸口所有空氣都被擠了出去。

肺部緊縮，嘴裡的泥土半滿，心臟撲通狂跳。驚訝的發現我的左手握著突出的樹根，我的右腳則奇蹟的找到了支點。

我抬頭看：有星光，還有月亮的外緣。

「碧克斯！」是托布。

我看不到任何人。上方的洞口肯定離我有兩百英尺左右。我只看到那些怪樹的輪廓，圈住洞口邊緣。

我聽到卡拉憤怒的大吼，然後是倫佐的喊叫、甘布勒的吼叫，得知上方正在交戰。

我肺裡的空氣不夠我大喊，他們也沒有足夠的時間傾聽。我的心臟激烈跳動，血液高速流竄，腦中有毫無來由的尖叫聲。我撐不住了，撐不了多久。而我的朋友正在遭受攻擊。

我別無選擇，只能信任自己的格利膜，試著滑翔到洞的底部，不管那裡到底有什麼。

我低頭看，首度發現有地面的跡象。淡淡的紅光照在一塊圓形的地面上，與上方開口一模一樣大。我驚覺一件事——我掉進來的這個洞太對稱、太工整了，不可能是自然形成的地形。

我再度低頭，而上方戰場傳來的絕望悶哼、喊叫聲愈來愈急迫。紅光愈來愈明亮了。我感覺到第一波上升的暖氣，一度暈眩的想，這上升氣流會不會強到可以將我往上抬，抬出洞外。

我抬頭看看可能性有多大，結果那希望立刻就破滅了，因為狀況以極為劇烈的速度改變著。洞口外圍那圈樹開始移動了，我看到旋繞的樹枝遮蔽月亮，樹枝看起來愈來愈可怕了。

我眨眨眼，然後又眨了眼。

樹枝逐漸變成巨大的蟲子了。

有東西掉在我旁邊，我看不清楚是什麼，不過接著又有東西掉下來了。然後是第三次。

我聽到倫佐從上方大喊：「小心！」不過他不是對著我叫。

突然間，像水壩潰堤噴出激流似的，蟲子如洪水灌了下來，牠們不斷蠕動。落地的位置距離我幾吋，而我貼著土牆。有的蟲跟我的手臂一樣短，有的跟魚叉一樣長，與小樹的樹幹一樣粗。

我的感覺就像站在一道瀑布後方。扭動個不停的、散發出阿摩尼亞味的蟲之瀑布。

我的耳朵接收到恐懼的叫喊。透過那恐怖暴雨的縫隙，我看到甘布勒被急流推入洞口，掉了下來。他咆哮又揮著掌。

「甘布勒！」我尖叫。

一會兒過後，卡拉和倫佐一起無助的掉了下來，被掉落的蟲子覆蓋。

「不——！不——！」我哭喊。

與其說看到，不如說我聽到托布的聲音了。他原本在洪水中撐著，但現在也隨著逐漸稀薄的瀑布掉了下來。

玳恩的內心深處一定有一個精於計算角度和機率的部位，那部位的大腦似乎會自己運作。我立刻將自己推離牆邊，在托布從我旁邊落下時扭轉身體，一把抓住他的辮子尾巴。要做出這動作，我得收起其中一邊格利膜，導致我下墜又旋轉，但我將托布拉過來了。他有很好的直覺，懂得捉住我，於是我又張開了兩邊格利膜，減緩下墜的速度。

我盡可能將墜落轉化成水平角度，不斷向下畫著螺旋，最後一批蟲則掉落到我們四周。

接著，我看到盧卡仍站在洞穴邊緣，月光襯出他的輪廓。

他背叛了我們。

又一次。

一會兒過後，我知道自己將會永遠感到後悔，後悔自己剛才的那個念頭。因為盧卡向下方的我們發出了呼喚：「碧克斯！卡拉！」接著有東西從後方擊中了他。

我感覺有什麼東西飛了過去，盧卡發出尖叫。那觸手以非人的速度纏住他。

他再度大叫，而我聽到骨頭碎裂的可怕聲響。

盧卡鮮血淋漓的身體掉入坑洞中的同時，我也發出了恐懼的尖叫。

18 展開搜索

掉到坑底的感覺像是降落在一堆魚之中。我們砸得蟲四處飛散，靜止下來的時候身上蓋滿了那些玩意兒。有些蟲分裂為二，顯然一點事也沒有。

蟲雖然醜陋，但看起來似乎沒有毒，不像蛇，而且似乎也對我們不感興趣。牠們瘋狂扭動，似乎接著要鑽向蟲堆底層，前往下方發光的地面。

「卡拉！」我大喊。要站在那一團不斷蠕動又黏呼呼的物質上非常困難，但我還是奮力保持直立，至少要能夠看到我的朋友們。

托布哀號：「發生什麼事了？」

「卡拉！倫佐！甘布勒！」我大喊，接著發出更無助的呼喚，「盧卡！」

我看到一小堆物體開始朝那裡移動。托布抓住我的手，將我往回拉，「不要，碧克斯，妳不會想看的。」

我從來沒聽過托布發出那麼猙獰的聲音。我望向他的臉，知道他已經看到那畫面了，而他希望我可以免去折磨。

「他是不是……」

托布開口，但說不出話。他彎下腰，朝腳下方的一團蟲子嘔吐。

「碧克斯，」他最後總算勉強開口了，「我沒辦法呼吸，我沒辦法……那些蟲！碧克斯，我好害怕！」

「牠們似乎不想傷害我們。」我說，試圖安撫托布。

此時托布的視線從我旁邊越過去，然後定住了。他的嘴巴動著，像是要說什麼話，結果只發出悶住的喊叫。

我轉頭看到之前，先感覺到了——是特拉曼。一隻巨大又怪異的昆蟲，那片蠕蟲毯子相較之下顯得還算雅緻了。

我繃緊身體，準備迎接即將來臨的死亡，並盡可能擋住托布，不讓他面對那隻可怕的昆蟲。

不過那隻特拉曼似乎對我和托布都不感興趣。他挪動有節的六隻腳，經過我們身旁，忽略下方扭動的那團蟲子，走向托布不希望我看的那堆東西。

他抬起盧卡殘缺的屍首，搖搖晃晃的走遠了。

「你看！」托布指著前方喊叫。

那隻特拉曼快步朝一條隧道前進，而那數百萬條蠕蟲似乎也往那裡去。

我們的朋友大概也往那去了。

腳下的蟲也匆匆忙忙追隨同伴而去，轉眼間，我又感受到沒有蟲的、貨真價實的地板了，那踏實的感覺真好。

那些蟲子突然出現，也同樣突然的消失了。「卡拉！」我喊叫：「甘布勒！倫佐！」

坑洞內沒有任何聲音，除了漸弱的，蟲子遠去途中發出的潮溼聲響。

「我們得跟上去。」我說。

「可是……」托布開口：「可是我們體型很小，還有那些蟲。碧克斯我沒辦法。」

「對，」我說：「我們是很小，但如果不追回我們的朋友，我們又會更微不足道了。」

托布挺起胸膛，甩了一下頭，彷彿要甩開不愉快的念頭。「很抱歉，我們渥比不出海的時候會在地底生活一段時間，我們太清楚地底潛伏著什麼恐怖的東西。」

「不用道歉，托布。」

托布雙手插腰。「帶頭吧，我的朋友。」

帶頭？這兩個字嚇壞了我。我從來不想當誰或任何東西的頭頭。

英勇的出聲說要追回朋友是一回事，想出具體辦法則完全又是另一回事了。

我盡可能表現出堅定有自信的樣子，但當然了，托布太了解我了。

「沒關係啦，」他說：「我知道妳跟我一樣害怕。」

「也許更害怕。」能承認這點，我真是鬆了口氣。

我們快步前進，而且下坡使我們的速度又加快了一些。不過這裡跟我們在薩朵奈泰特世界碰到的洞穴和隧道都不一樣。

這個長長的滑坡一點也不自然。牆壁滑溜，地板平整，隧道直得像卡拉的其中一支箭。這不是自然形成的凹洞，而是某種有知覺的生物的創造物。只有一種生物辦得到——特拉曼。

身為一隻小玳恩，長輩一直教導我要畏懼斐利韋，但事實上，巨大的斐利韋發現莫達諾有滅絕玳恩的計畫後，就不再獵食我們了。

而根據我們在課堂上學到的，奈泰特統治海洋和海灣，因此對我們來說，奈泰特就像我們被迫背誦的枯燥詩歌一樣遙遠。

我們知道要提防某些拉提頓，像是老鷹、岩鴞、克斯翠迪會將玳恩崽子當成美味的點心。（很難把我們當成晚餐，因為我們的重量跟一、兩顆石頭差不多。）

當然了，我們對人類有十足的了解，我們曾經遠遠瞄過人類幾眼，聽過一些長輩常說的故事，接受過無數的警告。

然而，在所有統治者物種當中，特拉曼永遠顯得最奇怪，和我們差異最大。他們的體態怪異——三角形的頭，上面長著兩顆球狀的眼睛，還有六隻蜘蛛似的腳。齧咬的嘴巴四周還多長了一圈副器，共四個，而這些短小版的肢體末端有弧度凶狠的爪子。特拉曼身上完全沒有令人感到熟悉或放鬆的特質。

爸媽經常提醒我和哥哥姊姊，絕對不要用外表評斷一個物種。我們幫內有個睿智的長老叫玳林特，擔任我們的老師，他花了好幾個小時的時間教導我們一個永恆不變的法則，那就是「佩西居利布里歐」——自然世界需要平衡與多樣性。

玳林特說，所有植物、所有動物、所有昆蟲都有存在目的，不論他們有多惱人、多醜陋、多嚇人、多不可口。

或者，像我爸常說的：「大自然是有幽默感的，永遠別懷疑這點。」

不過呢。

特拉曼看起來還是很可怕。

很難想像這個世界為什麼需要大得像馬的昆蟲。

我原本很怕這段下坡路會走上好幾個小時，或將我們帶入全然的黑暗之中。（我已經受夠黑暗了。）不過走著走著，我們發現隧道內顯然有照明，以等距設置。那是一團團發光的綠色黏糊，擺在一個個凹洞內，間隔幾英尺。並非明亮如太陽，但有總比沒有好。

早在我們抵達坡道底部前，阿摩尼亞味便愈來愈濃，濃到令人頭暈。不過更可怕的是聲音，囓咬聲和喀嚓聲絡繹不絕。

那是嚼肉的聲音。

就在這時，托布哀叫一聲：「啊！妳看！」

19 與特拉曼對話

那是一隻特拉曼，以其中一隻發光的多面體眼珠專注的盯著我們，另一隻眼珠則獨立的轉動著，像一顆詭異的寶石。

我們站在那裡，因恐懼而動彈不得。托布用顫抖的語氣輕輕說：「怎麼辦？」

原本盯著我們的那隻眼珠往下轉，望向一條肥滋滋的蟲子，牠似乎在大逃亡的路上迷失了。特拉曼彎曲前腳，彷彿在用快得炫目的速度模仿一個彬彬有禮的鞠躬。他那兩個帶刀刃的短肢夾起蟲子，敏捷的推入特拉曼口中。

我小心翼翼舉起一隻手，想看看特拉曼有沒有注意到我們。他沒有。我試探的往前跨出一步，他沒反應。

「我們走吧。」我說，但一點也不確定這樣行動好不好。

我筆直走向他，然後經過他旁邊。托布緊跟在我身後，可以說是踩在我的腳跟上走路了。

「嗯，」我鬆了一口氣，「比我們原本想的還要順利。」

通過那隻特拉曼之後，我們抵達了隧道有好幾個分岔的地方。湊近觀察，我們發現那不

是真正的隧道，而是深十幾英尺的窪地。每個窪地裡有三到五隻特拉曼，他們都在猛吃蟲子。我們每通過一個巢穴，都會有一隻，甚至更多隻特拉曼轉動眼睛看我們一眼，然後就不理我們了。

「他們在找東西，但找的不是我們。」

「蟲，他們在找蟲，找噁心的蟲。好可怕的味道！」

「你教我們唱的那首歌提到了泥蟲，就是這種蟲嗎？」

「我從來沒看過真正的泥蟲。特拉曼似乎不想吃我們，至少現在還不想啦，那麼泥蟲有可能是別的蟲。」托布深吸一大口氣。「不過還是很恐怖，噁心，糟透了。」

「如果呼喚卡拉，不知道特拉曼會有什麼反應？」

托布打了個冷顫。「只希望他們殺我的時候下手快一點。」

我猶豫了一下，非常清楚自己不適合做攸關生死的決定。

「卡拉！」我大喊。

特拉曼似乎不為所動。

「卡拉！」我的嗓門扯得更開了，「卡拉！倫佐！甘布勒！狗！」

沒有回應。

「他們肯定被蟲子沖到這一頭來了。」我說：「如果特拉曼對我們不感興趣，可能也會讓我們的朋友平安通過。」

我們走過數十個巢穴，裡頭塞滿特拉曼，以及他們喀嘰咀嚼的聲音。「這是怎樣啊？」

「這不可能是特拉曼正常的生活方式。」

「怎麼說？」

托布聳聳肩。「感覺就是不對。」

感覺確實不對勁，但我對地底下的物種不太了解，不確定我的感覺對不對。當然了，如果特拉曼習慣在巨大坑洞的四周種植蟲樹森林，我應該會聽說過。就算我沒聽過，卡拉或倫佐或甘布勒也肯定聽過，他們都有豐富的旅行經驗。

「他們會說話嗎？」托布納悶的問。

「我相信喀喀聲就是他們的說話聲，不過他們一定也聽得懂通用語，畢竟學院裡有特拉曼學者，他們隨時都得和其他物種溝通。」

「你好？」托布對最靠近的特拉曼說話，他正在咀嚼一隻滑溜溜的蟲子。

沒有反應。

「也許我錯了。」我說。

「我們當中有些會說通用語。」一個聲音說。

托布和我都跳離了地面三英尺。我們接著用看起來肯定很可笑的方式轉身，與一隻特拉曼面對面——呃，面對膝蓋才對。

「你——你——」我絞盡腦汁才說出一個完整的句子，「你會說通用語？」

「妳的問題已經包含答案了，不是嗎？」

「呃，是的……先生？」我回話，還吞了口口水。

「妳是什麼生物？」他問。

我看不出特拉曼怎麼說話，因為我沒看見他的口器在動。那嚼著蟲的恐怖咽喉如何發出那麼精準的子音和母音？我完全搞不懂。

「我是玳恩，我叫碧克斯。這是托布，一隻渥比。」

特拉曼的三角形頭顱歪向一旁，「我們沒有接到跟玳恩或渥比有關的指示。」

「那是不是代表——等等，我的特拉曼朋友，有人給你們應對其他物種的指示嗎？」

「人類、奈泰特、斐利韋要帶去給第二和第三。」

「不好意思，請問你有名字嗎？」托布以最有禮貌的語氣發問。

「我是第十三組的第十八巢的第七十八。」

「你有……綽號嗎？」我問。

「沒有。」

「呃，」我說：「可以告訴我第二和第三是什麼嗎？」

「所有數字中，最重要的就是二和三，加起來就是五。」

聽說特拉曼是所有物種中最擅長數字的，「那麼，嗯……第二和第三是你們的頭頭嗎？」

「做決策的特拉曼。」

我漸漸掌握這奇怪生物的想法了。這隻特拉曼似乎非常願意回答問題，看起來沒有想要吃掉我們的意思。

「你最近有看到人類或斐利韋嗎？」我問。

「沒有。」

「他們有沒有可能通過了這裡，但沒被看到？」

「不，他們被看到了。」

我感覺到心臟猛然一跳。「他們被看到了，但不是你，是其他特拉曼看到了？」

「對。」

「你知道他們在哪裡嗎？」我提問時盡量不表現出急切。

「知道。」

「還有……有一個死掉的人類也被發現了嗎？」

「他被森林守護者殺死了。」

「那是什麼？」我問：「守護者是誰？」

「我不知道那個物種有沒有其他名字，他們是斯格利卡薩的生物。」

我吞下我的不耐。「能不能告訴我們其他人在哪？那些還活著的人。」

「他們在第二和第三那裡。」

「我懂了。我可以問，第二和第三要他們做什麼？」

特拉曼調整一下姿勢，幅度微乎其微。「準備把他們獻給領班。」

特拉曼說話的時候毫無表情，眼神也沒有什麼變化，但我察覺到他提及「領班」時，微微猶豫了一下。

「領班是誰？」我問。

「餵養我們的人。利用我們的人。」

這次我很確定聽出他的語調帶著情緒，那是厭惡嗎？責難？憎恨？我要如何判斷他語調的意思？

我想起甘布勒和盧卡的對話。

「我以為特拉曼不會服侍任何人。」

「肚子餓之後就會了。」

「領班會怎麼對待他們？」我謹慎的看著特拉曼發問。

「如果有用處，他會奴役他們。」

「如果沒用處的話呢？」我努力不讓聲音發抖。

「如果沒用處，」特拉曼回答：「他會殺了他們。」

20 我們的計畫，不怎麼好的計畫

特拉曼回答了所有我們想得到的問題。當我們問如何找到第二和第三時，他用爪子在地上畫了一張地圖。

我們感謝他，然後繼續前進，路上經過的特拉曼都無視我們。事實上，比之前還要更懶得理會，連瞄一眼都省了。

「我猜他們都知道我們會過來了。」我對托布說：「先前他們還會在我們通過時看一眼，現在當我們不存在似的。」我心中有個理論。「我認為他們使用我們不了解的方式跟同類溝通，幾乎像是法術。」

「像蜜蜂？」托布問：「就像大家常說的——一隻蜜蜂知道的事情，其他蜜蜂都會知道。」

「似乎又不完全像那樣。」我說。不過托布的說法八成很接近事實。有人要特拉曼留意人類、奈泰特、斐利韋，但不用管渥比和玳恩。不過我們的「朋友」——第十三組的第十八巢的第七十八也可能是被派來確認我們是什麼生物，如今所有特拉曼也都掌握了這個情報。

被忽視是一件好事。但如果我們的想法正確，那麼這些特拉曼也隨時可能接到新的指

示。「吃掉你們碰到的任何玳恩或渥比」之類的新指示。想到這裡，我就擔心受怕。

我已經記住特拉曼畫給我們看的地圖了。我們繼續前進，兩顆心懸在焦慮的好奇和使人癱瘓的恐懼之間。

最後，我們抵達了第十三組的第十八巢的第七十八所說的隧道，這裡有一大群特拉曼擠在隧道的一端，從事他們最拿手的事──挖掘。

那是既吸引人，卻又可怕的場面。一群特拉曼分成一支支小隊，合作無間。最前方那一大票肯定是挖掘者，精力十足的掘著土，掘出來的土被其他特拉曼用窄而深的貨車運走。這些運土車從我們身旁急馳而過，鑽進側面的小隧道，大概是傾倒土壤的地方。

第三組特拉曼將他們嘔吐物製成的黏漿抹在牆上。最後還有一群體型較小的特拉曼整平洞穴頂端，抹上黏漿。大概是幼蟲吧，沒比我大多少，工作時攀在上頭顯然也輕而易舉。

我們左邊傳來低沉的聲音，是迴盪不已的鑼聲，只敲了一下。特拉曼立刻停止工作，朝我們的方向筆直衝過來。

「趴下！」我大喊，撲倒托布。

到底有多少蟲腳從我們旁邊跑過、繞過、跨過我們？我完全沒機會數。不過每一隻腳都設法閃開了我們，雖然有時只差之毫釐。

他們都通過後，我彎下身子。「托布，你還好嗎？」

「啊！他們又回來了。」

確實，不過跑過來的不是同一批特拉曼。他們顯然在換班，一些工人被派去吃飯，同時讓一批新的人馬來工作，挖掘便不會中斷。這一批特拉曼也一樣，像洪流一樣淹過我們，但同時也避開我們，沒將我們壓碎。

我們發抖著起身，撥掉衣服上的一些泥土，繼續搜索。

「卡拉！甘布勒！倫佐！」我呼喚，沒收到回應。

「妳覺得他們挖這些隧道要做什麼呀？」托布納悶的問。

我聳聳肩。「誰知道特拉曼行為背後的目的？也許那個叫領班的傢伙會告訴我們。我猜他是特拉曼國王之類的人物。」

「我們要直接走向特拉曼的國王，質問他我們的朋友怎麼了？」

「你那種說法，聽起來確實很荒謬。」我承認，懷著一點防衛心，「不過我們有選擇嗎？不然你要直接拋下他們嗎？」

托布突然急切的抓住我的手肘。我打住，低下頭去，發現眼前是一張嚴肅得非比尋常的渥比之臉。

「我永遠不會。」托布用力的說：「我永遠不會拋下朋友，碧克斯。」

「托布，」我露出帶著歉意的微笑，「我知道，我當然知道。我只是……」

「很好。」他拋下這句話，然後帶頭前進，果斷的邁出大步。

我跟著他前進，感覺很糟，因為我激怒了他。托布跟我一樣勇敢，甚至比我更勇敢。他跟我一樣忠於朋友。聰明又善良。

而且他說中了，我根本沒有計畫。

「我不知道該怎麼辦。」我承認，儘管不確定托布有沒有聽見，因為他走在我前方好幾步之外。

「我們需要編一個故事。」我說：「但我什麼點子都沒有。」

然後是更多沉默。

「托布？」

托布轉過身來，表情已經變柔和了，讓我鬆了一口氣。「嗯，」他嘟嘴，「也許可以說，我們是來檢查隧道的。派我們來的是……他叫什麼名字去了？那隻壞斐利韋？」

我在記憶中搜索，召喚出甘布勒的聲音，「斯格利卡薩。」

「這下有招了。」托布說：「我們是他派來評量進度的。」

「編故事總比什麼都沒有好。」我說。

托布舉起手掌，「沒好多少。」

「那就繼續走吧，」我說：「帶著我們的計畫，不怎麼好的計畫。」

沿著散發綠色微光的隧道前進。不間斷的挖掘工程所發出的聲響，在我們身後愈變愈小，而我們前方多了兩排特拉曼，像是憑空冒出來的。

是儀隊嗎？還是真正的警衛隊？

「站在原地。」有個特拉曼的嗓音說。

我們停下來，一動也不動。

「報上你們的姓名、物種、目的。」我們右手邊第一隻特拉曼要求我們。

「我是碧克斯，一隻玳恩。我來這裡，是因為強大的無憐憫者斯格利卡薩交付我一項任務。」我加上了「強大」和「無憐憫」，應該沒有人會反駁吧。

「我是托布，一隻渥比，我為了相同的目的前來。」

那隻特拉曼讓我們站了一會兒。我直覺的猜測是——他正在與其他特拉曼進行沉默的溝通。

「領班對你們的說法抱持懷疑，」特拉曼最後說：「不過他願意接見你們，前進。」

我們前進了，內心充滿惶恐。我喉嚨縮得很緊，雙手顫抖，胃像是打了一個牢牢的結。恐懼，又來臨了。

我們在兩排沉默、無動靜的特拉曼之間又走了兩、三百碼左右。

然後看到了我們的朋友。

21 托布國王

我最先認出了卡拉。

或者說，卡拉的頭。

從隧道側面突出來。

只有頭。

從泥牆上伸出來，彷彿自然生長在那裡。

再往前幾英尺就是倫佐的頭，再過去是甘布勒，牠烏黑的獸毛沾滿泥土。

「托布，」我勉強擠出一句話。他曾經保護我免受恐怖畫面之苦，我這次也想保護他。「別看。」

但我太慢了。托布的兩頰已流下淚水。

我的手伸向他，接著我們擁抱在一起，緩緩蹲下，將斗大的淚珠吞回肚子裡。儘管我們抱著彼此，我還是感覺到我破碎的心逐漸變成我熟悉、恐懼的狀態。

我感受過這個狀態，就在我的家人、我的玳恩幫、我的世界被摧毀的時候。

「我要殺了他們。」我口齒不清的說，臉埋在托布的毛皮中，「我要殺了他們，托布。」

這些字句像岩漿一般湧出我的嘴巴。「我要讓他們感受同樣的痛苦，我要……」

「碧克斯。」托布溫暖的圓腳掌捏了一下我的手，「碧克斯，妳看。」

我抬起頭，順著托布的視線望過去。

卡拉在眨眼。

眨眼！

她還活著！

「卡拉！」我大喊。

「你們兩個，快跑！跑！」她用氣音說。

我和托布一起跑過去。「妳還活著，」我低聲說：「妳還活著，卡拉。」

「快走，立刻走。」

我忽略她說的話，反而伸手碰觸她的頭髮。

托布接著去確認倫佐和甘布勒的狀態。

他們都還活著，儘管安靜又驚恐。他們輪流叫我們快跑。

我只搖搖頭回應他們，托布也是。

不，我們不會逃跑。

除了我們的朋友之外，還有幾顆頭從整平的泥土上突出。有些是人類，有些是斐利韋，不過看起來都沒有生氣了。一想到活埋在這所受的痛苦，我就難過得受不了。

「托布，」我用氣音說：「皇冠在你身上嗎？還有遠變近？」

「在。」

「戴上皇冠。你現在是托布國王了，你統治所有渥比，是與斯格利走得很近的盟友。我是你的玳恩測謊員。」

「可是，我辦不到，我就只是……我。」

「記得莫達諾有多霸道嗎？學他那樣就對了。」

我們停下腳步，好讓托布從包包中取出皇冠，戴到頭上，找到平衡穩當的位置。要不是他長了一對大耳朵，那皇冠會直接掉到他脖子上，變得像巨大的項鍊。

托布將遠變近遞給我。「妳應該要拿著這個，畢竟妳是我的助手。」

我們繼續前進，經過牆上那可怕的奇觀，直到一排特拉曼擋住去路。

「你們必須跪著靠近領班。」最大的特拉曼說：「否則只有死路一條。」

「才怪。」我話語中散發出的自信比我料想的還多，「這是渥比王國的托布國王，是斯格利卡薩的盟友。他不會向任何人卑躬屈膝！」

特拉曼似乎不知道該怎麼看待我這番宣言。我們大步經過他身旁，盡可能端出威嚴的派頭來與領班面對面。他不像我見過的任何生物。

他不是特拉曼。他的體態更接近昆蟲，而非其他生物，但又不完全是一隻昆蟲。他體型很大，是所有我見過的特拉曼的兩倍大。下半截身體是一個角質硬殼，後方有厚厚的、昆蟲似的鎧甲，正面則暴露在外，看起來較為脆弱，還有一堆看起來像小腳的器官。他的身體中段有一團扭個不停的觸手，長度和粗度各異，有些沒比蛇長，有些大概有二十英尺。

他的頭部覆蓋著蟹殼質的硬甲罩，臉掩藏於陰影之中。而他的臉初看像是奈泰特。事實上，他似乎是海洋生物，有幾個部位很像，而且也因為他的寶座立在一個淺淺的池子裡。兩道水流不斷澆淋在他身上，源頭是泥牆上的管子。一條繩索挽具套著他，確保他上半身直挺，也讓他有辦法呈現坐姿。他的眼睛從高得驚人的位置俯瞰著我們。

「他有些地方看起來像龍蝦！」托布說。

我聽了跟沒聽一樣，因為我根本就不知道什麼是龍蝦。不過我關心的不是他的物種，我將注意力放在「他能對我們做什麼」上頭。

「你們為什麼要來這裡？」他質問。他的聲音很難聽懂，是一片刮磨聲，裡頭還穿插著昆蟲特有的喀哩喀哩響。

我盡可能吞下恐懼。我們能不能活命，我們的朋友能不能活命，全看我的回答而定。

噢，這種時刻，我真想要卡拉的勇氣、倫佐的逞強、甘布勒的狡猾！

我是我們那窩玳恩的崽子，不是領袖。

不過至少有托布國王在我身旁。

22 給領班的禮物

「偉大的領班，」我挺直腰桿說：「這位是渥比國的托布國王，偉大的斯格利卡薩之資深顧問，也是深受卡薩信任的盟友。」

我還想說「如您所見，他頭上有一頂皇冠」，但在最後一刻打住。解釋過頭會出紕漏。領班已經看到皇冠了，而皇冠不是尋常人會擁有的東西。

托布就像個有權配戴皇冠的生物那樣，站姿散發出自在的霸道之氣，而且儀態還帶著些許不敬。

托布畢竟是個國王，不管他體型有多小。

領班將他空洞的紅色眼睛轉向我們。他兜狀的頭部伸出兩根觸角，畫著優雅的弧度，輕抖了一下。「我沒接到任何你會來訪的通知。」他說，顯然還沒信服。

「如果事先告知，」托布說：「突襲視察就沒什麼意義了，你說是吧？」

我唯一能做的就是忍著不要為他的表演喝采。

「視察？」領班並沒有皺眉，不過他的聲音中出現了懷疑。

「是的。」托布說：「基於禮貌，我要先知會你一件事——我的玳恩可以辨別一個人說

的話是真是假，當下判斷，百發百中。」

「我聽說……」領班愈說愈小聲：「有人告訴我，玳恩已經不存在了。」

「你以為斯格利卡薩會向你這種角色透露所有祕密嗎？」托布深感懷疑的表情真是值得好好欣賞。「不過在我們開始之前，我的朋友卡薩要送一個稀有的禮物給你。」

托布彈了一下手指，我連忙從皮袋中抽出遠變近。

「嗯？」托布刮了我一頓，「快送上卡薩的禮物，免得我鞭打妳！」

我往前走，遞出遠變近。那龐大的生物用觸手捲走我手中的東西，我看過的任何蛇都沒有那條觸手大。

「也許我能……」我開口，不過托布揮手打發掉我。「偉大的領班，你要把遠變近拿到眼前才對。從其中一頭看，所有的東西都會變得很小。從另一頭看，遙遠的物體都會變得更近。」

領班試探著拿到眼前，接著發出了一個潮溼的聲音，大概是倒抽一口氣吧。接著他反轉遠變近，掃視室內。

「這真的是太了不起了。」領班說：「請替我向斯格利卡薩獻上我最深、最無盡的感謝，願所有榮耀歸他。」

「我現在想聽取你報告這裡的工作進度。」托布說。

「當然了，」那大蟲子說：「我可以告訴你，隧道的建造超前了進度。我們已經建立了餵養我那批奴隸的方法，還有……」

「你那批奴隸？」托比挑高眉毛問道。

領班連忙改口：「當然是卡薩的奴隸，而我是他的僕役，他忠誠的僕人。」

「沒人懷疑你的忠心。」托布說，優雅的揮了一下獸掌。

領班接著向我們報告各種細節，花了不少時間。我又累又焦慮，膝蓋不停發抖。托布現在是什麼心情，我只能用想像的。

報告完新進度後，領班邀請我們坐到一張飯菜超載的桌子前，品嘗各種料理，主要食材似乎都是蟲子。而托布在食物送上時，不費吹灰之力展現了他的神技。

「這是一頓豪華饗宴，我說真的，領班。不過我幾乎只吃新鮮人肉。」他拍拍自己的圓肚。「我發現那是少數不會搞壞我肚子的食物。」

一小時後，六隻特拉曼護送我們回到地面，另外還有上手銬、低著頭的卡拉和倫佐（我們的鮮肉），以及甘布勒。

托布建議送他們過來時，領班原本有很深的疑慮。不過托布迅速編了一個可信的故事，說我們一直在追捕那兩個人類以及斐利韋叛徒，而卡薩一定會樂於將後者扔進他的刑求坑內。

「刑求坑？」領班問。

「當然了，你們沒有嗎？」托布回嘴。

我們和朋友們一起回到陽光下了，他們仍算是活得好好的，也帶著卡拉的劍和倫佐的盾。我們向特拉曼護衛道別。

「托布，」領班的爪牙退遠後，我說：「我相當確定你可以加入任何巡迴劇團，並且拿下主角的位子。」

托布努力按捺微笑，鬍鬚抖個不停，「提醒妳一下，我可是托布國王。」

「我不需要您的提醒。」我說，深深一鞠躬，「未來也永遠不需要。」

23 並非注定失敗，也並非毫無意義

好不容易用卡拉的劍加上托布的敏捷獸掌移除卡拉、倫佐、甘布勒身上的鐵銬，他們三個還是不斷發抖，站也站不穩——我們說出盧卡的下場後，抖得又更嚴重了。

這段與死神擦身而過的經驗，似乎帶給卡拉沉重的打擊，她比任何人都痛苦，不願開口說話。我們問她接下來該怎麼辦時，她只顧著往前走，我們只能跟在她後面。

我們累壞了，非常想睡覺，但還是不斷前進，直到太陽在地平線上探頭，恐怖的緋紅色森林遠遠落在我們後方。

那森林根本就不是森林。

卡拉、倫佐、甘布勒被困在泥土監獄的期間聽到許多消息。那座森林似乎是個詭異的農場，完全只為了生產特拉曼的食物而存在。斯格利卡薩不知用了什麼方式想出這個育蟲法，將大量的蟲子培養成樹幹似的結構。倫佐懷疑那是法術。

卡薩毒死特拉曼主要的食物來源後，餓得受不了，因此卡薩可以輕易奴役特拉曼蓋隧道。

遠離森林後，我湊向倫佐。「你還好嗎？」我輕聲問。

「不好。」他說，嘴巴緊抿成一直線。一會兒過後，他加了一句：「我以為會死在那裡，碧克斯。」

「差點被火騎士烤死時，」我說：「你似乎只有一點點膽怯。我不知道這次對你而言為什麼會這麼糟，為什麼打擊特別大？」

倫佐不發一語，加快腳步，直到他超前我。我這才想到，我的好奇心來得不是時候，這還是客氣的說法。

我旁邊的甘布勒說：「每個人都有自己特別恐懼的事物。一個人有可能勇敢九次，但在第十次變成懦夫。所有具備思考能力的生物都可能如此。」

大無畏的甘布勒怕水，倫佐怕飢餓，托布怕泥蟲。

我怕什麼？

怕身為玳恩物種最後一個成員的我會死掉，怕自己再也沒辦法跟同類相處片刻。

我怕……呃，怕自己陷入害怕之中。怕自己在最需要勇氣時無法勇敢。

我猜，我很害怕自己。

卡拉害怕什麼呢？我納悶的想，看她一個人走著，沉浸在自己的思緒之中。

「剛剛一直沒機會感謝你救了我們。」甘布勒說。

「幾乎都是托布的功勞。」我坦承。

「我知道，我是在和托布說話。」

「我？」托布的聲音分岔了。

「你跑上前來，騙倒了那隻大龍蝦。」甘布勒說：「這是我所能想像的最英雄式的行動。我們都欠你一條命。」

倫佐稍微擺脫了一些悶氣，開口了：「對，我們都欠你。身為一個小偷，我花了一大堆時間哄騙別人，好省去一些麻煩。看到你的表現，我都想脫帽致意了，我是說如果有帽子的話。」

連卡拉也說話了，不過她的音量小到我們都快聽不見了。「謝謝你，托布，」她說：「也謝謝妳，碧克斯。」

托布似乎不太確定該如何看待這些讚美。他試著換個方式走路，腿伸長一點，跨大步一點。肩膀後縮，抬頭挺胸。

不過幾分鐘後，他裝累了，又變回了原本那個托布。「別告訴其他人啊，」他對我說悄悄話，「我其實一點也不勇敢。我怕那些蟲怕得要死，特拉曼也不怎麼好玩。」

甘布勒偷聽到他說話，發出斐利韋式的笑聲，那很像人類清喉嚨的聲音。「如果你完全不害怕，那你就是個蠢蛋。如果你很害怕，甚至怕得要死，卻還能保持冷靜？那就叫勇氣。我的渥比朋友，這下子我永遠不能吃掉你了。」

我很確定最後那部分是斐利韋式的搞笑。

相當確定。

我們短暫休息了一下，這非常必要。接著繼續穿越布滿岩石的地景。感覺起來，我們不是在往上爬，就是在往下爬。在高處可以環顧四周，不過大多時候我們的視野受限。還好我們在必須放棄馬匹時，選擇送走了瓦利諾。馬不可能走完這趟的。

最後，我們氣喘吁吁爬上最高的山脊，上頭覆蓋著白雪。往東一看，看到了遙遠的海面，一大片灰濛濛。

「還有很長一段路，」倫佐說：「但至少我們看得到終點了。」

卡拉不發一語。

到了晚上，一陣降雨之後又下了雪，落在我們身上，搞得我們又冷又溼，要走的路變得泥濘。我們於是在山壁上的一個淺淺凹洞紮營。沒東西可以生火，只好蓋著一條條於事無補的荒謬毯子，不停發抖，感覺水氣滲進我們的衣服裡。

我睡得斷斷續續，有一次醒來看到卡拉自己一個人站著，望向一旁。我走向她，她沒跟我打招呼。

「卡拉，妳在煩惱什麼？」我問。

她花了一段時間才開口。「我是一個不公正的人，碧克斯。」她終於開口時，聲音悶住了，「我以為盧卡又背叛了我們。他生前最後聽到的幾句話，是我叫他叛徒。」

「可是卡拉，」我說：「他確實背叛過我們。」

「對，但這次我有一隻玳恩，可以幫我判斷他說的是不是真話。」她的視線經過我，似乎沒停留在任何東西上。「我不信任他，我也不信任妳。既然都說到這裡了，老實說，我還是無法完全信任倫佐。」

她陷入沉默，但沒有離開。我不確定說什麼能讓她感覺好一點，就只是站在她身旁，希望這樣就足夠了。

一會兒過後，卡拉又開口了。「我是這支……這支……注定失敗又毫無意義的冒險隊伍的領導者。我帶著大家走進森林，害死盧卡，也差點害死所有人。我癱在那裡，被埋在裡頭，無能為力。我以為自己會在那裡待上好幾天，聽著倫佐和甘布勒愈來愈虛弱的聲音，聽他們多飢餓、多恐懼。知道我們會花上很長的時間慢慢死去，知道是我害他們變成這樣的。」

「卡拉，妳只是個人類。人類、斐利韋、玳恩……我們都會犯錯，我們有時候都會失敗。」

她輕輕點頭，但我看得出來，她並沒有接受我的說法。

「我們在隧道裡的時候，」我說：「托布有一次要我帶頭。」我看著卡拉的眼睛，「我從來沒有那麼害怕一個詞彙過——帶頭。」

「第一次永遠是最困難的。」卡拉微笑，很淺很淺的微笑。「不過碧克斯，在一切落幕之前，妳很有可能還得再帶領我們，妳最好要習慣。」

「真的會變得比較容易嗎？」

卡拉笑了幾聲。「呃，會變得……不太一樣，感覺更熟悉。但妳說變容易？不會的。」

「我們先前討論了關於恐懼這件事，每個人都不一樣。」我猶豫了一下，想起自己的問題讓倫佐沮喪成那樣，但我還是問了：「卡拉，妳曾經感到害怕嗎？」

她慢慢呼氣，那些氣體在冰冷的空氣中變成白霧。「我怕失敗，」她說：「怕讓你們所有人失望。」

「聽著，卡拉，」我盡可能用睿智的、家長式的口吻說話，「妳可以沒有把握，妳可以氣自己，但我們還是需要妳。如果妳需要時間的話可以花一陣子想一想，看怎樣才能讓妳好過一點。然後妳就回來，繼續領導這支注定失敗又毫無意義的隊伍吧。就算那代表妳得冒著相信別人的風險。有件事我很清楚，卡拉——妳有時候可能會失敗，但我們永遠不會對妳失望的。」

我以為自己冒犯到她了。不過一會兒過後，我感覺到她的手搭上我的肩膀。「這並非注定失敗，也並非毫無意義。」卡拉輕聲說：「我們會找到妳的移動島，我們會找到妳的玳恩夥伴。」

我點點頭。「妳說得對。」我哽咽了，「這場冒險不是毫無意義。有妳在，甚至不會注定失敗。」

她笑了，並且給我一個擁抱。「要回來睡覺了嗎？」我問，忍住一個呵欠。

「再一下，我保證。」

我艱難的走回那條可憐兮兮的毯子旁，躺在冰冷潮溼的地面上，臉迎著雪花。

在睡著之前最後聽到的聲音，是倫佐的說話聲。他躺在我附近，用非常小的音量說話，可能只說給自己聽吧。

「我喜歡那個女孩。我好喜歡她。」

24 在海上

到了早上，烏雲低垂，偶爾灑下一些雨水，其他時候則降雪到我們身上。最後我們站到一個陡峭的堤岸頂端，再度看到了海。海不再是遙遠的一片灰濛了。就在我們前方，不到半里格外。

遠變近不在我們手邊，已經送給了特拉曼領班。不過光用肉眼也看得到沿著海岸往東北方走會抵達一個小漁村。再過去，我們還看得到一個規模更大一點的港都，那裡有桅杆和碼頭。右手邊矗立著一路延伸到海裡的山丘，那是戴瑞蘭和聶達拉的分界。

想到我們有多接近移動島——代表有可能找到更多玳恩，我的心跳就加速了。我嘗了一下風的味道，希望能聞到一絲同類的氣味，儘管知道可能性很低。

沒有，沒有其他玳恩的味道，只有鹽和海。

「我沒看到塔洛。」卡拉說：「但可能在那一小塊彎彎的陸地後方，被擋住了。」

「活生生的島嶼，移動方式很不規律。」倫佐說：「會受到海中食物來源影響。」

「你們認為那座島真的是肉食性的嗎？」托布緊張的問。

「有可能只是謠言，」卡拉說：「為了要人別接近那座島所編的故事。」

「畢竟，我們最後也發現那隧道裡的蟲子不會傷人呀。」我說：「雖然渥比的歌謠是那樣唱的。」

「那些蟲子才不是無害的咧，」托布打了個冷顫，「我永遠都會做蟲子的噩夢了。」

一條道路通過我們和大海之間，上頭擠滿行軍的士兵，載滿行李的馬車。「這個斯格利卡薩有多少士兵啊？」倫佐問。

「顯然比莫達諾能召集的軍力還多。」卡拉陰鬱的說：「如果特拉曼成功在山脈下方挖出一條隧道，那麼戴瑞蘭的軍隊就會湧入聶達拉，我們的……」她打住，「莫達諾的軍隊都聚集在東方了，認為敵軍會走水路來襲。那麼特拉曼的隧道將會毀滅他們。戴瑞蘭會把他們全都推入海裡。」

「莫達諾的士兵那麼少嗎？」倫佐問。

卡拉聳聳肩。「很多人不願意為莫達諾上戰場。但如果知道事態有多危急，可能會願意打一場聶達拉保衛戰——不過這類人不會響應莫達諾的號召。」

「西邊的人呢？曾經是名門貴族，後來被流放的那些人呢？」倫左轉頭問卡拉，「例如妳的家族，他們不會想要設法解救聶達拉嗎？」

「要我爸舉起手保護莫達諾，他寧願先砍掉自己的手。」卡拉回答：「還有其他許多人會聽從我爸的指示。」

甘布勒優雅的窩在一片薄薄的石頭上，這時嘆了口氣。「最先從那些隧道跑出來的會是特拉曼。」他說：「他們不只殺戮，還會吞掉一切。」

「不用再猜想了。」卡拉堅定的說：「我們有我們的去向，有我們的終點。這場戰爭不關我們的事。」

「目前是無關啦。」倫佐悄悄說。

我們等士兵通過後才繼續前進，彷彿走了一百年才到達海岸。抵達時，發現一片深色沙灘，往四面八方延伸了好幾里格。盯著大海看也於事無補。遠方有幾艘船，不過沒有島，活生生的島或一般的島都沒有。

這時，托布瞄到它了。

太陽朝地平線下沉，我們開始思考晚餐的事。托布發現一棵形狀雜亂的樹，宣稱樹的葉子可以讓食物更美味，結果在採集的途中急忙衝到一座沙丘的頂端。

我聽到他遙遠又細小的聲音了。

「那裡！在那裡！」我們衝上黑色沙地，來到他旁邊。果然，那一小塊彎彎的陸地的另一頭，坐落著一個小島，上頭覆蓋著色彩鮮明的樹木——紅、綠、黃，與大陸上顯得低調的長青樹完全不同。

我很確定，那就是我在山脈另一頭的聶達拉僅僅瞄到一眼的島嶼——塔洛。

卡拉和倫佐告訴我，塔洛是一隻魯克雷——一種古老的水中巨獸。數千數萬年來，這稀有生物的身上堆積了一層又一層的泥土和植物，最後變成了一座活生生的移動島。

「就是那座島。」我說出口的音量很小，只是個呢喃。

我繃緊所有神經，試圖判斷有沒有什麼線索可以證實上頭有玳恩存在。那也許會是我們充滿旋律性的語言、絲綢般的毛皮的氣味、玳恩做的樹巢。

什麼也沒有。

卡拉歪著頭說：「海岸上的村子有點不太對勁，看看小牧場，我數了數，發現有八匹……不對，九匹駿馬。哪有小漁村繁榮到養得起九匹馬？」

「漁夫多賺的每一毛錢，都會投到船的上頭。」倫佐同意她的看法。「而我只看到兩艘船被拉到泥地上。」

「蹲下！」甘布勒下令：「立刻蹲下！」

我們都蹲到沙丘後方，掩藏自己的身影。「甘布勒，你看到什麼了？」

「制服，綠配棕色。」甘布勒說：「我只看到一個，但有一個士兵總是代表有更多士兵駐守。天黑之後，我到前面探探路。」

稍晚入夜後，我們一起窩在沙上，等待甘布勒無聲的從黑暗中浮現。

「那不是漁村。」甘布勒證實我們的猜測正確。「我看到一整個排的士兵，還有好幾個軍官，比一般小編制的駐軍會搭配的數量還多。那些馬是軍官的馬。」

「多餘的軍官。」卡拉若有所思的說：「他們有可能在追蹤那個島的動向。」

「或者準備往南，與更多軍隊會合。」倫佐提出另一個可能。

「不管怎麼說，如果不通過那個村莊，不從五十多個武裝的人類面前走過，」甘布勒說：「我們就到不了塔洛。」

「我們可以偷一艘船。」倫佐提議。

卡拉打量了我們一整群人。「誰懂航海？」

托布猶豫的舉起手。「我開過船，渥比靠大海吃飯。」

「你認為搭船登島的機率有多高？」卡拉問。

「潮汐每十二小時變化一次，」托布說，並揉揉自己的下巴，「看起來……噢，我真想念我的遠變近！看起來好像要漲潮了，幾小時後，船就會浮在水上了。」

「船主呢？」倫佐問。

「八成要等到第一道曙光亮起，船主才會出現。我們可以在任何人注意到之前出海。」

「奈泰特掌管所有水域，」卡拉說：「但是他們大多待在離岸更遠的地方，不會窩在海岸線附近，幸運的話，奈泰特不會注意到我們。」

就在此時此地，我們決定偷走其中一艘船。我們準備等待潮水浮起，然後航行半里格左右到島上。

卡拉確定時機來臨，我們便走上泥地，每走一步，腳就在不斷吸吮的黏糊中下陷一些。我們彎低身子，徹底保持安靜，儘管其他人似乎不太可能聽到我們的聲音。有人在舉辦喧鬧的宴會，許多人的聲音聽起來已經醉了，還有魯特琴和鼓演奏的音樂。

有兩艘船漂浮著，我們來到最靠近我們、最小型的那艘旁邊。甘布勒走在泥地上最不費力，在黑暗中幾乎是隱形的，因此他最先偷偷溜上前，然後回來報告——船上沒人。

我們上船上得有點艱難，因為船仍在泥地上微微傾斜，單桅杆與地面呈現四十五度角。整艘船不到二十英尺長。

我翻了翻客艙，找到一點食物——一條臘腸，以及一些餅乾。帶走食物等於是偷竊，不過轉念一想，我們都準備要偷走整艘船了。良心折磨著我。這艘船叫葛拉米斯玫瑰，船頭刻著那幾個字，字母都褪色了。這是某人的吃飯工具。

卡拉似乎在想一樣的事情。「托布。」她說，並指著放皇冠的那個袋子。

托布將閃亮的金環交給倫佐，倫佐撬下了一顆小寶石，翻了個白眼，將綠色的石頭扔給卡拉。

「我們可以把寶石留在這裡面。」我用力踢了一下船甲板上的櫃子。「上頭有船的名字。希望船主會比其他人更早發現。」

「妳們兩個愈來愈好心了。」倫佐嘴裡抱怨，但還是幫忙卡拉拖行那櫃子，放到乾燥的沙地上。

船隻散發出魚腥味，不過我們待過更糟的地方。很快的，我們開始感覺到船身隨著逐漸高漲的潮水擺動起來了。起先，我們在和緩的漲潮中前後搖擺，接著，甲板突然變水平了，我們下方有了水。

「隨時可以放帆了，如果微風固定從西北方吹來的話。」托布說：「天還要再一小時才會亮。」

「很好，」卡拉說：「揚帆吧，托布船長。」

「遵命，司令。」

渥比在聶達拉是知名的漁夫，不過他們的船堅固歸堅固，構造相較下單純多了。我不得不佩服托布活蹦亂跳的效率，他跳上船尾，抓住船柄，同時叫倫佐拉繩子揚帆。

我們優雅、輕盈的滑過水面。托布用力將船柄推向其中一側，風翻飛著帆。整艘小船大大傾斜，接著在幾分鐘內，我們與移動島之間的距離拉近了，看過第一眼就讓我魂牽夢縈的地方快到了。

我跟托布一樣，好希望已失去的遠變近還在手邊啊！眼前只看得到一大片稠密蒼翠的樹林，天亮前的鈷藍色天空映襯著那黑色的形體。我的心臟不規律的跳動著，在鹽味刺鼻的潮溼空氣中呼吸愈來愈急促。我也許，只是也許，就要見到另一隻玳恩了——而且也許有好幾隻。在我的玳恩幫毀滅後，也許我就要第一次見到同類了。

聞那熟悉、安心的氣味。

聽我們語言的美妙旋律。

與我的族人在一起。

這場面我幻想過多少次？在朋友入睡後，只有警醒的月亮陪伴的深夜，我想像過這一刻多少次？我會不會得努力擠出一些深刻的話語？其他玳恩會建議我這麼做嗎？

我會哭嗎？會笑嗎？還是又哭又笑？

我看著他們的眼睛，會不會覺得我又變成了從前的自己？還是說，我已經徹底改變了，不再是原本的碧克斯了？不再是同一窩玳恩的崽子，玳恩幫內最不重要的成員了？

「緊張嗎？」卡拉也來到船頭，我的旁邊，冒著破浪時可能被冰冷海水噴灑到的風險。

「緊張。」我承認。

「嗯，我希望妳開心又滿足，碧克斯。」

淚水盈滿我的眼眶。「謝謝妳，卡拉。要不是妳，我根本不可能來到這裡。」

卡拉靠著我的肩膀，然後我們沉默的看著島嶼愈來愈接近。

我覺得好像瞄到卡拉眼中的淚水，但也可能是海上潑來的鹽水。

25 終於登島

「收帆！下槳！」托布大喊。

倫佐放下船帆，卡拉和我將兩把長槳放入水中。卡拉拿一把，我拿一把。倫佐很快就來跟我一起划了，因為我的力氣和卡拉不可能搭得起來。

我們一吋一吋的，愈滑愈近。滑了半小時左右，輕易跟上島嶼的移動速度，並且繞到它靠外海的那側。目前還沒有人追過來，但不久後，岸上肯定會有人發現船被偷了。

希望我們留下的寶石能夠安撫船主。還有，只要我們躲在島後方，隱藏行蹤，至少有平安脫身的機會。

黎明的天色愈來愈亮，樹木和其他植物的顏色也變得明朗。「好美啊，」我說：「你們真的覺得這座島……可能有危險嗎？」

在我聽來，「危險」比「肉食」好一點。

「妳是想問這座島會不會吃掉我們嗎？」卡拉說：「我猜只有一個方法可以知道答案。」

「這地方布下了重重法術，」倫佐低聲說：「我感覺得到。」

「什麼樣的法術？」我問。

「古老的法術，防海蛇和龍的。」

「非常古老。」卡拉同意：「肯定有巫術防衛、保護這地方好幾個世紀了，不過那些咒語感覺都很微弱。島嶼上的魔法已經消散了。」她瞄了我一眼，「碧克斯，妳有沒有感覺到什麼？」

我搖搖頭，「沒有。」

「嗯，」卡拉說：「我們該登陸了，托布船長。上去看看有什麼新發現吧。」

「希望這座島已經吃過早餐了。」倫佐補了一句，面帶陰森的微笑。

在托布的引導下，小船駛上一小片細長的沙灘，縞瑪瑙色的沙子閃閃發亮，像是滿天星。船頭停在沙上，壓出嘎吱聲。

倫佐跳上岸，將船綁到一根樹幹上。他每踩一步，靴子就會留下一個印記，使黑沙變紫，彷彿暫時瘀青。

接著換我爬下船，我立刻感覺到空氣怪怪的——那也許是法術的回音？也許只是因為四周完全沒有聲音。沒有鳥叫，沒有好奇的生物溜過來偷看，只有我們製造出樹枝斷裂的聲音。葉片隨風飄揚，沒有任何颯響。就連海浪的拍打也安靜無聲。

卡拉、托布、甘布勒來到我身旁，我們穿過沙地，各自在身後留下一串紫色腳印。甘布勒巨大的腳掌碰觸到沙灘時，動作輕得不得了，幾乎沒留下印記，只有薰衣草色的光芒短暫冒出，像是最後一道夕陽餘暉。

「沙子好燙！」托布跳啊跳的，一下以左腳，一下以右腳站立。

「我的腳掌好像燒起來了。」我同意。

「有點溫暖。」甘布勒看法相同。

卡拉碰了一下沙子，縮回手，沙上留下一個酒紅色的掌印。「我懂你們的意思了。」

「就連我的靴子也暖暖的。」倫佐說。

「碧克斯、托布，」甘布勒說：「爬上我的背。我的腳掌很厚，只要不斷走動，我幾乎不會有什麼感覺。」

我爬到甘布勒背上，托布也上來了。「我沒看到任何人。」甘布勒涉過沙地，而我往前方張望，一邊低聲說話。「有人在嗎？」我呼喊：「有人在嗎？喂！我們愛好和平，不會傷害任何人！」

一陣沉默。

我們從海岸看到島時，看起來不怎麼大，寬大概不到四分之一里格，長度則是兩倍。卡拉盯著綠色、黃色藤蔓在我們面前交織成的蒼翠簾幕，希望找出一個有線索的孔隙。她什麼也沒發現，於是開始拿劍劈砍葉子，起先動作很輕，接著更用力了一些。

倫佐也跟進了。接下來的幾分鐘，只聽得到他們沉重的呼吸，以及金屬撞擊樹枝的悶響。我們的腳印仍顯現在沙地上，然後又消失。甘布勒在沙地上來回踱步，以免腳下溫度變得過燙。

我每隔一段時間就發出呼喚，豎耳傾聽，看有沒有回應。就算只是聽到鶴鶉的啾啾聲，我們也會鬆一口氣。但四周仍然沒有任何聲音，只有氣喘吁吁又焦慮的我們在出聲。

「也許，」托布提議：「用你們的語言說話會有用喔，碧克斯。」

有道理！我又試了一次，這次用玳恩語，「巴路西，洛努，啊路克斯？」這句「有人在嗎」在我自己聽來也很古怪。

還是沒有回應，沒有聲音。

卡拉和倫佐繼續拚命揮劍，一吋一吋緩慢前進。十分鐘後，倫佐用力砍向一根頑強的樹枝，在它讓位給一片空缺時倒抽了一口氣。

我們小心翼翼望向他們砍出的洞。

「是一塊空地！」我說：「裡面有……瀑布！」

我們很快就發現自己置身於一片巨大、開闊的土地上。沙子消失了，紅藻形成的厚毯取而代之。「走在上頭很安全。」甘布勒回報，托布和我便跳下他的背。

濃密植被的沉默讓位給奔騰的水流聲，另外還有一陣奇怪但可愛的音樂混在裡頭。經過那巨大得像要壓垮人的寂靜後，我的耳朵花了一段時間才調適好。

我們眼前有一個水池，正圓形的。池子後方有閃亮黑石堆疊成的牆壁，水量稀少的瀑布從石縫中湧出，應該有十幾道吧。

「那是水嗎？」托布問：「顏色好怪。」

「不確定是什麼，但總之很美。」我說。

「我不確定自己敢不敢喝。」倫佐說。

瀑布的顏色各有不同——淡淡的琥珀色、銀色、紅色，在水流注入池子的瞬間全都變成了黑色。

「那音樂，」托布說：「是從水裡來的。」

沒錯，托布說得對。每道瀑布似乎都帶著不同的音調，融合成某種無調性的音樂，夢幻又飄渺。

池中伸出許多花朵，莖很長，上頭沒有葉子。每根莖都只托著一個巨大的金色花苞，慵懶旋轉著，像是小孩子的玩具，還散發出細緻的甜香。

音樂，香氣……不知怎麼的，有點熟悉。

這一切我是知道的。

如此撫慰心靈。

我吸入空氣，試圖分析那複雜的氣味。花朵的香氣壓倒一切，但我很確定空氣中還有某種味道，熟悉的味道。

我腦海中冒出一個想法，感覺像是撥雲見日一樣驚人——很久很久以前，玳恩還會慶祝貝冷馬斯，也就是新月之夜，月亮細小得像一小片銀箔的夜晚。整個玳恩幫會一起歡唱充滿希望的歌曲、悲傷的抒情歌、喧鬧的調子，和聲完美，一路唱到太陽升起。

當然，我從未參加過貝冷馬斯。在我出生的這個時代，世界上僅存的玳恩將低調行事看得比開心歌唱更重要。不過爸媽曾經教我們一點古老歌曲，輕輕哼唱那些旋律哄我們睡覺。

我閉上眼睛，讓童年聽過的某首歌的記憶碎片安撫我。那旋律很簡單、很輕快、很傻氣。

足以安慰心靈。

我睜開眼睛，再度開始嗅聞。卡拉疑惑的看了我一眼，但我只能聳聳肩回應她。她拔劍出鞘，倫佐也舉刀做好準備。

甘布勒打破沉默。「我聞到人類的味道。」他咕噥，「不久前還在這裡。」

人類，對。「我也聞到了。」我說。

我揮手示意我的朋友留在原地，而我緩慢前進，不確定自己要往哪裡去，但我知道非得動起來。

瀑布後方有一棟長長的石屋，屋頂覆蓋茅草。沒有煙霧從煙囪冒出，建築物散發出荒廢的氣息。然而，屋頂整頓得很好，而且有誰從門邊開始除了一片草，在建築物四周鋪了一圈碎石。

我走得更近一些。

門軋軋開啟了。

花兒旋轉，瀑布歌唱。記憶甦醒。

我是先知道才看到，還是先看到才知道？

那重要嗎？

不，唯一重要的，在這廣闊的世界上唯一重要的是——我的面前，終於又站著一隻玳恩了。

第三部　命運

26 艾列瑟

妳不孤單。

我又想起了夢中聽到的話。

說得對。

我不孤單，不再是了。

我的面前站著另一隻玳恩。我的血親，我的同類。

他是男性，年紀很大，比我爸還老。他下巴的毛色灰白，尾巴變白也變乾瘦了。

我朝他移動，忘了該謹慎行事。愈走愈快，最後幾乎跑了起來。

我在他幾吋前停下腳步，用通用語對他說話，嗓音顫抖，「你好，玳恩伯伯，我是碧克斯。」

他盯著我，眨眨眼，歪了歪頭。

我發抖著，期待的心情使我暈眩。

他會說什麼？

他會怎麼問候我？

我們會擁抱嗎？

「妳是誰？」老玳恩厲聲說：「我可沒預料會見到妳。」

我倒抽一口氣，在腦海中重演了出乎我意料的句子。這不合理，玳恩看到我應該會很開心才對啊。

他當然會了解這一刻有多重要啊。

「我……我們……」我結巴著，「我不懂。」

「妳是來這裡取代我的工作嗎？」老玳恩說，黯淡的眼神亮了起來。

「取代你？」

「不然妳為什麼會在這？」他盯著我，顯然很不安。「他們派這麼年輕的小伙子來，真是怪了。」

卡拉上前解救我了。「我叫卡拉。」她跑到我身旁說：「他們是甘布勒、倫佐、托布。」

老玳恩不爽的搖搖頭。「你們都不是我等待的對象。他們說我會見到兩個物種，士兵，以及一個走私者。」

「老先生，可以告訴我們你的名字嗎？」卡拉客氣的問。

老玳恩僵住了，彷彿那是一種冒犯。「我叫艾列瑟。」他懷疑的瞇起眼睛，「如果你們要來這辦事，應該早就知道我叫什麼了。」

我的心不斷飛馳，試圖理解他在說什麼，儘管我的肚子像是被挖了一個冰冷的洞。艾列瑟到底在表達什麼？他不知道玳恩已經要絕種了嗎？他看到年輕的玳恩難道不感到開心嗎？

「艾列瑟，我認為呢，」卡拉說：「你最好告訴我們這裡發生了什麼事。」

「憑什麼要我解釋？滾出這個島，全滾出去！你們沒有權利待在這裡！」

卡拉的手放到劍柄上了，不過甘布勒更直接，牠輕輕一跳便跨越雙方之間那一小段距離，露出閃閃發亮的門牙。「回答問題，」他平靜的說：「不然就當我的早餐。」

「甘布勒！小心點！」我想都沒想就喊出聲來了，儘管我知道甘布勒不會傷害那個老玳恩。

甘布勒展現他的力量後，艾列瑟不再堅持他的反對態度了。他氣呼呼、念念有詞的帶著我們進入石屋。那顯然是個宿舍或營房，有四張適合人類睡的帆布床，還有一大張稻草墊子，可當作斐利韋的床。小廚房內有個開放式壁爐，目前沒生火，還有一個流理台堆著鍋碗瓢盆。狗繞了房間一圈，興致高昂的嗅聞著。

「這是什麼地方？」卡拉質問：「別忘了，我們這邊也有一隻玳恩。」

艾列瑟瞄了我一點，舔舔嘴脣。「如你們所見，這是一個營房。」

「給誰住的營房？」卡拉追問。

他沒回答。

「好囉，甘布勒。」卡拉朝艾列瑟的方向揮了一下手。「早餐送上來了。」

「不！不！」艾列瑟喊叫：「你們要害我的兒子變成孤兒嗎？」

「你兒子？」我脫口而出。

「他是無辜的，只是個小男孩。」

「他就算是高高在上的王子，我也懶得管。」卡拉兇巴巴的說：「告訴我們所有的事，現在！」

艾列瑟疲倦的坐到一張木椅上。「這座島的用途是運送……某些人……往返於聶達拉和戴瑞蘭之間。」

「某些人？」卡拉問。

艾列瑟聳聳肩，望向一旁。「某些聶達拉人不怎麼喜歡莫達諾，那樣的人希望離開聶達拉，住到戴瑞蘭去。」

「叛國者？」

「妳可以這麼稱呼，」艾列瑟說：「不過他們自己不會用那個字眼。」

「你在協助聶達拉的難民？」卡拉問。

「對。」艾列瑟說，並舉起雙掌。

卡拉轉頭看我。「那是謊言。」我用氣音說。這感覺很古怪，彷彿背叛了自己的同類。

「告訴我們，你載了哪些聶達拉人。」卡拉說。

「他們是……」他憤怒的瞪了我一眼。「他們是有理由逃離莫達諾的聶達拉人。」

隔了好一陣子，倫佐終於開口了：「你為什麼要幫助他們？」

「我為斯格利卡薩工作，」艾列瑟說，表面上的驕傲和內心深處的羞恥拉扯著他。「我的工作是向人提問，確認他們口中的故事是真是假。」

「你正在等新乘客過來。」卡拉說：「是戴瑞蘭人嗎？」

艾列瑟不自在的調整了一下坐姿。「對，現在有人要從戴瑞蘭前往聶達拉。我會問他們問題。有時候同一批戴瑞蘭人又會回來，我又會問他們問題。」

倫佐大笑，「從某個角度看是叛國者，從另一個角度看是間諜！」

「那是你說的，」艾列瑟說，但他沒再多說什麼。

我躺到其中一張帆布床上，頭枕著雙手。

我拚了命的尋找玳恩，過程中不只讓自己，也讓朋友深陷險境，結果找到的是一隻服侍斯格利卡薩的玳恩。

他運用玳恩能力檢驗那些號稱要投奔卡薩的人，然後將間諜運進聶達拉，等間諜回國時再檢測他們。

這就是長久以來，我渴望見到的玳恩？

「不過，你怎麼讓島嶼聽從你命令？」卡拉追問。

「我當然辦不到。」艾列瑟說，試圖擺出他原本的傲慢態度，「沒有人能指揮移動島，只有奈泰特。」

倫佐瞇眼。「奈泰特允許……而且支持這項行動？」

艾列瑟沒回答，沒那個必要。

卡拉看著我們。「如果奈泰特和戴瑞蘭人一起密謀，特拉曼又被卡薩奴役，那麼聶達拉就沒有希望了。」

「重要嗎？」倫佐酸溜溜的說：「無論莫達諾或卡薩，都是渴望權力的狂人，急著想打仗。」

「我永遠不可能站在卡薩這一方，他可是個瓦爾提。」甘布勒說：「而且我的家人、我的兄弟姊妹都在聶達拉。」

「我的家人也是。」卡拉說：「不過我不想做任何幫得到莫達諾的事，我會恨死。」她轉身面對艾列瑟，「你原本預計什麼時候和南下的乘客碰面？」

「槳帆船隨時會到達，我現在只想叫醒我兒子幫忙打掃，但他是個懶小孩，不太聽我的話。」

「如果不想打沒勝算的仗，我們就得離開了。」卡拉說。

托布舉起一隻手，他習慣在插嘴時這麼做，「他剛剛提到槳帆船。在深水域，帆船有可能跑得比槳帆船快，但得要風向站在我們這一邊。」

「什麼是槳帆船？」我問。

「叫奴隸划槳的船。有些槳帆船用的奴隸多達二十個，兩邊各十個。槳帆船根本不在乎風向如何，吃水很淺，因此現在可能躲在我們看不到的某條水道上。」

「現在是怎樣？」

那是一個新的聲音，而我們所有人都轉身望向聲音的源頭。

我的心臟漏跳了一拍。

門口站著另一隻玳恩。

27 攻擊！

艾列瑟說他有個兒子，有小孩。不知為何，我以為他的兒子會是年紀更小的玳恩，不過眼前這位看起來跟我差不多大。

他比我矮一點點，不過肩膀更寬，長著亮澤的麥色毛皮，還有一對大大的淚珠形耳朵。看起來委屈又憂心的艾列瑟說：「這是我兒子，麥克辛。如你們所見，他只是個孩子。」

麥克辛翻了個白眼。他望向我們，輪流看了看每個人，最後視線停在我身上。我們盯著彼此，坦率的表現出好奇。我好久好久沒有看到同年齡的玳恩了。

這應該要是值得紀念的一刻才對，空氣中應該要充滿喜悅之歌。但我終於見到兩個同類，終於面對「我其實不是末體」的鐵證後，我眼中還是只有麥克辛和他父親。

他們不只是一個抽象概念，不只是一個證據，證明我的物種也許還存在。他們是具體的個體。

我突然發現卡拉在等我表示些什麼，這停頓肯定長得令人不太舒服。而我什麼也沒做，就只是瞠目結舌，嘴開開，像個蠢蛋，於是她開口了。

「我是卡拉。」她指著其他人說：「甘布勒、倫佐、托布，當然了，還有碧克斯。」

「碧克斯。」麥克辛重述了一次。

我點頭點得有些太用力了，我還是說不出話。

「不過現在是什麼情形呢？」麥克辛問。

「你父親似乎被斯格利卡薩利用了，替暴君評估間諜和叛國者說的是不是真話。」卡拉直率的說。

「我知道，可是……」麥克辛皺眉。他的眼睛很有趣，顏色比我的深，色彩分布像一場暴雨，很難從中讀出他的想法。「那跟你們有什麼關係？」

我承認，我們是一支雜牌軍，而且我非常能體會麥克辛的困惑。

「我們在……」我最後開口說話了，聲音在我自己耳中顯得很奇怪，「我們一直在尋找玳恩。在聶達拉，據說玳恩已經滅絕了，被莫達諾消滅了。我以為我是……」

我說到哽咽了，尷尬的搖搖頭，望向卡拉求救。

「碧克斯相信，或者說擔心自己是末體，是最後一隻玳恩。我們一直在尋找更多她的同類。我們在聶達拉瞄到移動島，就跟了過來。」

「但我們不是最後的玳恩啊。」艾列瑟說。

我花了一會兒才消化完他的話語。「我們……不是？」我勉強擠出一句話，擔心自己忘了要怎麼呼吸。

「確實，我們剩下的數量很少，」艾列瑟說：「島上原本有個小聚落，但現在只剩我們兩個了。不過我很驚訝，妳竟然對佩拉荀河聚落一無所知。我從來沒去過那裡，不過……」

「佩拉荀河？」卡拉插嘴，「那在聶達拉西北部，我家族的土地更過去一點的地方。那區域住滿了殘暴的野獸和怪物，沒人會去那裡。就算去了，也回不來。」

「也許吧。」艾列瑟說：「不過如果那是你們要尋找的地方，就快上路吧，趁卡薩的人馬還沒來，時間不多了……」

甘布勒的耳朵抖了一下，背毛豎起。「太遲了，」他說，並伸爪，「他們來了！」

甘布勒第一個衝出門，卡拉拔劍緊跟在後。

進入空地的是一對盛裝打扮的男人和女人，四個士兵，還有一個看起來像流氓的傢伙，身上帶著一根木棍，其中一端有沉甸甸的圓頭。

他們和我們同時瞄到彼此，不過卡拉比對方更果斷的指揮。「攻擊！」她大喊。

四個士兵，還有另外三個人。他們身上有五把刀、一根棍棒，另外那女人身上可能藏著武器。

至於我們這方，有一個年輕女孩拿著傳奇神劍、一個小偷拿著盾牌與刀、一隻沒有武器的渥比，不過托布生起氣來沒人知道會發生什麼事，還有我，手上有一把小刀，但我喜歡想成一把劍。

當然了，還有狗。

不過我們還有其他成員——一隻斐利韋。

我一直都搞不懂甘布勒是如何辦到的，他的動作快如閃電，同時又優雅，且幾乎是放鬆的。他奔跑，躍起，發出可怕的咆哮，撞上最靠近他的士兵，同時揮掌摑倒第二名士兵。

卡拉朝第三名士兵揮劍，對方擋得很好，但他的武器根本比不上聶達拉之光，被砍成了兩半。卡拉再反手一揮就嚇跑了他。

女人尖叫，緊抓著男人，男人則拚了命的要抽出飾有寶石的劍。倫佐的盾牌邊緣砸向男人，使他倒臥在地。就這樣，我們的勝算變得大多了，現在面對的是一名士兵、兩個平民。

拿木棍的大塊頭是個英勇、經驗豐富的戰士，他手中的武器畫了一個大弧，擊中倫佐的背，倫佐痛得大叫，重重落地。

我抽出刀子，但我只會一招。我發出混合了恐懼和決心的叫喊，直直衝向巨漢，而他也拿木棍瞄準著我。不過必要時，我的動作可以很敏捷。我撲向他兩腿之間的地面，砍向他其中一邊膝蓋。我感覺到刀子遭遇了一些阻力。

落地的衝擊將我肺裡的空氣全逼了出去。我無助的躺在地上，努力想呼吸。我的眼角餘光瞄到剩下的士兵掉頭就跑，大喊：「救命！救命！」

我奮力往前爬了幾英尺，然後翻身。我看到拿木棍的巨漢腳步蹣跚，鬆了一口氣。血液浸溼了他的褲腳。他驚訝的看著我，眨眨眼，彷彿不敢相信自己看到什麼，接著跪倒下來。

甘布勒對敵人露出了一種表情，我很慶幸他不曾用那樣的臉看我。卡拉的劍染紅了，倫佐笨拙起身，緊抓著自己的背，痛得咬牙切齒。

我聽到有東西飛了過來，倫佐同時撲向卡拉。是一支弓箭，劃過卡拉上一瞬間所在的位置。有人發出吃驚的喊叫，我看到插著羽毛的箭桿從艾列瑟的胸口伸了出來。

逃走的士兵帶了一個弓箭手回來。

「爸！」麥克辛尖叫，及時接住倒下的他。第二支箭飛來，擦過甘布勒。

經驗老到的弓箭手可能要三秒的時間才能裝好新的箭、拉弓、瞄準，但甘布勒只需要一眨眼的工夫便能撲向對方，以利牙刺穿對方身體。

剩下的士兵跪在地上，雙手高舉空中，「我投降！我投降！」

卡拉的劍立刻架到他脖子上。「還有其他士兵會過來嗎？」

「沒、沒有！沒有了！」

「你怎麼來的？」

「槳帆船。」士兵尖聲說。

「托布，把他綁起來。」卡拉下令，「甘布勒，跟我來！」他們兩個衝向海邊。

我跪在艾列瑟身旁，在麥克辛對面。艾列瑟還活著，但我懷疑他撐不久了。那支箭深深埋入他的胸口，他每一個呼吸都非常費力。

「兒子啊……」艾列瑟氣喘吁吁。

「爸！」

我說：「我們可以試著把箭拔出來。」

「斯格利的手下用的是帶刺的箭頭。」麥克辛憤恨的說。

那兩個平民——穿著昂貴華服的男人和女人，仍在現場。被倫佐打倒在地的男人艱難的起身，但看到事態變化後，把劍扔到地上。「我不是軍人！」他宣告。

「你不是，你只是一個間諜。」倫佐咆哮，背部的疼痛使他哼了一聲。

卡拉和甘布勒跑著回來，似乎鬆了一口氣。「槳帆船就停在那裡，大約一百碼外。」卡拉說：「有六個划槳手，都是被擄來的聶達拉人，他們都樂意划船前往聶達拉。」

我試圖集中精神聽他們說話，但我的心思離不開躺在地上的老玳恩，他兒子將父親輕抱在懷中。

「他還好嗎？」我輕聲問。

麥克辛看著我，展露出純粹的憎恨。

「他死了。」他說：「是你們害死的。」

28 槳帆船追逐戰

淚水從我的眼中湧出。失去爸媽是無法承受的痛苦，而且是以如此暴力的方式……我了解那是什麼感覺，我太了解了。

「對不起，麥克辛。」我擠出這句話。

「不用可憐我，省省吧。」

「我懂你的感覺。」我用手背抹了抹自己的臉頰。

「妳怎麼可能懂？」他的嗓音很淒厲，但握著父親的手很輕柔。

「我懂。」我只能這樣回。

「你不能待在這裡，」我說：「雖然我知道你想，但不能就是不能。你得跟我們一起走，才能確保你的安全。」

「我不會服從害死我父親的人。」麥克辛拚命忍著淚水。

「你想死的話就待在這吧。」倫佐提議。

「你在威脅我嗎？」麥克辛質問。

「我沒有。」倫佐邊說邊協助托布將那個男人和女人綁起來，「不過卡薩的士兵到達後，可能會把事情怪到你頭上。人類發火時，往往會將注意力放在身邊最近的嫌犯上。」

我原本想告訴麥克辛倫佐說的是真話，但他當然知道。

「請你聽我說，麥克辛。」我抬起他的手，結果被甩開。「就我們所知，你和我有可能是最後僅存的玳恩……」

「胡說，爸爸經常提到佩拉苟河聚落。」

「他當然相信那是真的，但你怎麼確定他說得沒錯？不跟我們一起走，你要怎麼到達那個地方？」

麥克辛不回答。他的眼神冰冷。我不期待他有更多反應，畢竟他剛剛失去了父親。不過他知道我說的是真話。

「我們得走了。」卡拉說。

「麥克辛，拜託你。」我說。

「別管我。」他低聲說，並撫摸他爸爸的頭，「別管我們。」

我心不甘情不願的跟著卡拉和其他人上了槳帆船。我轉頭回去看麥克辛的次數肯定有十幾次，我一直希望他想通、加入我們的行列，儘管希望渺茫。

「再給他一些時間，」卡拉提議，「他還有可能會過來。」

槳帆船扁扁的，船身長而雅致，十二把槳像小桅杆般立著，靠住槳架。槳陣間有六個男人，全都被上了腳鐐。

卡拉爬上船，不發一語的拔出聶達拉之光，砍向中央的鏈鎖。

奴隸槳手一度傻在那裡，動彈不得，接著他們拉動腳鐐上的鎖鏈，發出響亮的噹啷聲，然後小心翼翼，心懷恐懼的站了起來。

卡拉跳上船體中段的大桶子，用嘹亮又充滿自信的聲音說：「你們是自由人，可以留下來或離開，選擇權在你們。不過請你們知道，我們要把這艘船帶到聶達拉去。你們要是留下來，就得划槳，而且得大力划，但你們會以自由人的身分划船回家！」

六個男人都選擇留下。不過有個鬍子灰白的長者說：「我叫諾伯特。我們心懷無限的感激，我們欠妳這個人情，永遠還不清，不過在聶達拉，我們當中有許多人都立下了誓言，必須遵守很長的一段時間。妳希望我們毀約，向妳效忠嗎？」

卡拉思考了一下。要前往聶達拉，得繞過莫達諾的巡邏船，也得繞過奈泰特。

「對，」她說：「你們欠的人情，我要求這樣償還：在平安抵達聶達拉前，你們必須聽從我的命令——毫不猶豫的執行。安全上岸後，你們就走自己的路，我們也走我們自己的路。這樣一來，你們欠的人情就一筆勾銷，之後你們按照自己的心行動。」

諾伯特看了一下自己的同伴，每一個都點頭如搗蒜。「我們發誓會毫不猶豫的聽從妳所有命令，直到平安抵達聶達拉。」

「很好，」卡拉說：「因為我們沒什麼時間了。」卡拉的劍指著遠方的第二艘槳帆船。它比這艘大得多，快速向島嶼逼近中。

「諾伯特，」卡拉下達指示，「帶三個人和你一起蒐集找得到的任何武器，還有食物。倫佐，帶剩下的人去裝溪水，把你們找得到的所有水瓶、桶子都裝滿。托布熟悉一下這艘船的操縱方式。而且要快！快一點！那艘槳帆船轉眼間就會到這裡了。」

卡拉轉頭看我，「碧克斯，妳得搞定麥克辛。」

我點點頭。「我會試試。」我說。

麥克辛仍在爸爸身邊，和剛才離開前沒兩樣。輕輕抱著他。他看到我回來似乎不感到意外。「我請求妳向爸爸的……爸爸的遺體表示敬意。」他在我蹲到他身旁時說：「妳也許可以生個火，不用很大。畢竟我們是很小的生物。」他和我四目相接，我感覺就像在照著鏡子，看著自己的疼痛倒影。「我們玳恩很渺小。」

麥克辛提出請求時並沒有崩潰痛哭，他挺住了，但我自己的眼眶盈滿淚水。

又一隻玳恩死去了，剩下的數量多麼稀少。

甘布勒經過時無意間聽到麥克辛的請求，「我會搞定的。」

我伸出手。「請跟我們一起走，麥克辛。」我說：「你待在這裡也沒有同伴，不再有了。而我們剩下的數量又是那麼……稀少。」

他做了一個深呼吸穩定自己，然後起身，不握我的手。他走向槳帆船時只回頭瞄了一眼，望向甘布勒，看他溫柔處置著父親的遺體。

麥克辛和我爬上船後，卡拉向我輕輕點了一下頭。

不久後，諾伯特和他的隊員帶著一大堆武器和盔甲回到船上了，倫佐和其他人也同時抵達，身後拖著水袋和水壺。

即將來臨的槳帆船已經縮短一半的距離了。就算沒有托布的遠變近，我們還是看得到船上有二十四把槳，載著至少十來個士兵。

他們怎麼會知道這裡發生了什麼事？我抬頭，看到的是最為無害的海邊景象：海鷗在上空盤旋。也許其中一隻去通風報信了？或者有背叛他們的拉提頓剛好通過？

「甘布勒！」卡拉大喊：「托布！我們準備好離岸了嗎？」

「好了！」托布在船柄旁堅定回答。

其中一個被解放的人來到卡拉身旁說：「我叫艾洛伊許，我也熟悉這一帶海域。」

我點點頭，證實他說的是真話。艾洛伊許便上前和托布討論。

我聞到了一個味道，回頭望向島嶼。一縷輕煙從樹上飄出。

「甘布勒要上來了。」我說，瞄了一眼麥克辛。

「槳手就位！離岸！」卡拉大喊。就在船推進時，甘布勒跳向我們，毫不費力劃過空中，漠然降落在甲板上。

「甘布勒，」倫佐損他，「你剛剛是在耍帥吧。」

「如果沒有能辨真假的玳恩跟著，我也許會否認吧。」甘布勒說。

麥克辛看著甘布勒的眼睛。「謝謝你。」他說，回頭盯著那裊裊升起的煙霧。

甘布勒嚴肅的點了一下頭，「請節哀。」

「放下船槳！」諾伯特下令，然後自己也拿了一把船槳，大喊：「有沒有人來打鼓、決定步調？」

船尾附近擺著一面巨大的鼓，上頭繃著獸皮做的鼓皮。我沒其他事可做，於是坐到鼓旁邊的小圓凳上，舉起木槌敲了一下，發出令人滿意的聲音。

「像這樣，」諾伯特邊說邊拍手，「敲……敲……敲！」

我模仿他發出的節奏敲打，結果船身突然上抬，我差點從凳子上跌下來。我繼續穩定敲打，直到諾伯特呼喊：「兩倍快！」

倫佐填補了號稱熟悉這一帶海域的艾洛伊許暫離的位置，他繃緊肌肉使勁拉槳，說著一些洩氣話，因為他和其他划槳手相比實在太瘦弱了。他們現在微笑著，用盡全力划槳。

我們快速劃過水面，掀起一大片艏波。不過另一艘船開過來攔截我們了，速度還是比我們快。聶達拉國境在我們南方好幾里格外，得繞過探入海中的山脈才會到達。我們不到那裡就無法免於卡薩軍隊的威脅，就我這對經驗不足的眼睛來看，我們不太可能成功。

卡拉、托布和艾洛伊許商量著，一會兒過後，她找上敲著鼓的我。「艾洛伊許說前面有個淺灘，一片暗礁。如果能在卡薩的船攔截我們之前到達那裡，我們就能通過，另一艘船吃水較深，可能會被地形擋下。」

「讓我們祈禱吧。」我說，繼續埋頭敲鼓。

「別只是祈禱吧。」卡拉說：「諾伯特？給我們全速前進的節奏。」

「敲，敲，敲，敲！」他喊道。

我有樣學樣，結果原本就已經快得讓我感到不安全的槳帆船，現在變得像在水上飛似的。

卡拉忙著遞水給划槳手，他們似乎都對這樣的舉動感到震驚。我猜從來沒有人向他們展現過這種善意。我剛剛在甲板上還看到腳邊擺著一條鞭子。

一陣子過後，麥克辛接下卡拉的遞水工作。他的臉上沒有任何表情，但我知道他有什麼樣的感受，我很希望能為他做點什麼，或對他說點什麼。

追逐戰不只維持幾分鐘，而是幾個小時。兩艘船從不同角度飆向交會點，如果交會的時間早了一點點，哪怕只有幾秒鐘，那我們就只有死路一條。

水手們非常疲倦，汗水泉湧而出，划槳的步調令他們的臉皺成一團。我的工作和他們相比只是一丁點，但我也累壞了。

敲，敲，敲，敲，敲。每擊打一次，我們和追兵的距離就拉近一些。我們宛如位在一個三角形的兩邊，逐漸朝頂點會合。對手近到我都能辨識一張張男人的臉孔了，在銀色頭盔下瞪視著我們。

我看到其中一個人從其他人旁邊退後一步，手中拿著東西。那難道是……？

「弓箭！」我大喊。

弓箭畫出一個低低的弧，擊中水面，只差二十英尺就上船了。我們很快就會進入他們的射程。

當然了，下一支箭射中了槳帆船的側面，發出砰一聲。

「卡拉！」托布大喊：「風向變了，我們可以揚帆了！」

艾洛伊許用跑的過去執行命令，但現在有兩名弓箭手瞄準著我們，箭飛來的速度非常嚇人，而且準確率愈來愈高。其中一個划槳手被射中了腿。他痛苦的露出扭曲的表情，繼續划船，儘管箭還插在他身上。

一支箭射中桅杆，只差一點就要傷到麥克辛了。他怒氣爆發，從地上跳起來，拔出箭，朝追擊者的方向扔回去。

姿態非常英勇，但還是無法阻止另一支箭刺穿某個划槳手的手。艾洛伊許跳過去接替那人的位置，因此只減緩了一點速度，但我們沒有再慢的餘地了。

就在這時，一個美麗的場面出現了。托布要求升起的船帆隨風鼓漲，像活過來似的翻飛著。

我們向前飛，就像自己也成了一支箭，筆直、準確、快得要命。

29 達比洛

風很友善，下一波射來的箭只擊中我們的尾波。

「暗礁就在前面了，」艾洛伊許對托布呼喊：「向左舷轉舵兩度！」

我們急轉彎，朝海面上突起的兩顆黑色石塊中間駛去，那裡有一道急流。托布帶著我們直接挺進岩石間的白沫低谷。

我繼續敲鼓，累壞的划槳手持續推拉他們的槳。我瞄向追來的槳帆船，發現那些人臉上掛著憂慮的表情。若是也了解這片水域，就會知道我們正朝水中暗礁衝去。

他們肯定在計算自己的成功率。如果他們乘上正確的浪，就能設法做適當的操縱。另一個方案是避開暗礁，但會追丟我們。

「收槳！」托布大喊。

槳抬離水面了，不過其中一把擊中暗礁，斷裂了。

我們飛過那個縫隙，像雪橇滑過結冰的山丘那樣，我的肚子感覺癢癢的。

「下槳！」托布大喊：「碧克斯！一般速度！」

我又開始打鼓了，不過速度比之前慢。敲，敲，敲。

情勢明顯令人焦急——如果另一艘槳帆船通過暗礁，他們就會逮住我們。我們所有人，包括那些操勞的划槳手，都擔憂的看著那艘船攀上一個浪頭，往前衝。

我聽到一個令人作嘔的碎裂聲，木材爆開了。那艘槳帆船停了下來。下一道浪抬起船，彷彿考慮將它推過裂縫，但船的動作太慢了。浪滑開，船尾重重砸在岩石上。

「太好了！」我大叫，所有人都爆出歡呼——不過那歡呼又同時停歇了，因為我們看到槳帆船像脆弱的玩具般解體，上頭的人被甩到水中，恐懼尖叫。

也許有幾個人能攀在船的殘骸上繼續漂浮，也許有幾個人游泳技術夠好，可以游到岸上。不過我們認為，大多數人恐怕會溺死。

甘布勒似乎看穿了我的想法。「活下來是好事。」他說：「但那不代表看別人死去的感覺會比較輕鬆。」

之後，我們安靜的航行。倫佐在內的划槳手都累壞了，他們休息、吃了頓飯，卡拉則照料他們的傷口和起水泡的手。甘布勒窩在船頭附近的一片陽光照射處，看起來就像大船船頭上的破浪神雕刻。托布靠著船柄，享受平靜的海水，大耳朵在微風中顫動。

我走向船尾的麥克辛。他邊摸著狗邊回望塔洛，移動島現在只是地平線上的一個小點了。

我遞水袋給他。「謝謝妳。」他說，但沒看我。

我腦袋裡有許多問題，但我知道我得閉上嘴巴。只說：「我為這一切感到遺憾。」

麥克辛喝了一大口水。「我知道這不是妳的錯。」他冷冷的說：「不是你們任何人的錯。」他看起來好像我哥阿瓦——同樣有充滿懷疑的眼神，毛也同樣濃密、同樣的金黃色。

「不是任何人的錯，戰爭開打時就是會發生這樣的事。」

「戰爭還沒開打。」我說。

「會開打的。」麥克辛轉過身來，背靠抛光過的木頭欄杆，於是我們面對面了。

「只有傻瓜知道故事的開端，也知道故事的結局。」

麥克辛皺眉。「什麼？」

「我爸常這樣說，他喜歡諺語和格言之類的。」

「我只知道，我這一整年的時間看著間諜來來去去。相信我，戰爭就要來了，而且很快就會來。」

接下來有幾分鐘，我們都沒說話。不過好奇心很快就戰勝了其他想法。「你一直都住在塔洛上嗎？」我問。

麥克辛點點頭。「我在那裡出生，媽媽生我時去世了。」

「真是遺憾。」

「一樣，不是妳的錯。」

「這麼多年來一直漂來漂去的感覺一定很怪吧。」我表現出若有所思的樣子，「而且還是在一座肉食的移動島呢，真不得了。」

麥克辛微笑了，這是遇到他以來第一次看他笑。「肉食？像塔洛這種魯克雷都是靠海草維生，偶爾吃胡瓜魚之類的餌魚。」

「不過我們聽到一些故事……」

「故事就只是故事，老故事，八成是奈泰特流傳出去的。他們喜歡傳說。」他點點頭。

「妳和妳的朋友真令人佩服，都聽說移動島會吃人了，竟然敢跑上來。」

「我的朋友們真的很重感情。他們知道找出更多玳恩對我而言有多重要。」

我們相視而笑，而我突然心一痛，意識到有好久沒和同類這樣互動了。

「你和你爸是島上唯一的玳恩嗎？」我問。

麥克辛搖搖頭。「我長大的過程中不是。原本大約有十幾隻，其中一些離開了，一些死了。過去這幾年，就只有爸爸……」他暫停了一下，聲音哽住了。「……爸爸和我。」

「我們學過一首詩，裡頭提到一個島嶼上的玳恩聚落。」我的手伸進皮囊，抽出髒兮兮的地圖，害羞的遞給麥克辛。

「玳恩荷姆，沒錯，就在島中央，不過差不多就只剩下你們看到的營房建築物了。」他點點頭，仔細看著磨損的普拉雅葉。「爸爸說過幾個關於玳恩荷姆的故事。好幾代以前，塔洛上曾經有個繁榮的聚落。」他輕輕聳了一下肩。「很抱歉讓妳失望了，感覺似乎是我害的。」

我把地圖收回皮囊。「不過佩拉苟河聚落說不定有更多玳恩啊？」

「也許吧。」麥克辛嘆了一口氣。他看起來很疲倦，而我驚覺這一天對他來說經歷了莫大的傷害。

「你該休息了。」我說：「我去拿條毯子來。」

我在補給品中東翻西找，這些都是我們大逃亡時匆忙扔上槳帆船的物品。最後找到了一條破爛的毯子。我回到船尾時，麥克辛已經在地上瑟縮成一個小球，閉上了眼睛。我為他蓋上毯子，而他的眼皮顫動著。

「達比洛。」他含糊的說。

我花了一會兒才想通那是什麼意思。

達比洛，玳恩語的謝謝。

「任埃塔布。」我輕聲回答。

我很樂意幫助你。

我真的，真的很樂意。

我們乘著溫和的微風往南漂，艾洛伊許正在修整船帆，我走向船柄旁的托布。「托布船長。」我說：「你今天展現了航海絕技。」

「謝謝妳。」托布說話時眼睛看著浪。白色浪花在我們面前往四面八方延展，像是雪封山丘上的藍色草皮，無邊無際。「麥克辛還好嗎？」

「跟其他人一樣好。」我說。

「碧克斯，我真為妳感到開心。」托布說：「開心又鬆了一口氣，我好怕經歷了這麼多之後還是沒辦法找到其他玳恩。我知道目前只有他一隻，但這代表希望是存在的。對妳，對所有玳恩而言都是希望。」

我到底做了什麼，上天才賜給我這麼好、這麼重感情的夥伴？我納悶的想。

「達比洛，托布。」我輕聲說。

「那是什麼意思？」

「意思是我永遠無法回報你的友情。」

「我知道妳要怎麼回報我。」

「怎麼回報？」

「幫我握船柄一下，我的手掌好累啊。」他往旁邊跨了一步。「別擔心，我不會離開的。」

我緊抓著船柄，感受到古老大海的拉扯。我的內心莫名激昂，胸口好像要爆開了，後來我才發現那個陌生的情緒是什麼。

是喜悅，平凡而單純的喜悅。

微風吹在我背上。

一個親愛的朋友在船舵旁。

一群重感情的同伴隨時為我付出。

還有一個同類，與我屬於同物種的靈魂。我身邊終於有一隻玳恩了。

30 奈泰特

接近傍晚，我們通過了戴瑞蘭和聶達拉之間的隱形國界，再也沒有後顧之憂了，這讓我們很滿足。

當然了，我們知道船最終還是得靠岸，而那代表新的危險又會到來。

不過那是之後的事，我們暫且有舒服的風，令人平靜的海。

不幸的是，事實證明，卡拉稍早對奈泰特抱持的憂慮是正確的。

大海屬於他們。

太陽落到地平線下方，如金幣掉進水中了，而他們立刻現身。我瞄到右舷有東西閃過——我以為是海豚。

不過這隻海豚彈出水中，降落到甲板上了，溼漉漉淌著水。另一隻又來了，然後是另一隻，轉眼間，槳帆船上塞了將近十隻奈泰特，他們全都帶著致命的標槍。

卡拉拔劍，不過第一隻上船的奈泰特舉起手，掌心朝外，說：「在妳威脅我之前，請先看看四周。」

卡拉看到了——我們也都看到了，原來水中還有十幾隻奈泰特，頭部與肩膀露在水上，

標槍在手。

「如果這樣不夠，」奈泰特自信滿滿的說：「我還可以叫更多過來。現在，收起你們的帆。」

「收帆。」卡拉不悅的對艾洛伊許說。他照做了，而船的速度立刻慢了下來。

「我的通用語名字叫艾姆克崔，我們是來這裡調查你們的。就我所知，這艘船不是來自本地水域。這裡誰做主？」

大多數人望向卡拉，有些人望向諾伯特，不過諾伯特對卡拉優雅的點了個頭，表示服從。

「我做主。」卡拉說。

艾姆克崔的身高跟人類差不多，似乎比我在鄂西納島看到的那隻奈泰特更大、更壯。他的臉是個弧面，頭跟同類長得一樣，背上有觸手，還有深綠與藍綠交雜的鱗片。

「我知道你們付過血稅，」艾姆克崔對卡拉說：「但那只賦予你們往返學者之島的權限。」

「我們無意冒犯或違規，」卡拉說：「但別無選擇。我們被敵人追擊，然後……」

艾姆克崔不耐的揮手打斷她，「對，而那些追兵不再對你們構成威脅了。」

所有人都藏不住驚訝。我們都知道奈泰特有辦法用快到不可思議的速度進行遠距溝通，但我們還是感到很不安。艾姆克崔就像特拉曼一樣，掌握著所有局勢，幾個小時前才發生的事也一清二楚。

「我們還不知道你們有什麼目的，多拿提家的卡拉珊德。」

我發現諾伯特的視線銳利的射向卡拉，但他什麼也沒說。

卡拉深呼吸，「我們一直在尋找尚存的玳恩，好讓我們的朋友碧克斯和族人重聚。」

艾姆克崔看了我一眼，點點頭。「是，我們認得這一隻。」他半透明的眼珠轉向麥克辛，「我們也認得這隻玳恩是來自塔洛。而這些人是槳帆船的奴隸。」

「他們現在是自由人了。」卡拉堅定的說。

艾姆克崔的鼻子噴了一口氣。「我們奈泰特不喜歡奴隸制度，不過那是陸地上的事，不關我們的事。」

我看到卡拉眼中閃著危險的光芒，知道她愈來愈火大了。「不過你們還是有插手陸地上的事務，放任移動島往返聶達拉和戴瑞蘭之間，載運間諜和叛國者。」

她這番話換得了奈泰特的笑容，那幾乎像一個張得開開的魚嘴一樣有喜感。「妳現在想為我講解政治局勢嗎？談那些位階遠高過妳的問題？」艾姆克崔不屑的問。

「戰爭快開始了。」

「陸上的戰爭，不關我們的事。」

卡拉瞄了我一眼。「碧克斯？」她問。

我用力吞了一口口水，說：「這隻奈泰特說謊。」

艾姆克崔看起來沒有特別惱怒。事實上，他發出了一個低沉的、水水的、漱口似的聲音。「看來玳恩的能力不只是個神話。我要修正我的說法。我們該選擇時會做出選擇，只根據我們自己內部的理由做選擇。」

「而你們採取的行動可能會導致數萬生命死去。」卡拉說。

艾姆克崔思考了一下，點點頭，而且彷彿是衝著自己點頭。他說：「確實這需要更深入的思考。」

說完之後，他揮舞了一下背後的觸手，那個動作一定有什麼意義，因為仍在水中的奈泰特突然忙亂了起來，船上的奈泰特全跳入水中，只有艾姆克崔待在原地。

突然間，我腳下的甲板往下一沉，嚇壞了我。槳帆船突然以墜落似的速度下沉，我們發出驚呼的大叫，不過後來發現，整艘船顯然是在一個巨大的空氣泡泡中下沉著。水面上升，藍色綠色與泡沫包圍著，但不會觸碰到我們。

大海在我們頭上閉合，許多划槳手嚇到大哭。我也一樣害怕，但我扼殺了體內逐漸升起的尖叫欲望。

我們愈往下降，海水的顏色就愈陰鬱，但我輕易就看出有數十隻奈泰特在俯衝、下潛。他們在水中看起來就像魚兒一樣自在，而旁邊真的有魚游過我們，想搞清楚自己的生活區域怎麼突然有了古怪的騷動。

我走到槳帆船的欄杆邊往下看。遙遠的下方似乎有一座海底都市，看起來像被海吞沒的島嶼。不像薩格利亞那麼寬廣，甚至沒有鄂西納島的規模，不過比村莊還要大。海底沙地上矗立著由粉紅珊瑚和金色石頭打造，怪模怪樣的螺旋狀建築。

村落再過去的海床上有一道鋸齒狀裂縫，激烈的冒著泡。我無法確定，但總覺得那些泡泡散發出某種黃色光芒。

很快的，我們經過了最高的珊瑚與石造建築，目標似乎是一塊面對著雄偉宮殿的小空地。

那宮殿就像所有奈泰特建築一樣，是橫梁織成的網格，下半部消融進地底。沒有牆壁，因此水可以不受阻礙的流進裡頭。我也沒看到門。視覺效果非常詭異，但又莫名可愛。

我看到某幾層樓有幾個奈泰特小團體，為我完全無法理解的事情忙碌著。另外幾層樓則有巨大的網子，裡頭放滿光滑的蛋，每個大小和玳恩的頭差不多。少數某幾層樓有半透明貝殼柵欄排成牆壁。至於裡頭嘛，我只看得到一群群像是蝌蚪般的生物密集的聚在一起，由看起來相當健壯、高度武裝的奈泰特戰士看守著。

「那是育兒室。」倫佐說：「也許這整個離奇的城鎮都是育兒室。」

我們在一塊空地上停下來，槳帆船在珊瑚鋪石上發出巨大的嘎吱聲。我望向同伴，每個人臉上都寫著全然的不可置信。

身在海底的一個大泡泡裡。如果泡泡破裂，所有人都會死掉。

在奈泰特的地盤內，要活命完全只能指望他們的憐憫。

31 格連瓦莉芙

「我會帶走兩個人類和玳恩。」艾姆克崔宣布，然後斜眼瞄了一下甘布勒。「還有斐利韋和渥比吧，我想。」

「狗呢？」倫佐問：「牠無論如何都要跟我待在一起。」

「好吧，那犬科動物也跟過來。」艾姆克崔揮了一下手。

「你要帶我們去哪裡？」卡拉質問，在這個只有奈泰特具備權威的地方試圖主張自己的權威。

「我們當然離不開泡泡吧？」麥克辛問，他的語氣就跟我的心情一樣恐懼。

「我們自有辦法。」艾姆克崔洋洋得意的說：「站到我前面。」

我們都緊張的站了過去。奈泰特閉上眼睛，喃喃念出無法理解的古怪字句，那是我從沒聽過的方言。

「塔馬克，嗡，瑪格尼恩，可洛伊茲，喬可，特洛朱，維坦，安塔，西木爾，恆，伊茲肯。」他喃喃自語。

「他在施咒。」倫佐說。

我猜他想安撫我們，但失敗了。我感覺到有東西在我身上擴散開來，像是有人拿果凍抹我的毛。那物質是隱形的，但同時又滑溜得令人不安。黏糊糊的感覺爬上臉時，我一度陷入恐慌。

「現在，跟我走吧。」艾姆克崔直接穿過那個包圍槳帆船的透明大氣囊。神奇的是，那泡泡仍然是完整的。

艾姆克崔轉過身來，不耐的揮手。

卡拉打頭陣。她安全抵達另一頭，小心翼翼吸了一口氣，眼睛瞪大，接著揮手要我們過去。

這也許是我這輩子最奇怪的體驗。穿過泡泡的表面一點也不困難，我來到這裡了，來到水底了——而且是很深的海底，但我的毛皮竟然是乾的。我試探性的吸了一口氣，結果只嘗到冰涼、乾淨的空氣。

我的腳接觸著潮溼的沙子。我發現我能走路，但感受得到涉水時會預期的那種阻力。每一步都緩慢又費勁。艾姆克崔漂浮在他原生的環境中，悠哉的往前游。有蹼的腳輕輕踢著，有蹼的手則調節方向。

我感覺像是在做一個駛利之夢，奇怪又不真實，但我也不會害怕。閃亮的魚群搖搖擺擺從我眼前游過，一隻章魚在海床上快速移動，揚起一小片沙塵。落單或成群的奈泰特與我們擦身而過，另有一些奈泰特在一棟棟建築物裡的產房似的大房間裡忙碌著。麥克辛推了我一下，我順著他的視線望過去，看到一堆蛋，也許有一百個，被一張鬆鬆的網子固定在原位。我們看著看著，有蛋孵化了，冒出一縷縷紫色液體，一群蝌蚪擺脫卵鞘，游了出來。三隻奈泰特用小網子將這些新生兒帶到育兒室的另一層樓。

艾姆克崔帶我們進入一個巨大的建築物，四面都是暢通的，但有類似樓中樓的結構——有個無窗的方塊，上頭只有一個出入口。艾姆克崔開門進去了，我們也照做，結果又置身在空氣中了。水的阻力消失，害我跌了一跤，麥克辛抓住我的手。

房間裡空無一物，沒有任何家具或裝飾。「這是什麼地方？」卡拉問。

「這裡叫接合室，奈泰特設計給呼吸空氣者放鬆的地方。」

我肯定沒放鬆。事實上，一想起大氣層和我之間夾著數百英尺的海洋，我還是會在恐慌邊緣徘徊。但我馬上就分心了，有誰來了。

房門旋開，一顆巨大的奈泰特頭探了進來。「噢！你們到了！」

那顆頭偏寬、沒那麼光滑，長著藍得驚人的眼珠，後面拖著很長的身體，足足有艾姆克崔的三倍長。這生物進門後占去了整個空間的四分之一。

「歡迎，歡迎。」新來的奈泰特興高采烈的說：「我是格連瓦莉芙，這個孵卵所的管理者。」

我從來沒遇見、看見、聽或想像過「興高采烈的奈泰特」，但她真的符合這個形容。

「艾姆克崔！送上餐點給我們的貴賓。還有……我忘記叫什麼名字了，人類會用的，放在身體後方那個肉肉的位置上，然後……」

「是椅子，管理者。」艾姆克崔幫她接話，「在途中了。」

兩隻奈泰特現身了，拖著珊瑚雕成的可稱之為椅子的物件。

「啊，來了！請用請用。」管理人格連瓦莉芙說。

卡拉就座後，格連瓦莉芙發出叫喊：「哇，我也想試試看！」她不自在的窩進一張對她而言實在過小的椅子，一會兒過後便讓給了我。「嗯，」她懊悔的說：「大家都有各自的偏好囉，沒什麼對錯，是吧？」

食物很快就送上來了：生魚，綠綠的，嘗起來苦苦的，還有讓我們非常開心的茶壺和杯子。茶很燙，有點甜——不是超棒的那種，但喝得下去，我們也巴不得多喝一點熱呼呼的東西。

格連瓦莉芙不耐的等著我們吃吃喝喝，不斷前後踱步，往前往後都只能跨出兩大步，動不動就念念有詞，「我得多練習乾地行走的技巧才行。」

最後卡拉說話了：「管理者格連瓦莉芙，我可以請教妳為何安排這次會面嗎？」

「噢，當然了！」格連瓦莉芙激動的喊：「我先提醒妳呀，我不是外交官，也不是戰士，不是領導者，我只在這個小小的孵卵所做主。然而，我還是被交派了任務，要挖掘你們的意圖。」她拍了一下長蹼的手，「那就讓我們開始吧，好嗎？」

32 詛咒與預言

「我們正在前往聶達拉的路上，」卡拉小心翼翼回答：「而且也解放了槳帆船的奴隸，他們渴望回到自己的家園。」

管理者眨眨燦藍的眼珠，先蓋上一層透明的眼皮，接著是不透明的，睜開眼時，眼皮開啟的順序倒過來。「那並沒有解釋妳為何會和兩隻玳恩、一隻渥比，以及一隻斐利韋一同旅行。」

我納悶，如果格連瓦莉芙真的只是一個孵卵所的督導，她為什麼要審問我們？後來我想通了，眼前這場面也許又是一個「奈泰特遠距溝通」的證據。

卡拉聳聳肩，「我們有共同的目標——找出更多玳恩。」

「然後妳找到了他們兩個？」

「碧克斯……」卡拉指著我，「一開始就跟著我，她的族人遭到屠殺，因此失去了家園和家人。」

格連瓦莉芙眉頭深鎖。就我目前對奈泰特的表情解讀能力來看，她是真心感到同情。

「多麼可怕啊！」

「莫達諾的預言家叫阿拉克提克，她宣布玳恩絕種了，而我們努力想確認那是不是真的。」

格連瓦莉芙點點頭，「保護物種是非常高貴的行為，但那是妳唯一的動機嗎？」

卡拉沒料到她會這麼問，一度亂了陣腳，「那是將我們團結在一起的動機。」

聽起來像顧左右而言他，但格連瓦莉芙露出包容的微笑。「唉，這種時候我真希望自己是個外交官了，我也許就能用更好的詞彙來表達，也就是說，妳的回答……不完整。對不對啊，我的玳恩朋友？」

這次換我亂了陣腳。我猶豫到一半，麥克辛開口了，「她說的是真話，但回答得不完整。」

「也許你可以完整補充吧，玳恩麥克辛。」

「他們跑來我家後，我爸遇害了。」

格連瓦莉芙嚇得一縮，「那是真的嗎？」

「不是他們下手的。」麥克辛說。

「我們從來就不想讓麥克辛的父親遭受任何傷害。」卡拉說：「我們一直在尋找移動島——塔洛島上的玳恩。」

「妳對塔洛有多少了解？」管理者問這話的語調非常嚴肅。

卡拉說：「我們知道移動島是用來運送間諜與叛國者的，也知道斯格利卡薩利用了麥克辛的父親，他會測試所有往來旅客說法的真偽，然後向卡薩報告。」

「喔，所以妳推測我們奈泰特默許這件事持續進行，對吧？」

卡拉點點頭。

「幫我淋水。」格連瓦莉芙說。她頭部正上方開了個小暗門，海水像小瀑布般灌下來，浸溼格連瓦莉芙身上逐漸乾燥的鱗片。水在我們腳邊積成一小潭，然後就消失了。

格連瓦莉芙大嘆一口氣，然後說：「我們不干涉呼吸空氣者的事務，也就是說，只要支付血稅、交出關稅，我們就會允許船隻通行，甚至接受一座島嶼來來去去。有時候關稅是我們無法製作的物件，有時候是……情報。」

卡拉比我先想通那番話的意思，「移動島上發生的事情，你們都會接到線報。」

格連瓦莉芙點點頭，微笑。「妳要知道，問話不是我平常的工作，我在這是為了看管小寶寶、保護孩子。但我還是來了，而你們也在這，『問話』這項不愉快的工作就掉到了我頭上。我不希望，也不打算讓你們覺得我很無禮。」

卡拉點點頭，倫佐翻了個白眼，甘布勒仔細盯著自己的腳掌。

「重點是，」格連瓦莉芙懊惱的說：「妳的說法還是不完整。多拿提家的卡拉珊德，妳願不願意讓我看看妳的劍？」

卡拉別無選擇。她拔劍，然後交給格連瓦莉芙，劍柄朝外。巨大的奈泰特仔細檢視著。

「強大而古老的法術縈繞著這把劍，」格連瓦莉芙斷定。「這不是率領小型玳恩搜查隊的單純女孩會有的佩劍，而是至關重要的一把劍，對不對。」

「對。」卡拉承認。

「妳可以為我說出劍的名字嗎？」

「聶達拉之光。」

格連瓦莉芙臉上的欣喜消失了。「我們的懷疑是正確的。這麼說來，戰爭就要來臨了，我們的水域很快就會被呼吸空氣者的屍體汙染。」

「但戰爭與我無關。」卡拉抗議。

「我知道。」格連瓦莉芙認同這說法。「不過在我看來，妳並不了解縈繞這把劍的咒語，多拿提家的卡拉珊德。呼吸空氣者的法術很殘酷，但效力強大。法術的祕密對奈泰特之眼而言，並不是祕密。呼吸空氣者只靠感受，我們卻看得見。」

卡拉困惑的與我們對看。「妳說的是什麼咒語？」

「力量強大、智慧深遠的魔法師編織的天命咒語。這把劍有傳統意義中向上的力量，銳利、沉重、以祕密失傳已久的金屬鍛造而成。上頭也被施了較小型的咒語，用來隱藏劍的光輝，使劍顯得像單純的生銹物件，只有在懷著憤怒拔劍時，咒語才會解除。」

卡拉點點頭。「我知道這些咒語的存在。」

「天命咒語是其他所有咒語的基底，是一個詛咒，也是一個預言。那把劍將會浸泡在一場大戰的血潭中。我感覺到這古老魔法覺醒了。時機來臨了。」格連瓦莉芙的其中一隻觸手將劍交還給卡拉，彷彿急著想擺脫。

格連瓦莉芙在原地站了一會兒，不說話也不動，眼睛並沒有聚焦在任何具體的事物上。我猜她也許正在和其他奈泰特商量，儘管那些奈泰特大概在幾里格外。

她再度開口，語調很嚴肅，「多拿提家的卡拉珊德，妳一定要告訴我們，妳有什麼打算。」

「我……」她搖搖頭，「我沒有任何計畫。」

「也許沒有計畫，但妳有個夢想吧？難道沒有嗎？」

卡拉似乎天人交戰，表情一下憤怒、一下憂慮，最後接受了現實。

「對，我有一個夢想。」她說話時沒看著任何人，「我希望回到我父親身邊，召集一支軍隊。」

我瞄向倫佐和甘布勒，他們看起來都不怎麼意外。

「妳的軍隊會為那哪一方作戰？」

「不為任何一方作戰！」卡拉激動的說：「我會阻止兩方交戰。運用我所有力量，以這把劍擁有的力量來阻止戰爭。」

「和平之劍？」格連瓦莉芙抱持懷疑的態度。

「對。」卡拉說，臉發紅了，彷彿承認這點令她尷尬。她的嗓音輕柔，但也帶著決心。

也許我不該感到意外。我從來沒有直接問卡拉，除了讓我們所有人都活下來之外，她還有沒有其他計畫。

不過格連瓦莉芙的臉並沒有露出不敢置信或輕蔑的表情。相對的，她似乎很悲傷。「要流很多很多的血，才能成就你們呼吸空氣者所謂的『和平』。」

「我們聽說……你們奈泰特不再保持中立了。」卡拉大膽的說。

「不，我們並不中立。」格連瓦莉芙說：「我們反對任何毒害大海的人，也不容許任何毒害注入海洋的河流。我們知道莫達諾為了統治人類的權力而戰鬥，就算那會毀滅其他物種也無所謂。我們還知道，如果卡薩打勝仗，他也不會好到哪去。蠢貨，兩個都是蠢貨！他們難道不了解所有生物都是彼此連結的嗎？他們不知道消滅某些物種、奴役某些物種會在所有生靈之間散布疾病和絕望嗎？」

「可是……」我脫口說出這兩個字，又連忙閉嘴。

「妳說吧，碧克斯。」格連瓦莉芙說。

「可是，奈泰特自己難道沒有力量可以阻止戰爭嗎？」

「我們可以嘗試，但如果過度干涉，我們難道不會成為呼吸空氣者的敵人嗎？海洋很寬廣，但不是無邊無際，而人類的貪婪和野心似乎沒有盡頭……」她瞄了一眼甘布勒。「斐利韋的貪婪和野心似乎也差不多了。」

倫佐清了清喉嚨。「管理者，那妳打算怎麼處置我們呢？」

格連瓦莉芙一度陷入沉默，聽著無聲之聲。最後她望向卡拉——只看著卡拉，說：「我們不會插手這件事，不會插手妳的命運。但是呢，多拿提家的卡拉珊德，聽好了——如果妳獲得權力，妳要記住這一天。記得妳有多脆弱，記得奈泰特曾經饒妳一命。」

我以為卡拉會說些話來否定她，說那是荒謬的狂想。但我錯了。

「管理者格連瓦莉芙，只要我還活著一天，我就會記著。我不只會記住妳的好心，也會記住妳的睿智之語。因為，我，也相信所有生物彼此都是連結在一起的，都依賴著彼此而存在。我會當奈泰特一族的朋友。」

33 卡拉的夢想

奈泰特將我們帶回海面上，我們的身體和船都完好無缺。回到海上呼吸真正的空氣，讓所有人都安心了下來，不禁咧嘴笑個不停。我們乘著一股強風迅速滑過水面。

諾伯特靠近我說：「親愛的玳恩，我想和卡拉談談，希望妳在場。我要妳證明我所說的是真話。」

我答應了，但一頭霧水。

諾伯特坐在卡拉面前，看起來極度不自在，但也展現出萬分堅定的決心，「我有話要說。」

「當然。」她說。

「我之前不知道妳是多拿提家的人。我得告訴妳，我曾宣示效忠柯普利家。」

柯普利家，盧卡的家族。

卡拉謹慎的點點頭。「我懂了。」

「多拿提家對我侍奉的主君而言是敵人。」

「對，很遺憾。換作我們，就不會讓那樣的事發生。」

「妳的父親和他的一些屬下到現在還是會在柯普利家的土地上搶劫。」諾伯特說。

卡拉咬緊牙根，看起來很不妙，不過她深吸一口氣緩和心情。「我們雙方都曾做出很多違規行為，但在可怕的戰爭來臨前夕，我會……」她打住，皺眉。「我父親認為雙方是站在同一陣線的。」

諾伯特搖搖頭。「那不是我能做的決定，多拿提家的卡拉珊德，我只服從我的主君。」

「我了解。」

「我同時也發過誓了，在我們抵達安全前，我會聽從妳的命令。我會守信用，但我還是要告訴妳——我必定會將我所知的事情全部報告給主君。」

「如果你願意接下重擔的話，我要請你轉告他一件事。」卡拉說：「他的兒子盧卡死了。不是我殺的，也不是因為我的意志而死。」

諾伯特看起來萬分嚴肅，像是在我們的面前老了十歲。「我會向老爺稟報這壞消息的。」

「另外幫我傳話，我們多拿提家……」她打住，皺眉，彷彿為自己說的話感到洩氣。「告訴他，我，卡拉珊德．多拿提，願意向他伸出友誼之手，終結我們的世仇。」

諾伯特點點頭。「我會告訴他的。」

幾分鐘後，我發現卡拉一個人在船頭，鬆了一口氣。我有好多問題想問她，還有幾個答案要給她。「妳變了，卡拉。」我開口。

她並不否認。

「妳提到父親時很猶豫。如今，妳提到自己時的態度更大膽了。我們第一次見面……當妳抓到我的時候……」我微笑，讓她知道我是在開玩笑。「妳看起來像個盜獵者兼帶路人。

後來我愈來愈清楚，妳不是一個無名小卒，妳是多拿提家的後代，而且佩戴著聶達拉之光。」

卡拉嘟嘴。「碧克斯，妳有問題想問我嗎？」

「比較像是有事請求。我希望妳說出自己的夢想。」

「我的夢？」她看起來很困惑。

「不，卡拉，不是妳的夢，不是妳睡夢中的心靈所製造的幻象。我是說夢想。妳來自一個曾經高貴的家族，妳的佩劍有魔法與神話圍繞。我相信剛開始這趟旅途時，妳只希望——或至少主要是希望幫助我找到其他玳恩夥伴。但我已經不相信這是妳唯一的目標了。」

卡拉沉默了很長一段時間，視線飄向正對著我們的雄偉的索沃山脈。「我沒有兄弟姊妹。」她開口。「妳可以想像，我的存在讓我父親非常失望。」

我皺眉。

「噢，我忘了，玳恩不認為只有男性可以當領導者。」卡拉輕笑了幾聲。「我們人類的想法就沒那麼進步了。多拿提家從來沒有女性領導者，家族裡也不曾出現過女性戰士，除了神話和傳說中的人物之外。」

「但妳是個戰士啊，」我反駁，「而且妳領導我們走了好幾百里格的危險路途。那些划槳手也接受妳的指揮。說到這個，就連倫佐也承認妳的領導。」

卡拉看起來很痛苦。「是啊，不過划槳手接納我是因為我給了他們自由。甘布勒看起來像是追隨我，但事實上他並不服從任何人。」她露出憂愁的微笑。「至於倫佐嘛，」她聳聳肩，「嗯，他是個謎。」

我盡量維持不透露任何事的表情。可憐的卡拉根本不知道倫佐為何追隨她。他的心意在我看來非常明顯，我猜甘布勒和托布也這麼覺得——而我們甚至不是人類，都看得出來了。然而，我還是沒有立場向卡拉解釋這些，她得自己搞懂才行。

「妳還沒告訴我妳的夢想。」我催促。

「我的夢想？那是一個幻想，荒謬的幻想。我有時候會想像自己回到家中，團結那些遭流放的族人們，一同反抗莫達諾。」她皺起眉頭，似乎以為我會笑她。當她發現我只點了點頭，似乎很驚訝。「不過現在，我的幻想不是推翻莫達諾了。我的幻想，或者用妳的說法——我的夢想，是阻止這場戰爭。」她舉起雙手。「除此之外，我就沒有想法了，碧克斯。我不知道的事情有很多。

「那我告訴妳我知道些什麼。」我說：「我相信妳，我信任妳。我願意追隨妳，托布、甘布勒、倫佐也都會願意。」我回頭瞄了一眼麥克辛，他正靠著桅杆睡覺。「麥克辛，我就不知道了。」

「他沒有追隨我的理由，」卡拉說：「要跟也是跟妳啊，碧克斯。」

想到自己要領導別人，我就大笑出來。我曾經短暫嘗過那滋味，並不享受。

卡拉湊近我，然後說：「記住，碧克斯：妳就是麥克辛在這世界上的所有了。他表面上看起來很堅強，但他經歷了哪些事，妳太清楚了。」

「太多死亡了。」我輕聲說，甚至不希望卡拉聽見。

「太多太多了。」卡拉語氣冰冷的表達同意。「而且接下來還會有更多死亡，遠比現在更多。」

34 回到聶達拉

那是大半夜，我們沿著聶達拉海岸鬼祟的前進，通過了蘭費爾，我就是在那個半島上第一次瞄到塔洛，並感受到希望的振奮——我也許不是玳恩的末體。通過蘭費爾後，一個叫雷比特的大海灣在我們右方敞開，而托布下令收帆。

「諾伯特，」托布呼喚：「叫醒你的手下，沒有風了。」

我們隨著槳划出的輕柔嘩啦聲漂入海灣。四周徹底黑暗，當船嘎吱一聲靠岸時，我把手舉到面前也幾乎看不見。諾伯特和他的人馬跳下船，將繩子纏到一棵矮小的樹上。其他人也跟進了。在不斷移動、傾斜的甲板上待了那麼久之後，穩固的地面讓我們感到莫名安心。

卡拉對划槳手說：「各位，你們實現了諾言，帶著我們的感激離開吧。」

「卡拉，妳讓我們獲得自由，我們都欠妳人情。」諾伯特清了清喉嚨，「欠妳和妳夥伴人情。我們各自侍奉不同的主人，現在要回家和太太、小孩重聚了。但我們不會忘記這份恩情。」

「慢走吧。」卡拉說。划槳手一個接一個走向卡拉，屈膝點頭致意，然後才消失在夜色之中。

卡拉轉頭面對麥克辛。「麥克辛，你並非自願加入這個團體中。你的父親雖然不是我們殺的，但他的死我們也得負一部分責任。你沒理由像其他人那樣選擇跟隨我。你可以自由離開，或者留下。」

麥克辛原本打算望向我，但自己卡住了。「你們還是打算去佩拉荀的聚落嗎？找那個應該還存在的玳恩部落？」

「我打算去，」卡拉說：「不過……」她打住，看著我，眼中有疑慮。「我和碧克斯談了一下。」

我聽到自己的名字，非常意外，不知道卡拉會說些什麼。

「她讓我承認自己有一個……」卡拉硬擠出一個忸怩的微笑。「『夢想』，大概可以那麼說吧。」

「夢想？」倫佐重複她的話，抬起一邊眉毛，湊得更近一些。

「我的夢想就是阻止逐漸逼近的戰爭。」卡拉說，而倫佐看起來有點失望。

她聳聳肩。「我知道自認有能力扭轉聶達拉的未來是很不理智的想法，但我得試試看。在決定下一步該怎麼做之前，我得先見見我的父親。他的想法可能會跟我的不一樣。」她痛苦的看了我一眼。「這很急，我不能忽視，碧克斯。我得盡快去見他。與他見面後，如果我的計畫改變了，也許就不能……」

「如果有必要，」甘布勒插嘴，「我會負責帶碧克斯去找玳恩聚落。」

「我會陪伴在他們身旁。」托布補了一句。我對他們露出感激的微笑。

「我明白的，卡拉。」我說，雖然暗自感到萬分痛苦。我們可能要延後尋找聚落的計畫——甚至可能要在沒有卡拉的情況下進行。「這件事，妳要傾聽自己的心聲，再行動。」

倫佐沒說話，看起來像是希望大家別問他有什麼打算。但我知道他最忠誠的對象是卡拉，這點毫無疑慮。

麥克辛似乎在思考自己的選項。「我對戴瑞蘭沒什麼感情，也不在乎聶達拉發生什麼事。我不想參與任何戰爭，我已經目睹選邊站帶給我爸什麼下場了。」

「有時候，選邊站是有必要的。」甘布勒說，他淡藍色的眼珠小心翼翼打量著麥克辛。

「也許吧。」麥克辛說：「但有時候選邊站會害死你。目前，我決定先和碧克斯一起行動，幫助她尋找更多玳恩。在這個充滿糟糕選擇的世界中，那似乎是最好的選擇了。」

「那好吧。」卡拉說：「先跟我父親與他的追隨者會合，然後再決定未來的方向。」

卡拉話語中的不確定和危險性讓我感到深深的憂慮。不過我有什麼選擇呢？她是我們的領袖。

不要緊的，我告訴自己。我們會找到卡拉的父親，會決定下一步怎麼走。我們最終會找到更多玳恩。

非找到不可。

當天晚上，我們待在海灘附近的一小片丹德羅叢裡。我決定另外去找木柴生火，不然鋸齒狀的丹德羅葉燃燒時會冒出大量的煙。雪停了，我們現在群山的南邊，不過氣候還是很寒冷、潮溼。

在黑暗中，要找到任何東西都不容易，何況是掉在地上的樹枝。我聽到附近有動靜，大喊：「是誰？」

「是我。」麥克辛說。

「噢，太好了。」

「這裡很容易迷路。」

「是啊，很容易。」我同意。

之後我們的話題就變得很侷限了，聊的都是「可以幫我處理一下這根樹枝嗎？我得折斷它」之類的，還針對木柴交換了一些意見。然而，有玳恩同伴在身邊的感覺還是很美好。

麥克辛和我一起合力，總算升起了火。不過那時已經很晚了，我們也都累壞了，生火根本是在和闔眼皮比快。火焰很小，劈啪作響，我在火燒起的瞬間就睡著了。

隔天，我們在黎明出發，沿著沙灘前進，希望能找到一個小漁村。事實證明機會渺茫，我們便往內陸移動，很快就找到一個看起來很繁榮的小村落，在那裡又用了一顆皇冠上的寶石來交換補給品。

兩天後，天氣變暖了，我們走上一里格長的小徑，兩旁有豔紫色的諾西樹夾道，樹枝在我們頭上纏繞出一座令人屏息、香氣濃郁的隧道。我們遠離真正的道路，已經好幾天沒有和其他生物打照面了，很快的，我們便開始唱歌——隧道中的回音效果讓我們忍不住這樣做。

我們教麥克辛唱托布那首沙蟲之歌，告訴他在緋紅色森林遭受的折磨。甘布勒唱了一首斐利韋的抒情歌，歌詞和逝去的愛有關——這很令人意外，畢竟他們天生是獨居動物。他美妙的男中音震動著我們正上方的樹枝。

卡拉和倫佐試著唱了一首人類的歌，起初合得很好。歌詞似乎是在說一個人類吃了太多草莓派後爆炸了，但我不確定是不是。他們想好好唱下去，但試著好幾次都笑了出來，唱不完副歌。

他們最後放棄了，氣喘吁吁又臉紅，這時麥克辛開始唱一首古老的玳恩歌曲，故事和一隻頑固的崽子有關。我記得爸媽曾經唱這首歌給我和哥哥姊姊聽——一唱再唱，因為我們會拜託爸媽再唱一次。麥克辛和我一起翻譯玳恩語的歌詞，讓我們的夥伴也可以一起唱。

小崽子，請睡吧，我們祈禱。
明天會有時間可以玩鬧。
在你的葉子巢中睡去吧。
讓你的爸媽稍稍休息吧。

我得知麥克辛經常在塔洛島上築樹巢，睡在裡頭，就像我們的老祖宗那樣。爸媽曾教過哥哥姊姊和我築樹巢的方法，因為他們覺得熟悉傳統是一件重要的事。但是過去幾年，玳恩不斷被獵捕，我們只好選擇地上的藏身之處，捨棄了樹巢。住在樹巢裡實在很難防禦敵人，也很容易被發現。

我們繼續前進，遠離大路，堅持走在牲畜小徑上，以太陽為唯一的嚮導。日子一天天過去，我們不只一次閃躲掉北上的士兵，運氣很好，走在和緩起伏的丘陵地上也沒出什麼意外。

我們一次又一次發現整片遭到砍伐的森林，地上只剩一片突起的殘株。卡拉懷疑這些木材都被送到薩格利亞建造莫達諾的戰船了。我納悶，把這些樹林當作家園的鳥、動物、昆蟲、爬蟲該怎麼辦？牠們要去哪裡？會像我一樣，在這世界上到處漂泊，尋找一個重新開始的地方嗎？

某天晚上，我們在一條小溪旁落腳，旁邊有一片灰色樹林，樹幹多瘤粗壯，柔軟的樹枝上掛著線段般的深藍色葉子，像一片瀑布。

「我打賭我們可以用那些樹枝搭一個巢。」麥克辛說：「柳樹是最適合搭樹巢的，但這種樹也可以湊合著用。」

我望向卡拉。「那樣安全嗎？」

「那是波特渥特榆樹，」卡拉說：「相當堅固，肯定撐得住妳。不過樹巢遠遠就看得見，會變成一個危險的信號，告訴大家這裡有玳恩。」

「那我們也許可以在地上搭一個樹巢。」我提議，「然後在明天早上拔營前拆掉。」

接下來的一個小時，我們收集了蜘蛛網、苔蘚、薊種子冠毛，還有長樹枝。準備好所有材料，就開始動工了。

我負責將樹枝去皮，麥克辛則將去了皮的樹枝排成一個愈來愈大的圓。然後我們一起將苔蘚之類較柔軟的材料塞進樹枝的縫隙間。

我發現托布遠遠看著我們，我揮手要他加入。

「來幫忙吧，托布！」我呼喊。

他舉起圓圓的獸掌，那看起來就像人類小孩在寒冷的日子會戴的手套。「你們忘記我沒有對稱的拇指了。玳恩真是幸運啊。」

「對，可是你的獸掌小又敏捷。」我說。

托布湊近幾步，看著我們工作。「碧克斯，還記得我們第一次見面的時候嗎？」他說：「我拿妳的拇指開玩笑。」

我試圖折斷一根我覺得太粗的樹枝，皺起臉來。「你還表演了渥比耳朵的花招。」

麥克辛很感興趣。「我可以看看嗎？」

托布的大耳朵像龍捲風一樣快速纏繞在一起，然後用同樣快的速度解開。

麥克辛笑了。「經過深思熟慮後，我想我還是寧願有拇指。」他說。

我們搭好巢時，當天晚上生的火已經快熄滅了。這是一件藝術品，我心想。牢固又寬敞。我退後欣賞我們的手工藝成果，回想起和哥哥姊姊一起練習築巢的情景，內心一揪。我瞄了麥克辛一眼，看得出來他和我一樣鬱悶。

「卡拉，」倫佐說：「我敢說，他們一定可以將巢放到最大那棵樹的樹枝分岔處。看到底層樹枝分岔的地方了嗎？我猜放在那裡外人一定看不見，除了樹上的松鼠和小公雞吧。」

「現在換誰態度軟化啦？」卡拉逗他。不過她向麥克辛還有我點點頭，然後在甘布勒的幫助下，一起設法將大巢卡到樹枝分岔處，就是以前的玳恩會築巢的位置。

我們輕易的爬上樹（玳恩有大又尖利的爪子），置身在低語的葉片之間，讓葉子像簾幕般包圍我們。交織的樹枝很密，我幾乎沒辦法望穿，當然了，這也代表外面的人同樣難以看見我們，尤其在晚上。

「托布，」我朝下方呼喊：「上來看看！這裡很棒！」

「我相信一定很棒。」他說：「但渥比是住在地洞裡的，不是樹上。」

「這裡軟得不可思議，」我說：「你真的不想加入嗎？」

「卡拉，」麥克辛朝下方呼喊：

「妳覺得碧克斯和我能不能在樹巢裡過夜？」

卡拉望向倫佐，倫佐害羞的咧嘴笑。「我猜可以吧。」她說：「但你們得在天亮前把巢帶下來。」

「我們保證。」麥克辛說。

「托布，」我又試了一次，「你真的不想和我們待在這裡嗎？」沒他在身邊的感覺怪怪的，感覺像是一首歌走調了。我也想確定他不會覺得被排除在外。

「我很確定，好好睡吧，碧克斯。」他喊道。

我們最終會抵達克魯亞坎隘口，那是兩座山脈會合處的一個缺口。卡拉警告，那裡有衛兵看守，而我們不可能靠吹牛通過。

不過那是幾天後的事。現在，今晚，我準備與另一隻玳恩睡在樹巢內，就像過去無數的祖先那樣。我將感受到我們毛皮的柔軟和溫暖，聽著嘎吱作響的樹枝唱搖籃曲，就這麼一次，感受一下從前當一隻玳恩是什麼感覺，感受自由和希望。那時世界還沒有永遠與我們為敵。

35 隘口

幾天後，卡拉說：「要通過克魯亞坎隘口，並不簡單。那是北聶達拉的舊分界，分隔了人口較稠密的東部和比較蠻荒的西部。以前戒備沒那麼森嚴，只有盜賊會被攔下來。不過最近克魯亞坎強化了武裝。我上次通過時，莫達諾的手下正在一個隘口上方的懸崖岩架蓋堡壘。」

托布哀號，「那我們要怎麼通過？」

「對，那就是問題所在。」卡拉說：「有四個方法。你如果是領帝國通行證的無辜農民或礦工，就可以運貨物通過。」

「我們不是呀。」倫佐說。

「那就發動武裝攻擊。」

「也不適合我們。」我說。

「那就偷偷通過。」卡拉提議。

倫佐緩緩點頭，認同這個方案。

「還有賄賂。」

「唉呀，」倫佐說：「從皇冠上撬下更多寶石？」

卡拉搖搖頭。「這些人不是鄉下人，是冷酷無情的人，是眼光銳利的官員。如果我們突然拿出紅寶石或翡翠，只會堅定他們更徹底搜我們身的想法，他們會想拿走我們擁有的一切。」

「那就只能偷偷通過了，對吧？」我說。

「或換個形式賄賂。」卡拉說：「克魯亞坎的這一頭剛好是貝爾沙珊的土地。他們是有錢又貪婪的家族，毫無誠信，無恥放肆，而且是莫達諾堅定的盟友。」

「真的嗎？」倫佐說：「這些姓貝爾沙珊的做哪一行？」

「大多經營牧場，養史特魯奇。」

「史特魯奇是什麼？」麥克辛問。

「一種大鳥，用三隻腳走路，身上的肉很好吃。」倫佐說：「非常珍貴，一隻史特魯奇能賺的錢相當於三匹馬。」

「沒錯，」卡拉說：「就連一小批史特魯奇都稱得上是上等的賄賂。但又不會引起太多注意。」

倫佐搓揉自己的手。「感覺我的技能很快就會派上用場了。我可以抓個幾隻史特魯奇，賄賂隘口的警衛。」

「我們現在變成慣竊了嗎？」麥克辛在我耳邊說。

「別無選擇時就會動手。」我說，但老實說，我也對此過意不去。

「也許我們只需要借一些史特魯奇。」倫佐點了點下巴說：「暫時借用一下。」

「什麼意思？」我問。

「我只是在思考我的選項。」他回答。「賄賂很……」他假裝打了個呵欠，「無聊。」

「別發揮太多創意就是了。」卡拉說。

我們開始往南走，逼近佩立奇山脈一帶。現在，太陽高掛天空的時候，我看得到克魯亞坎隘口了。那是一個不到四分之一里格寬的小谷地，隔開兩座巨大、陡峭的山脈。這裡的樹木夠茂密，可以替我們擋下窺探的視線，帶來一些陰影。微風涼涼的，但不冷。

我們也開始看到一些石牆或木籬圍起的大片土地了，有的裡頭窩著牲畜或馬，有的則關著模樣古怪、笨拙的史特魯奇。牠們伸展長長的橘色脖子，呆呆看著我們，眼睛瞪得大大的，表情傻氣。

「甘布勒，」卡拉說：「我們來到貝爾沙珊的土地上了，我們看到的任何人類都必須視為危險的存在。」

她並沒有對甘布勒下令，但他接收到暗示了。「我去前面探路。」

他加快一倍腳程，很快就和我們拉開了距離。甘布勒回來報告時，天已經黑了。「前面有個人類營地，牧場工人帶著馬，在東方一里格外。如果我們緊貼著山腳移動，就可以不被發現的通過。」

我們在冰冷河流灌溉出的一片小樹叢中過了一夜。河流注入一個小池塘，池面有一半都被睡蓮的浮葉蓋住了。我在那裡鼓起勇氣下水，睽違許久的洗了澡。麥克辛也跳了下來，開心翻跟斗、下潛。

我發現托布站在溪邊看著。「托布！」我大喊：「一起下水吧！水很冰，但你會習慣的！」

麥克辛潑我水，害我短促的尖叫了一聲。「呃，這冰冷可能無法習慣，」我修正我的說法，「但把身體洗乾淨的感覺很好。」

托布搖搖頭。「也許明天吧。」他說：「我要去睡了。」

「你會錯過的。」我說，但他已經回頭走向其他人了。看著他走遠，我感覺到一股悲傷，甚至罪惡感。他是在嫉妒我和新朋友麥克辛的友誼嗎？

我決定要對托布更好一點，他是我最好的朋友。

我在各方面都虧欠他。

但該如何同時有兩個好朋友？這對我來說很難弄懂。當我還是崽子時，我和哥哥姊姊隨時都待在一起。他們是我唯一的朋友，是我唯一需要的朋友。

但現在狀況不一樣了。

卡拉在月亮沉落後叫醒所有人。我們逼近克魯亞坎隘口的途中，她發現那裡新蓋了兩座堡壘。其中一座在隘口北方，圓圓扁扁的，另一座是較小較細長的瞭望塔，離奇的落在一塊外露的岩層上。

卡拉猜那圓圓的堡壘內擺著戰爭用的軍械。投石機，可發射數百磅重的石塊。十字槍，配備打摺的加里凡腱，可當作弓弦。噴火器，倫佐猜是利用施過法的原料來發射液態火焰。還有木桶，作為一種投石機，但投的不是石頭，而是大量的熱油。

「真希望托布的遠變近在我手上。」卡拉說：「不過就我視力可及的東西來判斷，圍城戰用的武器瞄準著東方，大概預測敵軍會從那裡發動攻擊。」

「但他們還是可以朝我們丟石頭？」托布問。

「對，可以。」

「我們要怎麼通過？」麥克辛問。

「好問題。」卡拉承認。「克魯亞坎路上的通行者少得令我意外，不是一個好兆頭。這代表莫達諾沒有向聶達拉平原上的家族購買商品——木材也好、糧食也好、皮革也好。」

「也許莫達諾已經有他需要的一切了。」我提出看法。

「有可能。」卡拉說。「也可能代表流亡家族和莫達諾之間的敵意又升高了。」眼前只有零星的旅人和馬匹通過隘口，看來我們不可能混在忙亂的車隊中偷偷過關。

「小倫，你說……」卡拉側眼瞄了一下倫佐，「你的法術有多高明？」

倫佐聳聳肩。「我可以施咒迷惑別人的視覺，但我不會隱形咒。我以前會用咒語偷食物，有時不只是食物啦。不過只有誤導的效果，可以讓老闆忽略我。但要是集中精神，還是可以看到我。」

「我可以平安通過，不被看見。」甘布勒吸引了所有人的目光。「只要我想，幾乎可以隱形。這單純因為我是斐利韋。不過我也會借助一些法術就是了。」

「甘布勒，真的嗎？」我驚訝的問：「你從來沒向我們露一手。」

甘布勒露出充滿自信的微笑，看起來像嘻笑和抖動鬍鬚的結合。「我是斐利韋，我們很少需要求助法術。」

卡拉慎重思考了一下。她看向隘口，看甘布勒，看倫佐，看我，然後又回去望向隘口。她重複這動作好幾次，然後才說：「我們得分散守衛的注意力，而且是大大的分散。只要有東西讓他們分心，我們就可以跑向北方堡壘。看到地形了吧。我敢打賭，從圓形堡壘那裡是看不到瞭望塔的。堡壘裡的人也不太可能看到我們，因為我們會在他們正下方。」

「讓他們大大的分心，是吧？」倫佐若有所思的看著甘布勒。「我的斐利韋朋友，你願意的話，我可以碰碰運氣。」

「小心點啊，你們兩個。」卡拉警告往前走的兩人。

「小心？那我們就得換個方式行動了呢。」倫佐轉頭喊道，還笑了幾聲。

我們躲在幾塊倒下的大石頭後方，不敢生火，只吃冰冷的食物，話含在嘴裡輕聲交談。飯後，我們拖著腳步在溪谷中移動，盡可能靠近北方堡壘。彷彿在我們的正上方，但實際上距離我們還有一百碼，或更遠。

我們等待著，在焦慮中做好準備，隨時可以動起來。卡拉專心掃視前方那片區域，咬著拇指指甲。

「卡拉？」我輕聲說：「別擔心，他們不會有事的。」

「我不擔心甘布勒。」她回我悄悄話，「他應付得來。」她揉揉眼睛。「我擔心的是倫佐，他在冒險。」

「妳也在冒險啊。」我指出這點。

「對，但我是精明的冒險。」她回答，似笑非笑。

時間不斷流逝。我們只能等待，希望他們能巧妙的使對手分心。

結果呢，我們並沒有失望。

36 轉移注意力

首先傳來的，是史特魯奇震耳欲聾的叫聲，拔高又壓低又拔高，彷彿沒有止盡。

沒人想當史特魯奇牧者是有原因的。史特魯奇會在自己的排泄物中打滾，偷其他鳥的巢，還常吃掉自己的幼鳥。牠們要是受到驚嚇，便會發出恐怖又刺耳的鳥囀。

牠們會發出來的還不只是叫聲。受驚嚇的史特魯奇會釋放出刺鼻、有毒的氣味，臭鼬的味道與那相比簡直像是雅緻的玫瑰花香。

接著我們注意到橘色光芒。

「這就是了！」卡拉用氣音說，而我們都做好奔跑的準備，「再等一下……再一下……」

三、四十隻史特魯奇衝過隘口，身後有一片火牆在追趕著。

「跑！」卡拉喊道，我們就衝了出去，在石頭上蹣跚前進，拚命在陡峭的斜坡上保持平衡。

圓形堡壘的城垛亮起火把，接著傳來警告的呼喊。

我們自己也發出很多聲響，因為我們笨拙的動作使鬆脫的頁岩不斷喀拉喀啦下滑，簡直像小瀑布。不過，任何聲音都不可能壓過發狂的史特魯奇的叫聲，牠們正在被……呃，被木

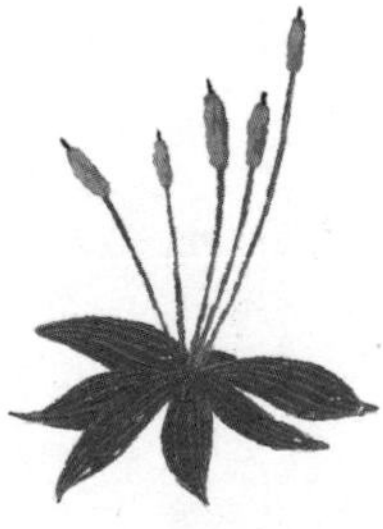

桶追趕。

木桶，燃燒的木桶，在史特魯奇背後沿著和緩的隘口坡道滾動著。

在這一刻，莫達諾的人馬會發現這只是要分散他們注意力的場面。不過我們已經通過圓形堡壘了，儘管地形崎嶇，我們還是全力奔跑。唯一的優勢是，警衛會以為有新的威脅從史特魯奇冒出來的方向逼近。

我們繞著特別陡峭的坡道，結果我跌倒了，兩邊膝蓋都割傷了。麥克辛扶我站起來時，看到陰影處有兩個人。我只看得到頭盔和長槍槍尖的剪影。

卡拉舉手，攔住我們。接著她一個人往前走，「有人發動攻擊嗎？」

「我們還不知道。」一個男性嗓音回答。接著他回過神來，用起疑的口吻問：「妳是誰？」這時，卡拉已經抽劍了。她又快又狠的砍向發問的男人，然後他就不再說話了。另一個男人驚慌逃跑，卡拉大喊：「快，快，快！」

卡拉追向男人，我們則跟在她身後飛奔。他們消失到視線外一陣子，等到追上後，卡拉上氣不接下氣，我看到她臉上有一抹鮮血。

我們不發一語的貼著隘口的牆面，沿著懸崖底部前進，很怕行蹤曝光。我們碰上迎面而來的商隊，從中穿過，然後來到隘口另一側設立的守衛檢查點。

「如果我們通過那個檢查點，也許起碼可以保住一條命。」

檢查點是一排石頭營房，裡頭大約有十名士兵，坐落在隘口最窄處的旁邊。那裡的山壁開口大約只有五十英尺。我們都知道，十名士兵太多了，卡拉不可能單獨對付，而麥克辛、托布和我幫不了什麼忙。

「我聞到的是馬廄嗎？」托布問。

我小心翼翼起身，好看得清楚一點。沒錯，我看到山壁上有一個小凹洞，就在營房旁邊，是馬廄。我也聞到了，但我沒意識到它的重要性。

黑暗中，我看到卡拉的牙齒亮了一下。「跟我來。」

我們彎著腰奔跑，現在腳步聲變得比較大了，因為史特魯奇的尖叫聲已經落在我們身後，愈來愈弱。不過無法回頭了。此時瞭望塔上如果有人想到要低頭看，一定會看到我們。

有個警衛駐守在馬廄外頭，但他看著仍在燃燒但已不再滾動的木桶。卡拉從他身後逼近，用劍柄狠狠敲他頭骨底部。他醒過來之後頭會痛得要命，但至少還醒得過來。

我們在馬廄裡的小隔間內發現六匹馬，沒上馬鞍。

「去拿韁繩，沒時間上馬鞍了。」卡拉說。托布、麥克辛和我解開一大團皮繩，困惑了一會兒後開始將韁繩套到六匹馬頭上。

「托布跟我一起。」卡拉說，然後自己翻到一匹棗紅色母馬的背上。「碧克斯和麥克辛，你們騎那匹有斑點的騸馬，然後再抓著另外兩匹馬的韁繩，一人一匹。」

「為什麼要帶走多餘的馬？」麥克辛大聲說出疑慮，就在我爬上隔間門，好跨到騸馬寬闊的背上時。

「你想要那些士兵騎馬追你，還是用腳追你？」卡拉說：「碧克斯，抓住馬鬃，麥克辛，抓住碧克斯。我要打開門了。準備好了嗎？」

如果我縱容自己表現出玳恩式的誠實，我就會回答：「完全沒有，差遠了。」但我實際上說的是：「好啦。」

馬背上的卡拉彎低身子，推開門說：「去吧，不管發生什麼事都不要停下來！」她踢了馬一下，我也跟著照做了，雖然我懷疑我的馬根本不會察覺。幸好牠願意追隨卡拉那匹駿馬。我們趁著一陣逐漸加速的小跑步飆出距離。

一名士兵從營房中跑了出來，手拿長槍，一面呼叫援兵，一面試圖攔下我們。卡拉急馳而過，揮動聶達拉之光，將飛來的長槍砍成兩半。

六隻馬全速狂奔真是令人目眩的瘋狂場面，根本看不到蹄踩在哪裡。我們的馬踉蹌了一次，讓我差點拖著麥克辛一起滑下去。後方傳來士兵的盛怒咆哮，他們靠雙腳奔跑，根本沒有機會追上我們。這一切感覺好像夢——速度，閃過眼前的山壁、隱約可見的大石頭、沒看見的刺藤突然就會勾我一下。

幾分鐘後，我感覺四周變開闊了，聞到北方吹來的清澈微風。我們已經離開了隘口，跑在牧草地的下坡路上。我看到前方有兩個騎馬的人，盔甲在升起的月亮下閃閃發光，從北方跑過來攔截我們。

不只是士兵，他們是騎士。

是職業殺手，身上帶著想像得到的所有武器。

其中一個騎士突然往旁邊一翻，落馬了。他發出驚訝和警告的叫聲。他的馬躍起前肢，驚慌閃開。第二名騎士的馬減速了，結果馬背上的人也跌成了一堆破銅爛鐵。

兩匹馬真的都受夠了，嘶鳴著跑入夜色之中。

我們繼續奔馳，儘管我的馬顯然很不情願，我得趕牠前進。「別擔心，好馬，那是我們的朋友。」我說。

我們有了一個新旅伴。他在一段距離外就跟著我們奔跑，直到確定我們的安撫能讓馬匹冷靜下來，有辦法克服最初的恐懼。

「幹得好啊，甘布勒。」卡拉說。

「馬。」甘布勒嘲弄的說：「根本沒膽面對斐利韋，尤其是在晚上。」

跌下來的騎士對我們吼出威脅，但他們已經沒有馬了，根本不需要放在心上。在我們前方的一小塊高地上，站著倫佐。

我們勒馬，而倫佐優雅的跳上我們帶來的其中一匹馬。

「喜歡我們分散敵人注意力的方法嗎？」

「很有效。」卡拉承認。

「看到我毫髮無傷的活了下來，妳一定鬆了一大口氣吧，我知道。」倫佐說，咧嘴一笑。

卡拉說：「嗯。」不過旁人感覺得到，她顯然很佩服。

「我……我不喜歡那樣。」坐在卡拉身後的托布說。

「看到我活下來不開心？」倫佐逗他。

托布看起來很懊悔。「我必須說，」他小聲說：「你的行為英勇得不得了，也拯救了我們的性命，當然了，我應該要無比感謝你、甘布勒和倫佐，可是……」

「總是有這個『可是』！」倫佐哀號，不過臉上掛著微笑，他仍被成功沖昏了頭。

「可是，」托布說：「那些史特魯奇肯定嚇壞了。我知道大家不喜歡那種鳥，因為牠們的嘎嘎叫聲，還有，呃，味道，不過……」

「別忘了吃掉幼鳥的習慣。」倫佐說。

「可是……」

「還有，牠們會偷別人的巢。」麥克辛補充。

「可是……」托布說。

「還有——」我開口，不過甘布勒打斷了我。

「安靜！」甘布勒兇巴巴的說：「讓渥比說話，我們也許都得上一課。」

托布清了清喉嚨，蒼白的星光在他的大眼睛裡閃閃發亮。「我只是覺得，雖然史特魯奇不是多迷人的物種——還有，噢天啊，對，牠們的氣味可怕極了，但我們應該還是要，呃，好好地對待牠們。著火的大木桶……要是有哪個木桶砸到其中一隻史特魯奇怎麼辦？」

「我滾動木桶時非常謹慎的算好了時機。」倫佐說。

「但要是其中一隻鳥絆倒了，」托布說：「或者哪隻幼鳥的動作太慢……」

「鳥群中沒有幼鳥。而且必要時，史特魯奇可以飛行一小段距離。」倫佐說，但他的語調開始有種洩氣的感覺了。

「我的生命比一隻史特魯奇重要嗎？」托布問：「只因為我可愛又討喜？」

馬匹往前奔馳，而我們全都陷入沉默。

「托布，我猜我可以提出一個論點，那就是我們正在戰爭之中，一場還沒宣布開打的戰爭。」倫佐最後試著對他說，語氣和緩許多。「在戰爭中，我們得做出必要的犧牲。」

「但這由誰來決定呢？」我突然發現這多麼缺乏道理——更不用說有多不公平了。世界上擁有權力的人多麼少，而沒有權力的人太多了。

「我爸爸是必要的犧牲嗎？」麥克辛說。

「我的玳恩幫呢？」我哽咽的補充。

我們望向卡拉，彷彿她會幫我們解決問題。不過她盯著正前方，像是根本沒在聽我們說話。

在旁邊大步慢跑的甘布勒說：「托布，你是一隻睿智的小渥比。在任何戰爭中，有人提出艱難的問題總是好的，我們需要無法輕易回答的問題。」

「好複雜。」托布說：「一切不是非黑即白，而是各種灰色。」

卡拉首次開口了：「你說得對，但不要讓任何複雜的情況阻止你採取行動，托布。當你知道自己的靈魂中有邪惡的成分，你就得對抗它，但要懷著榮譽感，懷著慈悲，懷著公正的心。」

「去對感受過妳劍尖的那些士兵說吧。」倫佐說。

卡拉瞪了他一眼，「你想挑戰我嗎？」

「從來都不會。」倫佐誠心的說：「我只是懷疑有什麼戰爭能懷著榮譽感、慈悲、公正的心去打。」

「既然戰爭已經在前方等著了，」卡拉說：「我們只能希望你說錯了，我的朋友。」

37 男爵

從克魯亞坎隘口下山後，我們必須越過特拉諾河。所有橋梁肯定都有人看守，而我們已經將運氣耗到快見底了。

卡拉決定帶著大家往北走一天，來到山脈如高牆聳立在我們右方的區域。幸好她知道那一帶有一片淺灘，我們得以從那裡渡河，水位只比馬的膝蓋高一點點。

之後我們挺進一片茂密的樹林。我問卡拉這片樹林為什麼完好無缺，不像之前看到的許多都被剷平了。

「樹林中有很多女巫橡樹。」卡拉解釋，「這些樹硬得像鐵一樣，很難砍斷，而且也長得不夠直，不能做成桅杆或木板。還有，樹林裡並不是沒住人，當地居民可能會反對伐木。」

「樹林裡有恐怖的生物嗎？」托布納悶的問。

「噢，有些恐怖到不行。」卡拉說，但語調很輕快。事實上她看起來很放鬆，而且是到了不尋常的地步。

騎馬穿過樹林的速度非常緩慢。女巫橡樹橫向伸展，粗大樹幹經常擋在我們面前，得不斷彎身閃避、繞路。不過與此同時，卡拉似乎很清楚自己在往哪裡走。

接著，有個聲響劃破空氣，咻！一支箭出現在樹上，抖動著。甘布勒發出咆哮，倫佐將馬掉頭，尋找敵人。但卡拉悠哉的騎馬到弓箭旁，拔下來檢視，儘管箭剛剛只差幾吋就射中她的頭了。

卡拉用歡欣的語氣說話，但不是對著我們說：「看看這個，現在你們得到一個變形的箭頭了。你們要是再多點耐心，搞不好就射中前面那棵松樹了。」

兩男一女溜進我們的視野中，我發誓幾秒鐘前，他們站的地方只有樹和草叢。那三個人穿著貼身短上衣和緊身褲，狡猾的染成綠色和棕色，讓衣服完美的融入森林之中。三個人都帶著附弦的弓，但他們沒拉弓。

「我留妳一口氣，快解釋你們為什麼闖入這裡。」其中一個男人說，他長著金色的鬍子，年屆中年，眼窩很深。

「呃，弓箭手麥肯，如果你不認出我的話，我認為你的視力已經弱到不該帶著弓在森林裡跑來跑去了。」

弓箭手倒抽一口氣，緩緩放下弓。「卡拉珊德小姐？」

卡拉輕快的滑下馬，踩了兩個快步，躍向麥肯，而他接住她，拉著她轉圈，兩人都在笑。

「噢，妳比我上次看到妳的時候重多了，」麥肯嗆她，「我這樣轉就快折斷我的背了。」

「你比我上次看到你的時候更禿呢，老頭。我只要用上一點蜜蠟就可以把你的頭擦成一面亮晶晶的鏡子。」

「喔，妳這個被寵壞小……」

卡拉用力推他，「你的尊重去哪了？」

「我向妳道歉。」麥肯擺手鞠躬。「我把妳當成盜獵者或流浪漢了。」這時他臉上大大的獰笑消失了。「好險消息傳到妳那了。男爵剩下的時間恐怕不多了。」

卡拉抓住他的手。「你說什麼？」

「妳不知道嗎？」他瞪大眼睛。「啊，妳不知道。妳父親，我的主人多拿提男爵病了，而且……」他別過頭去。「很抱歉得這麼說：醫生認為他不久人世了。」

卡拉眨眨眼。「他的心臟嗎？」

麥肯悲傷的點點頭。「上個月，他心臟病發兩次，變得很虛弱。」

「剩下的事可以讓母親告訴我。」卡拉的語氣急迫，「營地在哪？」

「妳母親？」麥肯重複她的話。

「是，她沒在照顧父親嗎？」

「我們好幾個月沒看到男爵夫人了。」

卡拉握緊拳頭。「我不懂，母親人呢？」

「我們不知道。男爵不肯說。」

「夠了，告訴我營地在哪。」卡拉說。

「妳知道舊杭柏草原吧？從那裡沿著河流往北走。我可以帶路，不過……」麥肯朝身後的森林揮了一下手。

「你的責任是守在這裡。」卡拉拍拍他的肩膀，「我的責任是和父親待在一起。」

她不發一語，用鞋跟刺了一下馬的側腹，而我們急忙跟上。她並沒有讓馬奔騰起來（這樣會使馬陷入險境，因為森林裡充滿裸露的樹根和鼬鼱洞），但她移動得很快，不斷催促著馬。我們來到一片長滿金草的草原，植株很高，隨風蕩漾，像是日出的和緩海面。我們以那裡為起點，沿著一條小溪前進。

卡拉之前不時會談起她的家人——多拿提家族。我知道他們曾經是一個尊貴又強大的家族，坐擁大片的土地和一座叫華特密的城堡。曾經抵抗第一代莫達諾的起義，後來遭到流放。

儘管如此，我還是不太確定她家會是什麼樣子，不過我絕對沒想過會看到眼前的景象。我們騎馬通過多瘤粗幹的女巫橡樹下方，過了一會兒後我才抬頭，驚訝的發現樹上有平台和繩子編的走道。樹枝上有吊床，細繩晾著洗好的衣物，隨風飄揚，而那些衣服的配色都和麥肯及手下身上的一樣，是具有保護色效果的綠棕相間制服。森林一路延伸到一個裸露在外的巨大岩石上，非常高大，突出到森林的綠色篷蓋之上了。

我們站在一棵樹幹極粗的女巫橡樹下，粗到十個人牽手也圍不住。一個年輕人從上方樹枝垂降下來，安靜得像蜘蛛乘著蛛絲落下。

他向卡拉鞠躬，說：「我來照料妳的馬，小姐。」

「父親呢？」

「在床上。您要上來嗎？」

卡拉點點頭，一根帶環的繩子立刻從樹上垂下。「跟我來，碧克斯。」她說：「其他人，請享用等等送上的食物和飲料。」

卡拉一腳踩住那個繩環，然後抓住繩子。我也照做了。接著，我們一起穿過濃密的葉叢，通過一個環繞樹幹建立的平台，上頭有弓箭手在巡邏，然後繼續上升，穿過樹木圍出的洞，跨上一個長方形平台。

這平台又寬又長，足以容納一個巨大的屋子。不過我看到的不是固定在那裡的建築物，而是三個帳篷，其中一個比另外兩個大上一倍。三個帳篷都可以讓人類直立在裡頭，不過帳篷頂距離他們的頭頂只會有幾吋。

「我們不建造任何永久性的建築。」卡拉解釋，她在中央帳篷的開口前猶豫了一下。「任何時候，我們都可以在一小時內拆掉所有東西，移動到其他地方。」

「我懂，」我說：「有點像我的玳恩幫。」

卡拉面無表情，聲音平淡，但我太了解她了，不會被唬過去。我看到她的下巴肌肉繃緊，聽到呼吸變得急促，心跳也變得不穩定。

「我父親……」她開口：「我父親……」

「妳不用向我解釋什麼。」我說。

卡拉點點頭。「我只希望妳知道，他曾經是最強壯、最聰明、最善良的人。他看起來可能會……呃，妳也聽到他生病了。」

我懂，卡拉不希望我看到她父親後失望。我一隻手放到她肩膀上安慰她，然後輕輕點了一下頭。

我們撥開帆布門簾，走進帳篷。裡頭相當溫暖，中央有個燃燒的火堆，上頭開了個排氣孔。一張床放在小小的火焰旁，是草率砍下的樹枝和藤蔓纏繞成的。我看到一堆毛茸茸的獸皮，一張臉，蓋著稀疏、零星的灰白頭髮。

兩個模樣像是看護的老女人向卡拉鞠躬，然後退開。我站到她們那裡，隱身在暗處，覺得自己闖入了這個無比私密的時刻。

「父親，是我，卡拉。我帶一個朋友來了，她叫碧克斯。」

那位年長者的頭抬離了枕頭，而我大受震驚。不只是因為他看起來病懨懨又衰老，而是因為看出過去肯定給人什麼樣的感覺。

卡拉的父親很消瘦，雙頰凹陷，沒有血色，不過我看到他的眼睛時差點笑出來。氣質尖銳、睿智，對蠢蛋沒有容忍力。簡單說——那是卡拉的眼睛。他下巴的線條展示著鐵一般的決心。這病弱老人與那個健康少女無可否認的相像。

「卡拉珊德。」多拿提男爵說，他試圖擠出有朝氣的語調，但被帶著哮喘的咳嗽聲破壞了。

卡拉彎腰抱住他，頭枕到他的胸口。她父親以細瘦的手臂回抱。

「我好怕妳死了。」他輕聲說：「妳是多拿提家的末裔。」

「沒事的，父親，我活著。」

他用手背擦去淚水。「見到妳真是太好了，我的孩子。我很想念妳。真希望妳母親可以在這裡分享我的喜悅。」

「父親，」卡拉說：「她在哪裡？」

男爵瞄了我一眼，顯然擔心在我面前公開談這件事會出問題。他斜眼瞄我，而我發現他的視力也衰退了。

「爸，我信任碧克斯，可以賭上我的性命。」

他點點頭。「她在安全的地方。」

「安全的地方？什麼意思？」卡拉站起來，雙手插腰。「我了解我的母親，薩布里奈．多拿提絕對不會願意離開你身邊的。」

她父親勉強擠出一個小小的微笑。「沒人說她願意。」

「意思是？」卡拉歪頭，等他說下去。

「薩布里奈和幾個僕人、守衛待在西方高地。」他嘆了口氣。「她的動作比以前緩慢多了，沒有人協助就無法旅行。不過她的法術變強大了，而她那張嘴還是跟以前一樣嗆。我說服她……花了很大的力氣讓她相信這麼做可以拖慢我們的速度。」伯爵發出悔恨的笑聲。

「而妳現在看看我。」

「至少她很安全。」卡拉說：「聽到我就放心了。」她迅速擦掉一滴淚水，挺直腰桿。

「嗯，那我接下來有很多事要告訴你。父親，真的很多。先介紹我的旅伴碧克斯吧。」她暫停了一會兒後說：「玳恩碧克斯。」

38 另一種末體

男爵擠出一個病弱的微笑。「我一度以為妳說『玳恩』呢！好幾年沒看過那種生物了。」

「你沒聽錯，父親。」卡拉彎曲一根手指，比了一下我的方向。

我靠向男爵床邊，他倒抽了一口氣。他用手緊抓住我的前臂，我感覺得到他的手指在顫抖。「我以為莫達諾的父親幹的那些好事，已經讓玳恩成為回憶了。碧克斯，妳的同類多嗎？」

我搖搖頭。「我們只確定還有另外一隻，原本住在很遙遠的地方。不過有傳言說佩拉苟河附近有一個聚落。」

「看來，是在一個很危險的地方呢。」男爵捏了一下我的手。「不過希望傳言是有根據的啊。」

卡拉的父親虛弱、垂死，但好奇心還是很強大，一聽完女兒的長篇故事，他便提出了幾個明智而敏銳的問題。

「費魯奇背叛了妳？」他問：「真令我難過。我們多麼信任身為學者和密友的他呀。」

卡拉去費魯奇那裡是為了尋找盟友，希望有人可以協助她保護我——可能是玳恩末體的

我。但他實在太害怕莫達諾和預言家了。

「莫達諾的父親，」男爵接著說：「就是提倡消滅所有玳恩的幕後黑手——嗯，這點我已經懷疑很久了。斐利韋……」他停頓了一下，因為咳嗽折磨著他瘦巴巴的骨架。「是他們的下一個目標。這一任莫達諾直到現在才發現手上握有一、兩隻別人沒有的玳恩的優勢嗎？這我也不意外。」他搖搖頭。「至於特拉曼挖的隧道……」他表情扭曲，聲音愈來愈小。

「對，情況很糟。」卡拉說：「我相信聶達拉境內沒人發現。聽起來很荒唐，但我們看到了隧道的一部分。如果……應該說，等到完成後，戴瑞蘭就可以發動徹頭徹尾的奇襲。成千上萬的特拉曼會打頭陣，嚇壞防守方的任何士兵。」

「戴瑞蘭戰勝可不是大家盼望的結果。」男爵冷冷的說：「不幸的是，莫達諾獲勝對我們來說也一樣糟。」他歪了歪頭，精明的看了自己的女兒一眼。「親愛的卡拉，我隨時歡迎妳回來，但妳來這裡不只是要向我報告這些。向我敞開心胸吧。妳想要什麼？」

卡拉開始緩慢踱步，雙手盤在胸前。「我不知道耶，父親。如果我年紀大一點，而且是個男人的話，我才知道自己可以怎麼做。」

男爵咳了一陣，才結結巴巴的說：「卡拉，我什麼時候教妳限制自己，只做女人做的事？妳代表多拿提。」

「不！」卡拉說得有點太大聲了。接著她用較平靜的聲音說：「不，父親，你才代表多拿提。」

「我撐不過一季。」男爵說：「我再也無法率領優秀男女上戰場了。世界不會停下來等待我死去，也不會等待妳適應妳的新角色。戰爭就要來了，這場戰爭不只會死幾千人，而是會奪走數萬條性命。生病的老頭對世界而言沒用處，世界也沒有耐心等待那些還能採取行動、阻止瘋狂局面的人。」

「可是，爸，我的同伴只有一個小偷、一隻斐利韋、一隻渥比、兩隻玳恩，我只有六名士兵面對莫達諾和卡薩，而且還得同時打倒他們？」

「妳知道自己必須做什麼，卡拉珊德．多拿提小姐。」

這對父女注視著彼此，各自心中都充滿著壓抑的情緒，都注意到彼此有什麼想說但沒說出口的話，有什麼不願承認的恐懼。

「有人會挑戰我嗎？」

「會。」

「誰？」卡拉的聲音像是灌了鉛。

「妳的表哥艾爾布里，護衛隊隊長。他是個優秀的戰士，但沒有擔任領袖的資質。他很驕傲，他會挑戰妳的。」

卡拉悄悄向我解釋：「艾爾布里的體型足足有我兩倍大，而且是個優秀的戰士，使劍、用弓的專家。」

男爵點點頭。「對，艾爾布里很強悍。」

「我不希望他死。」卡拉說。

「妳無法讓他服氣，所以妳得接受他的挑戰。卡拉……」男爵的聲音顫抖著，「妳可能會被殺，而艾爾布里．迪．塔佐將會領導留下來的族人。他會在我們的屍骨上建立一個新王朝。」

卡拉陷入沉默，她的父親也是。我等待著，感覺自己好渺小，好微不足道。我是一個次要的角色，在這裡見證他們做出一個決定，一個重大決策，可能會影響兩個國家的命運走向。

儘管我試圖把他們的話聽進去，我滿腦子還是只有一個想法——我根本不想看卡拉死掉，我承受不了。

「父親，你精通很多事，包括戰鬥。」卡拉將下巴歪向一旁，深吸一口氣，「你覺得我有沒有機會打敗艾爾布里？」

她父親伸出骨瘦如柴的手，碰了一下她的手。

「靠聶達拉之光？是，我當然相信妳有機會。」他淚汪汪的微笑。

就這樣，男爵閉上了眼睛，陷入睡眠，沒再說其他話。

離開的路上，我問卡拉：「妳想知道他說的是不是真話嗎？」

「關於我有沒有機會打贏艾爾布里？」卡拉發出一個短促、酸嗆的笑聲，「不用了，碧克斯，我知道答案。」

「那妳還是會接受他的挑戰？」我試圖抑制心中的慌亂。

「有什麼選擇？我是最後一個姓多拿提的，這是我欠家族的。不過更重要的是，父親認為艾爾布里還沒準備好要面對我們接下來得打的那場仗。」

「可是……」我沒什麼派得上用場的話了。

卡拉對下方的朋友呼喊，要他們過來。「碧克斯，這麼看來，」她說：「我自己也像某種末體。不是人類的最後一個成員，是我家族的。」她一說完，臉孔立刻扭曲了。「請原諒我，朋友，妳的痛苦比我大上無限多倍。我懂。」

「不用道歉，卡拉。」我堅定的說：「我知道痛苦有很多種。」說出這些話時，連我自己都不敢置信的搖著頭。小碧克斯，一窩玳恩的崽子！幾個月前，我做夢也沒想過，自己對這世界會多出這麼深刻的了解吧？

那天晚上，我們睡在男爵樹上平台擺的其中一個較小的帳篷內，裡頭有舒服的帆布床，尺寸適合人類、玳恩、渥比。甘布勒睡在軟枝和柔軟乾淨的葉片搭起的床。

到了早上，我們喝茶，吃了冰冷但可以填飽肚子的早餐。吃著吃著，聽到了沉重的腳步聲。一會兒過後，帳篷的門簾掀開了，一個氣勢凌人的傢伙冒了出來。他很高，肩膀很寬，他的黑髮纏了金絲。我立刻就猜到他的身分了。

「艾爾布里。」卡拉說，並擁抱他。他們對著彼此微笑——並沒有散發敵意，還沒有。

「妳比我上次看到的時候更高、更壯了。」艾爾布里說。

他說得一點也沒錯，但卡拉還是矮他一個頭，身體寬度只比他的一半再多一點。我無法想像他們在戰場上對峙的畫面。

「我之前一直在長途旅行。」卡拉說：「你的太太和兒子們還好嗎？」

「費歐娜跟以前一樣美。」艾爾布里說：「我的兒子幾乎快成人了。」

聽著他們分享自己的經歷，聊著共同朋友，但他們顯然只是出於禮貌才聊天。最後是由卡拉開啟他們心裡壓著的話題。

「我的父親快死了，艾爾布里。」她以強而有力又清晰的嗓音說：「我打算接下多拿提家的領導權。」

艾爾布里點點頭，似乎在忍笑。「妳勇敢又聰明。但妳只是個女人，卡拉。多拿提家從來沒出過女性領導者，而現在情勢又這麼危急。」

「對，真的很危急。艾爾布里，我打算把話說開。我不想和你打，我更想要你來當我強壯的左右手。我打算重整多拿提家，與其他流亡家族談和，運用我所能集結的所有力量來阻止這場戰爭。」

「妳要發動戰爭來阻止戰爭？」艾爾布里露出懷疑的微笑。「我們為什麼不樂見這場戰爭？讓莫達諾去和那戴瑞蘭的壞蛋斐利韋打成一團吧！讓他們毀滅彼此。」他激昂的說著，我沒有感應到虛假的成分。

「我知道你不知道的事，艾爾布里。我去了戴瑞蘭一趟，親眼看到了他們的備戰計畫，那會為聶達拉帶來無數的死傷和悲慘。」

「沒這裡的事。」艾爾布里直截了當的說：「莫達諾和卡薩的戰爭會使流亡家族團結起來，我們將一起占據克魯亞坎隘口，在西方建立一個新王國。一個更正義的國家。」

「你當國王？」卡拉問。

「也許吧。」

「我不會容許橫衝直撞的特拉曼害死成千上萬人。」

「特拉曼？」艾爾布里皺眉。

「你不知道的事可多了。」卡拉說。

艾爾布里悲傷的搖搖頭。「妳的計畫太愚蠢了，妳想挑戰我也是毫無理智。妳打不贏我的，卡拉。」他朝卡拉劍鞘上突出的劍柄點了一下頭。「至少讓我借妳一件像樣的武器吧。

如果我的獲勝是因為妳的爛劍斷成兩截，那我會很不爽的。」

「你真慷慨，艾爾布里，不過這把劍我用慣了，在約定的時刻，我會拿來對付你。你找一個追隨者，對上我和我的追隨者。」

「那就挑月亮沉落時吧。」艾爾布里說：「就在這個傍晚。」他伸出手，「這是我最後一次以朋友身分和妳握手。」

「希望我們的友誼會恢復。」卡拉握住他的手說。

他離開後，其他人騷動了起來。倫佐說話速度超快，帶著我從沒聽過的急迫感，「我可以溜進他的帳篷，用銼刀磨壞他的劍，這樣……」

卡拉一隻手搭住他的手臂，要他安靜下來。「不行，我的朋友。我不會靠作弊贏得多拿提家族的統治權。」

「艾爾布里不知道妳帶著聶達拉之光嗎？」我輕聲問。

「多拿提一族之中，只有我父親和母親知道。」卡拉說。

倫佐抓著卡拉的兩邊肩膀。「卡拉，」就這麼一次，他的語調中沒有任何幽默感，「他會殺了妳，我們所有的希望都會隨著妳死去。」

「我不需要別人提醒我後果有多嚴重。」卡拉說，然後看著他的眼睛，微笑，「但別絕望，我有計畫。」

39 卡拉帶來的驚喜

雙方將在樹林中兩個不同的平台上決鬥，其中一個長寬接近男爵的平台，另一個小上許多，沒比馬車的底大多少。兩個平台都建在遠離地面的高度，從上頭掉下去肯定會沒命。小平台和大平台中間有個縫隙，強壯的戰士可以一躍而過。

森林裡的四面八方都擠滿觀眾（遠超過我想像中多拿提家族可以聚集的數量），樹枝被壓得下垂，連大樹幹都隨觀望者的身體重量搖晃。

一條由繩索編織的走道，從男爵所在的平台延伸到較大的那一個決鬥平台。我和朋友們都害怕得快吐了（唯一的例外可能是卡拉本人），我們站在男爵的平台上，待在無助、沮喪的人群中。

倫佐花了整個晚上到處求別人給他武器（八成還去偷了），自認會被選為卡拉的副手。

至於我，我猜卡拉會找甘布勒。很少有人類戰士可以當斐利韋的對手。許多劍客認為自己動作很快，但沒有人類的速度能與斐利韋匹敵。

卡拉沒理我們。她坐在一個東拼西湊出的小桌子前，彎腰對著一些廢紙寫字。我想像那是她的遺囑、遺言，也許是向家人，以及向我們這些夥伴的道別之語。但她很快就證明我錯

了。她叫了信差過去，擅長閃避敵軍的精瘦男女，騎著速度最快的駿馬。卡拉低聲下令，然後派他們上路。

這時她才站起來，伸展身體，擠出一個顫抖的微笑，然後說：「嗯，我猜時間差不多了。」

卡拉向倫佐借盾牌，就是從薩朵奈泰特的地盤弄來的那個。「我現在，」她說：「要宣布與我並肩作戰的夥伴了。」

倫佐和甘布勒都上前了一步。

「甘布勒，如果我找你，勝利就會是屬於你的，而不是我的，多拿提家的人會認為我作弊。」

「也許吧，」甘布勒咆哮，「但妳大概可以活命。」

「義賊倫佐，你很勇敢也擅長謀略。你很會打鬥……在小偷之中屬於高手。但你不是一名戰士。」

「但妳到底在想什麼啊？」倫佐大叫。

「我想，」卡拉微笑著說：「請我的好朋友——托布上來與我並肩作戰。」

我聽到一個短促的叫聲，有那麼點像被踩到腳的人發出來的聲音，來自托布。接著他尖聲問：「我？」

「對，你。你願意加入我這方，與我一起承擔命運嗎？」

我以為托布會說出顯而易見的事實——說自己是我們之中體型最小、最弱、最不像戰士的成員。不過他開口時，並沒有丟出任何藉口。我再次體會到，我永遠不該低估我親愛的渥比朋友。

「我願——願——願——意加——加入妳。」托布說：「那是——是我莫大的榮幸。」

我們站在男爵的平台上，較大的那個擂台一覽無遺，不過望向小平台時視野有點受限。

卡拉和托布跨越繩索走道的同時，我感覺到麥克辛的手伸過來握住我，我捏了一下做為回應。我整個人都在發抖。我好想知道，卡拉現在的感覺究竟是什麼？

戰鬥平台的上方垂著粗繩，你可以抓著繩子盪向或遠離對手。樹上和平台邊緣的火把投下昏暗、搖曳的光芒。平台四周沒有欄杆。

艾爾布里現身了，他自信滿滿的走過繩索走道，來到較大的平台上。他上半身打赤膊，露出發達的肌肉和帶刀疤的皮膚，下半身穿著皮褲、長靴。

「我真替妳的朋友卡拉緊張啊。」麥克辛說：「我不太會判斷人類的強弱，但這個人看起來好像真的很壯。」

我說不出話，喉嚨緊得像握住的拳頭。

艾爾布里後方跟著第二個人，身材甚至更魁梧。他比艾爾布里高了整整一個頭，而艾爾布里可是比卡拉高了一個頭啊。

一名穿著五彩破布的乾瘦小丑從一根繩子上滑下來，落在平台中央，雙腳一碰到木板，便翻了一個喜感十足的跟斗，引來讚賞的笑聲。

他用宏亮的哭腔說：「我們來見證決鬥了！多拿提家的卡拉珊德，多拿提的女兒，也是唯一的繼承人，主張她有權承接父親統治者的角色。」

樹上的旁觀者交頭接耳、竊竊私語。我聽到有人大喊，向卡拉表達支持，自己也收到了鼓舞。

「挑戰她的是多拿提一族的艾爾布里，來自迪．塔佐家。副手是他的堂弟，人人知、人人愛的大山莫古諾！」

我猜大山莫古諾應該是某種綽號，他顯然是觀眾的最愛。艾爾布里收到的歡呼聲有的很激動，有的很敷衍，不過大山受到所有人的喜愛。

「現在，請歡迎卡拉珊德．多拿提和她的副手，渥比托布！」

卡拉緊張的跨過繩子橋，我從來沒看過她露出如此懼怕的模樣。她的腳彷彿拒絕移動。跟在她身後的托布還算敏捷，但他編成辮子的尾巴豎得直直的，顯然在顫抖。

卡拉得到了一些歡呼，是節制的歡呼。另一方面，托布引發了洪水般的笑聲，還有人大聲汙辱他。

「卡拉帶了寵物貓上來了！」

「小心點啊，小不點，那個大山莫古諾不會吃掉你的！」

他們抵達平台，站在艾爾布里和大山莫古諾的對角。卡拉和托布的體重加起來還沒有大山一個人的一半。還有更嚴苛的——艾爾布里和大山的帶著沉甸甸的劍，靴子裡插著刀子。大山的皮帶上還另外掛了一把充滿突起的鎚矛。

托布帶著卡拉給他的小刀，至於卡拉，只有劍鞘裡那把看起來很破爛的劍。她的裝備也比我想的還要單薄——一件樣式簡單的棉質連身裙，下面搭著貼身的褲子。她打赤腳。

「放棄決鬥吧，卡拉珊德。」艾爾布里大吼：「我不想殺妳。撤回妳的主張，然後侍奉我！」

「我怕死。」卡拉的語氣聽起來就像是她真心這麼想。「我怕死，但我不會屈服。」

她瞪大眼睛，駝背拱肩，雙手明顯在顫抖。那畫面看了令人難過，我很難相信她是那個英勇無懼的戰士，曾在我眼前戰鬥過那麼多次。

我驚訝的倒抽一口氣——很難相信，因為那不是真的。

卡拉在演戲。

看似笨拙的模樣、突顯嬌小身材的裝扮、顫抖的聲音——都是她計畫的一部分。

「我可以解決掉他們兩個！」甘布勒在我身旁發火，「為什麼她不選我當副手？」

「因為勝利就會是屬於你的，而不是她的。」倫佐提醒他。

「勝利？」甘布勒發出粗啞、咳嗽般的笑聲，「我只希望她——當然還有托布，能夠活下來。她根本不可能勝利。」

倫佐聳聳肩。「你很有可能是對的。」他說：「只是很有可能。」

這時，大山開始找碴了，他纏著托布不放，「我要跟一隻發育過頭的老鼠打嗎？你比我晚餐吃的那隻拔過毛的雞還瘦！」

我可以預期會出現這種儀式性的辱罵，但托布聽了不怎麼開心。我看得出他體內的怒火愈燒愈旺，我的心中開始浮現一丁點希望了。

渥比是最傻氣、最脆弱、最沒有威脅性的生物。除非……

除非渥比被激怒。

「來吧，老鼠，你可以窩在我口袋裡，我會把你當成寵物、餵你點心的。」大山哈哈大笑，而所有觀眾，包括我們上方、周圍、下方的人，也都痛快的笑著。

「走錯一步了。」我說。

毫無警告的，大山撲向托布，齜牙咧嘴、頭髮飄揚，一隻巨掌往前伸，另一隻揮舞著匕首。

這一步又錯得更離譜了。

40 樹頂的戰鬥

大山莫古諾踩出的每一個厚實腳步都撼動了平台。觀眾已經發出憐憫之聲了，有人大喊：「別傷了那個小傢伙！」

「我下手會很快的，你幾乎不會有時間發覺自己死了。」大山發自內心大笑，托布則不斷後退。他在平台邊緣晃了一下，我以為他可能會因為太過恐懼而往下一跳。

我同時也開始計算自己該怎麼滑翔才能解救他，結果一個高頻的尖叫打斷了我。

托布嘰哩咕嚕講了一串火爆又聽不出意思的話，直直跑向大山，跳起來，攀到他的皮帶上，快步衝上這男人的身體，彷彿他真的是一座山，托布急著要攻頂，大山則是又咒罵又揮掌，手掌拍打在自己身上，拚了命想抓住敏捷的渥比。不過托布已經爬到大山頭頂了，雙腳還圈住他脖子，像是小朋友騎在爸爸背上。

接著托布抓狂了。

就連艾爾布里都愣住了，看著這瘋狂的場面——大山踉蹌又怒吼著。托布扯下他一把頭髮，撕裂他其中一個鼻孔，從他右耳咬下一大塊肉。

接著，托布攻向大山的眼睛，又戳又插，逼得敵人瞇眼、流淚。暫時失去視力的大山就像隻巨熊般東倒西歪。他猛然轉向，衝向平台邊緣。托布用爪子抓住大山嘴角，彷彿在拉馬的韁繩，想藉此讓他停下來。他如果掉下去，可能會死。

大山在距離平台邊緣幾吋遠的地方往後踉蹌。托布匆忙爬下來，緊緊抓住大山的腳踝。大山跌倒了，像棵倒下的樹。他對平台造成的衝擊差點使卡拉摔跤。

托布抽刀，架在男人的喉嚨附近。內心的激動使他的聲音變得又尖又利，「認輸！認輸，不然你就會死！」

大山莫古諾衝向托布還不到二十秒，這個慌張、受辱的男人便大喊：「我認輸！」

震驚且嚴肅起來的艾爾布里面對著卡拉。

根據規則，托布可以自由的協助卡拉戰鬥。在我看來，艾爾布里顯然很害怕這個結果。但卡拉舉起一隻手說：「我自己和你打。」

我懷疑這冷靜又充滿自信的一句話，搞不好比被托布咬掉耳朵更令艾爾布里害怕。「那就來吧。」艾爾布里說：「我不怕妳！妳只是個小妞！」

他在安撫自己。他說不怕卡拉也是騙人的。他之前並沒有說謊，但他現在不那麼篤定了。他的焦慮接下來還會再加深。

卡拉邁開大步走向他，她的赤腳絲毫沒表現出稍早偽裝的笨拙。她在接近平台中央的位置停住，站得更開一些，抬頭挺胸，拔出劍。

「來跟我打吧，艾爾布里。來面對我……以及聶達拉之光吧！」

卡拉的破劍消失了，取而代之的是鋒利的刀刃。鑲嵌珠寶的刀柄發出不自然的光。

觀眾發出震驚、讚嘆的呼聲，散發出對濺血的期待。這場決鬥原本看起來像是單方面的屠殺，現在是真正的對戰了。

有人開始竊竊私語，然後被轉述出去。每重複一次，聲音就變得更大一些。

「聶達拉之光！」

「是那把劍！」

「我以為它不見了！」

「聶達拉之光回來了！」

艾爾布里搖搖頭，彷彿想擺脫自己的疑慮，不過他沒有太多時間思考，因為現在要發動攻擊的人是卡拉。她的赤腳無聲走著，展現出少女的輕盈和敏捷。接著她抓住其中一條繩子，盪向艾爾布里。

艾爾布里往右閃，但卡拉經過時還是在他的肩膀上劃出一條紅線。繩子盪到底後，她鬆手落地，轉過身去面對衝過來的艾爾布里，他水平揮劍，力道強到可以將卡拉砍成兩半。

卡拉蹲低身子閃避，起身時的位置極靠近他，讓他無法再嘗試攻擊。她沒將劍刺入艾爾布里的心臟，而是伸手握住他的匕首，抽刀出鞘，扔下平台。

「不！」倫佐大喊：「她不想殺死對方！」

「傻女孩！」甘布勒嘀咕。

艾爾布里迅速退開，而失去平衡的卡拉往他的方向踉蹌。他以驚人的速度握好刀，不過卡拉將身子甩往他雙腿之間，翻滾，起身，跑向平台邊緣，抓住一根繩子盪到較小的平台去。

艾爾布里現在必須做出選擇。他可以追上去，但這對他不利。他也可以拒絕發動攻擊，使自己顯得像個懦夫。面對這兩個選項，英勇的戰士只有一個選擇。卡拉讓繩子盪回原位後，艾爾布里單手抓住，後退爭取一些空間，然後往前跑，盪向卡拉，還發出駭人的戰嚎，出劍刺她。

他太慢，太笨重了。

卡拉輕鬆的往旁邊跨一步，劍往高處一劈。斬斷了繩子，使艾爾布里跌落在地。他的胸口撞上平台邊緣，腳垂在空中。他得鬆開劍才能攀住木板，試圖找回立足點。

卡拉站在上方，低頭看著他。她用一隻腳將他的右手往外推，使他一度只能靠一隻手攀住平台，整個人懸掛在森林上空。

「來啊，殺了我！」艾爾布里用粗啞的嗓音說。

這戰士的性命完全掌握在卡拉手中。我屏住呼吸，既希望又害怕她的劍突然往下捅，刺穿他的脖子，進入他的心臟。

「不，我不會殺你。」卡拉說：「除非你讓我別無選擇。」

「殺我吧，別多想了。」他咆哮，「這樣羞辱我還不夠徹底嗎？你要讓我成為一個笑柄嗎？」

「不，」卡拉說：「我永遠不會嘲笑這麼英勇又能幹的戰士。你一定派得上用場，艾爾布里。」

「用場？」他是個壯漢，但他繃緊的手指已經發白了，手臂和肩膀的肌肉顫抖著。

「對，」卡拉說：「我需要英勇的戰士，我需要一位將軍。」

41 分為三個部分的計畫

在玳恩歷史中，幾乎不曾出現連人類都敬畏的那種英雄角色——強壯、意志堅定，有時甚至勇猛有力。不過確實有一位這種玳恩——偉大的傑瑞爾。據說，偉大的傑瑞爾體型比任何玳恩都大上一倍，強壯十倍，甚至能與巨大的沼澤熊扭打，並取得勝利。每當有玳恩採取特別英勇的行動時，我們就會稱讚他是「偉大的傑瑞爾再世」。

在多拿提一族眼中，卡拉和托布戰勝艾爾布里和大山，根本是達成了不可能的任務。那程度就像我打倒了偉大的傑瑞爾。

但事情就是發生了。

你根本無法想像，一個女孩和渥比該如何打倒兩個魁梧、力大無窮、身經百戰的戰士。

但他們辦到了。

我和卡拉一起走在鋪滿葉片的森林間，強烈感受到多拿提家族的竊竊私語、指指點點，人們看著卡拉的感覺像是在注視神話生物。

「妳算是個英雄了呢。」

「是啊。」卡拉承認自己晉升英雄階級，只不過，聽起來既不感動也不開心。

「我們現在該怎麼辦？」我問。

卡拉低著頭，安靜走了一會兒。接著嘆了一口氣，環顧四周，確認沒有其他人聽得到後，說：「我的計畫有三個部分。第一部分：艾爾布里發誓效忠我，而且說話算話。他將派出騎士——而且自己也會出馬，在多拿提的領地上四處召集士兵。」

「妳確定他不會背叛妳嗎？」

「如果我對他的榮譽心有任何疑慮，剛剛就會讓他掉下平台。」

她傳達這冷酷的念頭時，完全沒有任何內疚，這再度提醒了我——這個曾經獵捕我的女孩，心中隱藏著深淵。

「第二部分呢？」我追問。

「第二部分是，我前往柯普利家，為兩家談和。結成一個同盟，對抗共同的敵人。」

「他們會願意加入嗎？」

卡拉聳聳肩。「也許會，也許不會。盧卡的父親很有榮譽心，如果我舉停戰旗過去，他會願意聽我說話。除此之外，我無法要求更多了。」

「柯普利家的士兵多到可以影響局勢嗎？」

「對。我們多拿提家可以召集四千，或許五千個士兵，不過我對『士兵』的定義很寬鬆。他們大多是農夫、牧人或商人。柯普利家的兵力不相上下。」

「一萬聽起來很多，」我說：「但聽說莫達諾的兵力是這五倍，而且還在增加。」

「如果柯普利家加入同盟，西方的其他家族也會加入。也許有望召集到一萬五千個士兵。」

「但還是……」

卡拉舉起一隻手。「不，妳說得對。這還不夠對付莫達諾，更不用說卡薩了。要同時對付兩邊是絕對不可能的。但如果我能和柯普利家把話講清楚，我就能和……其他集團談一談。」

那不是一個謊言，不過卡拉沒有敞開心胸。我懷疑她指的不是其他人類集團，而是其他物種。

「妳說計畫有三個部分，那第三部分呢？」

卡拉轉頭看我。「碧克斯，第三部分和未來有關。與全聶達拉的未來，還有戴瑞蘭的未來有關。阻止戰爭還不夠，必須改變我們的統治制度。」

「那，妳會成為女王嗎？」我問，覺得在逗她，但她的表情依舊很嚴肅。

「區區一個頭銜並不重要。我們的領袖靠謊言和欺騙來統治人民的時間已經太久了。統治者不管人民的心聲——不管那些種田、捕魚、親手製作工藝品的人，只會控制他們。碧克斯，我會改變這件事。但沒有真話，一切都不可能。真話就是一切。」

我感覺到一股寒冷包圍我的心臟。在她說出口之前，我就知道她要說什麼話了。理解到這點，讓我心中充滿恐懼和悲傷。

「碧克斯，這個世界需要玳恩。」卡拉說：「但我無法親自尋找佩拉苟河聚落，現在還不行，碧克斯。如果這個玳恩聚落真的存在，那他們是在非常渺茫的機會中存活下來的。他們會戒慎恐懼、會擔心受怕，而且永遠不會信任闖進那裡的人類，他們有充分的理由那麼做。」她的一隻手搭上我的肩膀，「但他們會信任玳恩同類。」

我艱難的吞了一口口水。「可是，妳要我做什麼呢？」

「碧克斯，我想問妳願不願意踏上旅程，去尋找那些失落的玳恩。如果可能的話，請妳讓他們理解玳恩在這世界上的重要性。」

「我——佩拉苟河在很遠的地方，我不知道……」我的聲音愈來愈小，聽得出語調中的膽怯。

不過老實說，恐懼只是我的一部分感受，其餘的是失落感。

我現在有一個奇怪的新家庭——托布、甘布勒、倫佐、卡拉。如果沒有他們，尤其是沒有卡拉的支持，我不知道該怎麼做自己、該怎麼生活。他們（還有麥克辛，儘管我還不怎麼了解他）現在就是我所擁有的幫，我只有他們了。

我想求卡拉改變主意。

我想提醒她，我只是小不點碧克斯，是過去那個玳恩幫當中最小、最不重要的成員。

我想告訴她，我不是一個領導者，以後也永遠當不了。

我焦急的在心中試著搬出那些話：我辦不到，卡拉，我不會。

卡拉等待著，她以充滿穿透力的黑眼珠睿智的凝望著我。

我說不出口。

永遠說不出口。

「我會盡力。」我悲慘的說。

「你當然會。」卡拉說：「而且，親愛的朋友碧克斯，妳不會孤單一人上路。」

42 七爪薩比托

卡拉的話帶給我一絲安慰。我不會一個人踏上這個旅程！我會有機會成功，如果是和甘布勒、倫佐，還有……

「我打算派托布和麥克辛陪妳一起去。」卡拉打斷了我的盤算，「我很希望能加上甘布勒和倫佐，但我也許還需要他們的幫助。我可以派幾個多拿提家的戰士和妳一起……」

「好，」我急忙說：「拜託妳了。」

「不過，不管派多少人去，戰爭時都不夠用。」卡拉把話說完。「我猜妳們三個自己去會更好——請原諒我。三個嬌小，沒什麼威脅性的生物，是很好的組合。」

我思考了一下子。是的，她的做法無疑是正確的。

我努力擠出一個微笑，「是啊，我們三個碰上危險比較不會想逃跑。」

卡拉回我一個微笑，但她的眼神很嚴肅。「我會給妳們快馬、食物、武器，以及另一個同伴。」

我皺眉。「另一個同伴？」

「妳還記得洛利德碎頭者嗎？」

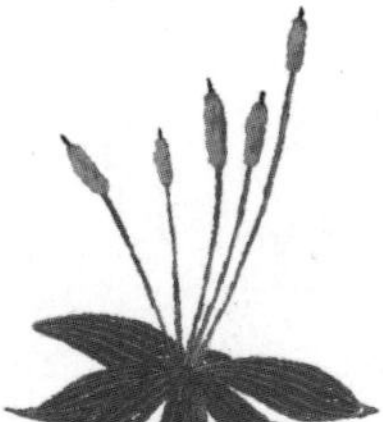

「我怎麼可能忘記？」

我們逃離火騎士時曾經遇到洛利德——一隻睿智又巨大的拉提頓，翅膀展開有三十英尺。他提供了我們非常需要的情報，允許我們通過他的領地。後來，在一個極度危急，似乎一切都已無望的時刻，一群烏鴉冒出來解救了我們。儘管一直不確定那些鳥是不是洛利德派來的，但我們都相信就是如此。

「呃，那次會面後，老洛利德派了一個代表來看看我的家族。」

「真是聰明的老鳥，他感覺到妳的角色很重要。」

「也許吧。重要的是，有一隻年輕老鷹在這一帶待了好幾個禮拜。上頭命令他觀察情勢，並在接獲要求時助我一臂之力，只要是任何對局勢有幫助的事。」

「所以這隻鳥，」我說：「會跟我們一起上路？」

「如果妳同意的話。」

這奇怪的詞語在我腦海中迴盪著。如果我同意？家族中最年幼，被哥哥姊姊稱為「崽子」和「小鬼」的我？

到了這時，我才真正恍然大悟——我是這個遠征隊的領袖。我得像卡拉那樣，在極短的時間內做出每一個攸關生死的決定。

「當然。」我說。聲音在我聽來又小又蠢。「我聽說老鷹的視力很好，飛得很高，可以……」

我聽到隱約的呼嘯聲，同時有一團長著羽毛的模糊影子射過我面前。一隻河鷹張開翅膀，像特技表演者般旋轉身體，降落在卡拉伸長的手上。

「我們的聽力頗好的喔。」河鷹說。

「碧克斯，」卡拉說：「這位是七爪薩比托。」

我相信我的行為是每一個聽到「七爪」這綽號的人都會做的——我瞄了一眼河鷹的爪子。正常情況下，拉提頓每隻腳都會有四隻爪子——前三後一，全都非常強而有力，瞬間就能壓碎小型哺乳動物的頭。果然，他右腳少了一隻爪子。

薩比托舉起右腳給我看。他的視線非常嚇人，黃色鉤狀喙的兩邊各有一片棕色虹膜，中央有個黑點。

「很高興認識妳，玳恩碧克斯。」薩比托的聲音比一般拉提頓更悅耳一點。

「我也很高興認識你。」我回答。

薩比托說的話很容易懂，令我感到意外。拉提頓有自己的語言和方言，說通用語時，往往會在發出w、b、d、f、m時卡關。我得仔細聽才聽得懂洛利德碎頭者在說什麼，但薩比托的發音很漂亮。

我們打量著彼此——他用那對熱切、無情的眼睛看著我，而我……呃，我不知道自己在別人眼中是什麼樣子。不過我猜我的眼睛還蠻像狗的。（不過比狗聰明一點，當然了。）

「妳會有許多憂慮。」薩比托愜意的說：「你吃過被人背叛的苦頭，疑心會很重，這很合理。妳會猜我到底是不是一個密探，也懷疑我會不會服從一隻玳恩的領導，畢竟我是一隻拉提頓，傲慢出了名的生物。」

聽到對自己物種如此有自知之明的評價，我忍不住笑了。「呃，那麼，」我問：「你的答案是什麼？」

「一、我的任務不是祕密。我服侍洛利德碎頭者，而我睿智的領袖指示我協助卡拉珊德。你可以相信我對洛利德是絕對服從，因此我會服從卡拉珊德，也因此我會服從妳。然而……」

「然而？」

「然而，如果我認為妳將會做出愚蠢的決定，我會不斷挑戰妳，直到妳叫我閉嘴，照妳的話做。」

「然後呢？」

「然後我就會閉嘴，照妳告訴我的話做。」薩比托前後扭頭，看起來像是鳥類版的聳肩。「然而……」

我微笑。「然而？」

「然而，如果妳的決定是錯的，我會告訴妳，而且會用更傲慢，甚至可恨的方式告訴妳。然而……」

「然而？」

「然而，如果妳的決定是正確的，我會稱讚妳。」

「然後承認你錯了？」

「錯？拉提頓永遠不會犯錯。」

「當然了。」我雖然想要保持懷疑和戒心，但發現自己喜歡上這隻愛自我解嘲的河鷹了。「那麼，薩比托，我歡迎你加入……」我瞄了一眼卡拉，想起我們之前說的話。「這場注定失敗、毫無意義的冒險。」

「注定失敗、毫無意義？」薩比托重複我的話。「如果不是注定失敗又毫無意義，那有什麼好玩的？」

第四部　選擇勇氣

43 真理蘊含力量

我們打算隔天一早出發。天氣嚴寒，厚厚一層濃霧籠罩森林，減弱全世界的聲音。小鳥的啾啾叫悶住了，腳步聲變模糊了，話語都變成溫和的呢喃。我希望這濃霧也能設法掩藏我的恐懼和悲傷。

我不想讓同伴發現，我覺得心理準備還不充足。

不是覺得，是真的不足。

我再次檢查行李時，甘布勒走向我，眉頭深鎖，眼睛看著地上。我從來沒看過斐利韋露出如此憂心的表情。大多數時候，他的表情都無法解讀，不過時不時就會露出被逗樂的樣子，尤其是倫佐搞笑時。

「陪妳尋找聚落是我出的主意。」甘布勒說：「很抱歉給了妳不實的期待，這讓我十分悔恨。」

「卡拉需要你，甘布勒。」我說：「如果沒有必要，她才不會要求你留下來。」

這麼說是對的，我說的也是事實。但我好希望好希望甘布勒能夠跟我一起來。不只是因為他快得不可思議、力大無窮，而是因為他足智多謀、冷靜、有智慧。他理解世界的觀點是

我難以企及的。

甘布勒坐到地上，舉起右掌輕輕放到我肩膀上。他的爪子雖然是收起來的，但看起來還是很可怕。腳掌本身巨大又沉重。

「相信妳的本能，我的玳恩朋友。妳比自己想的還要睿智。」

我想開口說點什麼，結果出來的是眼淚，不是字句。

多拿提家給我四匹小馬，比之前騎的駿馬好多了。對玳恩來說很大，但還應付得來。麥克辛騎的是一匹結實的淡紫色花馬，我的馬身上則有銀色斑點、白色鬃毛飄揚，肢關節則長著羽狀的長毛。托布坐我後面，因為目前沒有馬溫馴到可以讓渥比來駕馭，至少很難駕馭好。另外兩匹馬載著食物、武器，還有卡拉的禮物，要是發現任何玳恩，她請我們贈送給對方。

我們準備離開時，倫佐慢慢走了過來。我和托布都已經騎在馬上了。

「那，妳的馬叫什麼名字啊？」倫佐問，硬擠出一個笑容。

「牠叫哈沃克。」我說。

「我已經喜歡上牠了。」倫佐笑了一聲，然後陷入沉默。「你們一路上會很順利的，你們自己也知道。」他最後說：「想想托布打敗大山莫古諾的方式……嗯，相信我，妳沒什麼好擔心的。」

我轉頭看到托布的耳朵跳了幾下，那是聽到倫佐稱讚的反應。

「別惹那隻小渥比就對了，碧克斯。」倫佐補充。「妳知道這樣比較好。」

「家人叫他恐怖托布是有道理的。」我回答。

倫佐再度陷入沉默，這很不像他。

「我們會想你的，倫佐。」我開口填補對話的空白。「需要偷東西時，有誰能幫我們呢？」我以為倫佐會回我一個玩笑，結果他萬分嚴肅的看著我。他偷偷瞄了一眼右邊，看到卡拉在那裡幫麥克辛調整馬鐙，然後轉回來。

「妳知道，如果我可以，」他低聲說：「我就會去。但是她……」他又迅速瞄了卡拉一眼。「……她需要我。」

我點點頭。「就是這樣。」

「我們不會有事的。」托布說：「倫佐，你要照顧好卡拉。」

「我會賭上我的生命。」他悄悄說。

他的眼眶泛淚了嗎？我眼前的不是別人，是倫佐耶？在我確定之前，他就走開了。接著走上前來的是卡拉。

她來回看著托布和我，然後簡單點了一下頭，彷彿在安撫自己——這是正確的決定。

「你們踏上的旅程將會改變聶達拉的命運。」卡拉說。

「卡拉，我……」我的聲音漸弱。我現在是個領導者了，不是該說些有深度的話嗎？「我不知道該說什麼。」

「我知道。」托布說，他擁有我缺乏的篤定。「渥比準備出海踏上長途旅行時，我們總是會說：『預祝風平浪靜。』意思是——祝你們旅途平安。」

「我也希望你們平安。」卡拉哽咽了。

該上路了，但我似乎無法下定決心讓哈沃克往前走。我的手伸進肚子上的皮囊，那是我收藏小寶物的地方。

這些東西大多是托布從玳恩幫的毀滅現場救出來的。我永遠失去的那個世界的碎片。

一丁點貝殼，顏色是夏季日出般的粉紅色。

一片磨損的普拉雅葉，上頭有我上課時畫的地圖，帶領我們找到了移動島塔洛。

一個我很愛的玩具，複製版的玳恩崽子，用札尼亞蘆葦緊緊編成的。

一本小小的皮裝記事本，盧卡給我的。還有一根羽毛，是藍松雞身上掉下來的，我撿來當作筆用。（時間允許時，我會用莓果和葉子做墨水。）

還有一個小小扁扁的石頭，上頭刻著字。

我將黑色石頭遞給她，「卡拉，我想要請妳收下這個。」

她細看了一丁點大的字母，然後抬頭看我，皺眉。

「上頭寫著『蕭爾．雷納利斯』，」我解釋：「那是古玳恩語，我們那個玳恩幫的座右銘——真理蘊含力量。這顆石頭原本屬於我們的探路人，米克索。」

卡拉揉揉眼睛。「我不能收下，碧克斯。妳現在是必須自己探路的人了。」

她一手捧著石頭，而我發現她的手在顫抖。

這清楚證明了她在害怕。我看到這畫面應該會嚇壞才對，但不知怎麼的，心中反而湧出了此刻我非常需要的勇氣。也許就像我需要卡拉那樣，卡拉也同樣需要我。我應該要為了她堅強起來。

或至少假裝堅強。

「看來我們現在都是探路人了。留著那石頭，等到下次見面再說吧。」我說：「妳想想，我們到時候會有多少故事可以和彼此分享！」

卡拉緊握石頭，輕輕點了一下頭。我還來不及說什麼，她就推了一下哈沃克，馬兒上路了。我只允許自己回頭看一眼卡拉、倫佐、甘布勒和狗，看著他們消失在霧氣之中，彷彿醒著做夢。

還沒走多遠，濃霧很快就證明了薩比托的價值。他一再飛到霧氣上方又穿下來，湊近我們，喊出移動方向和警告。

「轉向北方，繞過荊棘！」他會這樣呼喊，或者：「兩百碼外有一條小溪，你們可以讓馬喝個水。」

早晨快過一半時，霧氣散去了，我們也穿出森林，來到了聶達拉大平原，數千平方里格的農地。聶達拉大多數的食物都是從這塊寬敞的土地出產的——小麥、玉米、薩古拉、燕麥、依利丁。

卡拉曾向我解釋，糧食議題是流亡家族和東方的莫達諾持續針鋒相對的原因之一。軍隊需要食物，而莫達諾（以及上一代莫達諾）總是堅持要將流亡家族控管得服服貼貼的，才能確保他的士兵有充足的糧食。

不過所有前往東方的食物都會通過克魯亞坎隘口，而我們之前發現那裡往來的人車少得驚人。要不是聶達拉平原的糧食已經採收完了，不然就是流亡家族們守著食物，根本不讓士兵靠近隘口。

如果後者是事實，流亡家族等於已經在反抗莫達諾了。如果莫達諾想要聶達拉的物產，就會派軍隊來強制執行他的命令——這讓卡拉憂心忡忡，但我不受影響，目前還沒有。我有其他煩惱，首先就是一個重擔般的恍然大悟——我得獨自負責指揮大家。我，必須為一隻玳恩、一隻渥比、一隻拉提頓還有四匹馬負責。這不是一支威風的軍隊，也許吧，但這樣的權力對我來說，是前所未有的大。至少是一件可怕的事。

起先，我發現自己對同伴變得很沒有耐性，因為他們對於眼前的任務似乎太樂觀了。我神經兮兮又緊張，不斷張望地平線，看有沒有即將出現的難關。我的睡眠狀況很惱人，一直做可怕的夢。儘管我使盡全力想要駛利，還是控制不了那些夢。

不過日子一天一天過去，我們騎馬經過無數耕好了在等待播種的田地，我的心情也放鬆了下來。我們沒看到追兵的跡象，薩比托總是飛在離地數百碼的高空，冷靜飄浮在溫暖的上升氣流中。感覺不太可能有人對我們發動奇襲。

然而，我還是感到有責任在身。

「托布，」我們在急流切割出的深邃溪谷中過夜的那一晚，我斥責他，「要記住，只能吃一份！我們得讓食物撐到最後才行。」

「不過水很夠呢。」托布開心的說。

「目前還夠。」我不爽的說：「我們全都得讓水袋保持在滿水的狀態，以免碰到得趕路的情況。還有，麥克辛，記得要幫你的馬徹底梳毛、確認蹄鐵的狀態。」

我說了很多類似那樣的話。

托布非常包容這樣的我，但麥克辛就比較受不了。

「聽好了，碧克斯女王。」他有次說：「我會追隨妳、服從妳，但我得說，妳愈來愈煩了。」

「這不簡單啊，你明明就知道！」我吼回去，「我第一次帶頭，而我得為所有人負責。」

托布和麥克辛的回應是疲憊的嘆一口氣，還稍微翻了個白眼。

我決定不要變成一個惡霸，試圖讓自己散發出卡拉那種冷靜的自信心。不過我不是名門貴族的後代，也沒在揮舞一把傳奇之劍。我不容易表現出權威。我的童年什麼也不是，就只是一段聽從別人指示做事的時光。

至少大多數時間是那樣啦。

日子一天天過去，我對卡拉的佩服也也天天增加。她承擔的責任比我重多了。她是怎麼維持修養的？

我只有三個「追隨者」。我知道托布愛我，麥克辛不甘願但還算喜歡我，薩比托至少會裝作在乎我說的話。卡拉怎麼有辦法面對令人生畏的甘布勒，以及永遠保持獨立性的倫佐？

總之她做得比我好太多了——這就是令人尷尬的答案。

44 領導者的第一個考驗

第四天的開頭與其他日子一樣，托布和我騎在帶頭的馬上，麥克辛則騎在我們後方，馱馬的轡繩綁在他的馬鞍上。廣闊的平原在我們前方展開，像是蕩漾的金色湖泊。

哈沃克的名字雖然有大混亂的意思，但事實證明牠是一隻冷靜的駿馬——也許有點冷靜過頭了。當牠想要囓咬一叢廉草或想要盯著一片嬉戲的雲朵時，會毫不掙扎的忽略我的命令。有時候，命令牠跑起來，我只會得到漫無目的的遊走。如果碰到激烈的戰況，牠得聽從我每個命令才行。光是想像到時候可能發生什麼事，我就擔心得不得了。

那天早上，我們還沒走多遠，薩比托便穿過低垂的灰雲俯衝下來。

「一隊獵人正從南方逼近。」他宣告：「五個騎馬的人，帶著弓。」

所有人都轉頭看我，他們的眼睛追問著：告訴我該怎麼辦。

多少次，我也用眼神問卡拉同樣的問題，每次我都會得到篤定的回答。

「我們有地方可以躲藏嗎？」我問薩比托。北方有起起伏伏的光禿山丘，但那在好幾里格外。

薩比托降落在其中一隻馱馬上。「我沒看到任何藏身處。妳會不會剛好懂隱身咒？」

我搖搖頭。

「那只能超前，或面對他們了。」薩比托說：「他們會在幾分鐘內發現你們，也許已經注意到了。」

薩比托似乎不怎麼擔心，不過他感受到較少恐懼也是合理的，畢竟天空很大。

「他們是單純、老實的獵人，還是盜賊？問題就出在這裡。」我說：「麥克辛？」

「是。」

「解開馬鞍上的馱馬韁繩。」

「解開？」

「他們很可能還是會跟上來。」我說，但不確定這樣到底對不對。「托布，抓緊了。」

「好的！」

「麥克辛，加快速度，看看能不能超前。」我擠出脆弱的自信。

我推了哈沃克的肋骨一下，麥克辛也對他的馬做出一樣的動作。兩匹馬發出振奮的馬嘶，開始狂奔。馱馬還是跟著我們，我鬆了一大口氣。哈沃克突然展現出不曾表現的匆促，讓我感到意外。

牠可能感受到我的恐懼了吧。

獵人從南方來，我們可以往正北方逃，或繼續往西。「繼續往西！」我在雷鳴般的馬蹄聲中吼道，彷彿很確定這麼做是對的。

我坐得很低，身體往前彎，一隻手握著韁繩，另一隻抓著哈沃克的馬鬃。我們一起在地面上飛行。

那是狂野、暢快的奔跑。野草打在我們身體側邊，空氣愈來愈冰涼，因為風雨快來了。我們不斷跑，直到馬的嘴巴冒泡，汗水在牠們背部形成一片光澤。

最後我舉起一隻手，示意麥克辛減速，薩比托則飛上天空觀察狀況，然後帶了好消息回來——那隊人馬往北走了，儘管我們的足跡很明顯，他們還是越了過去。

他們不是追兵。我做出了身為領導者的第一個決定，而那似乎是正確的，太棒了。

我覺得很開心，甚至有點自豪。

不過遠比那重要的是，我鬆了一口氣。

剛過中午不久，我們看到鏡湖遠遠出現在我們的西南方。我們繼續穿過一片片風兒嬉鬧的原野，最後我舉起一隻手，要大家停下來。在一陣狂奔後，我太激動了，忘了要吃一頓飯。

小溪旁有一片濃密、長滿刺針的樹叢，我們在此處下馬。托布準備了一道簡單的餐點，麥克辛和我餵馬喝水。

我們吃完飯，我將手伸進補袋，抽出盧卡給我的記事本。我已經好幾百年沒寫了，但仍留著一小管墨水，還有我的羽毛筆。

麥克辛仰躺在一塊石頭上，雙手墊在頭下面。「妳要寫什麼？」

「記錄我們的旅程。」我說：「這樣有一天我才能告訴卡拉和其他人。」

話一說出口，我的臉就皺成了一團。光是相信我們所有人都會重逢，感覺似乎就不那麼正確。我彷彿在挑戰命運。說真的，經歷了這麼多事情之後，我們再次見到親愛朋友的機率有多高？

「盧卡說，我應該要寫下所知道的與玳恩有關的一切。」我揮去負面想法，然後說：

「我們的神話、音樂、歷史，為了給學者之類的人看，以免我們真的是最後幾隻玳恩。」

「那是個打發時間的好方法，沒比其他方式差。」麥克辛說。

「我八成會從家族故事開始寫。」我邊想邊轉動手中的羽毛筆。「接著寫腦中還記得的歷史課內容。」

麥克辛笑了。「呃，那大概只會有兩行吧！我爸想教我歷史時，我幾乎都會聽到睡著。」

「我喜歡歷史，不過現在真希望當時要是再用功一點就好了。」我腦中閃過一段回憶——口鼻斑白的玳林特討論著玳恩學，而我做著冒險的白日夢。

嗯，這下我美夢成真了，不是嗎？就像我爸愛說的：做宏大的夢，就會面臨巨大的挑戰。

接下來的一個小時，麥克辛和我回想著過去的生活。我們談家族故事、民間故事、歌曲、最喜歡的節日、安慰心靈的食物。（我們都喜歡烤藍蜜玉米魚眼派。）

我們留下了幾滴淚水，但也笑得很開心，那是美好的、發自內心的笑，笑到都無法呼吸了。能鼓起勇氣跟了解玳恩世界的同伴一起回顧過去的生活，真是令我鬆了一大口氣。我好久沒有盡情談論失去的那些事物了。

我在盧卡的記事本上以潦草的字跡寫了整整六頁。與薩比托一起仔細聽我說話的托布說：「碧克斯，妳很快就會用完墨水了，我去看看能不能找到莓果或藥草幫妳調一些。」

「謝謝你，托布。」我說：「你真好心。總覺得我會需要很多墨水呢。」

麥克辛笑了，那是嘶啞的、完全扯開嗓門的笑，讓我想起我的哥哥們。「更多墨水？我們需要的是更多筆記本！」

「當然了。」托布輕聲說，同時從馬鞍袋裡抽出一個小包包。「一點也沒錯。」他輕輕揮個手，「我幾分鐘後回來。」

「別打混喔。」我變回我的角色了，也就是一個臨時的領導者兼經常愛嘮叨的玳恩。不過托布已經轉過身去，往下游走了。

「托布還好嗎？」麥克辛輕聲說：「碧克斯，我當然不像妳那麼了解他，不過他看起來好像……心不在焉。」

我的手指點著下巴。「我不太確定，不過你說得對。」

「也許他害怕前方的旅程。」薩比托提出看法。他歪了一下頭，其中一隻亮得像栗子的眼珠鎖定我。

「托布比我們三個加起來還要勇敢。」我說：「不對，他不是在擔心接下來的旅程。不知道他是不是在想家。」

「至少，」麥克辛聳聳肩，「他還有家可以想。」

我點點頭。我知道麥克辛說這話的意思，但我同時也知道，因為別人有家而自己沒有就感到憤忿，是不公平的。

他對我微笑，一個歪向一旁的咧嘴笑，溫暖了我疲憊的心。*我正看著另一隻玳恩*——我肯定對自己說第一百次了。那是我的同類，他了解我的生活、我的痛苦，而且沒有誰能像他那麼深入。

卡拉、甘布勒、薩比托都不行。甚至連親愛的托布都沒辦法，此刻他正忙著採集野莓，好讓我沉浸在珍貴回憶中的時間可以稍微拉長一點。

45 泥巴與慘劇

天亮後，天空看起來就要降下暴雨了，而雨最終在這天下午傾倒下來，那時我們還在騎馬。

薩比托像閃電般從天空衝了下來。「冰雹！」他降落在其中一匹馱馬上，用一邊翅膀保護自己的頭。

下冰雹了，堅硬的冰塊有的跟我拳頭一樣大，暢快的在曠野上彈跳，甚至有一顆巨大的冰塊刮過麥克辛的耳朵而濺血。

冰雹下了幾分鐘，後來停了，但我們吃的苦頭還沒完。輪到傾盆大雨來了，一瞬間就淋得我們渾身溼透。地面變成厚厚一層爛泥，吸住馬蹄，讓我們的前進速度慢得像在爬行。

不久後，四匹馬顯然都累壞了。我們下馬，走在牠們旁邊，雙腳陷入冰冷的泥濘中。

後來狀況又更糟了。氣溫大幅下降，風變強了，開始將小碎冰和斗大的雨珠甩到我們臉上。我用僵硬的手指，從馬鞍袋裡抽出三條毯子，各遞一條給托布和麥克辛。我把我那條披到肩膀上，才發現一點幫助也沒有，馬上就溼掉了，變得跟我差不多重。

「我們得停下來！」麥克辛大喊。

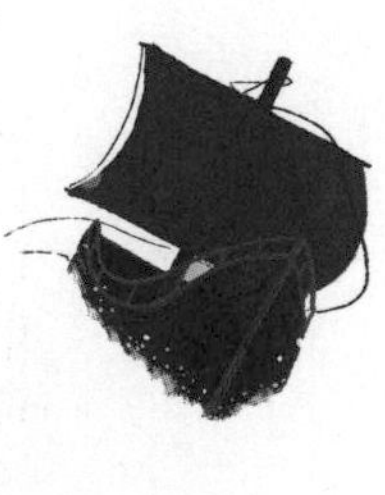

「但要停在哪？」我喊回去。

我們的視線範圍只剩方圓幾碼，我沒看到可以躲雨的樹，沒有溝渠或突出地表的巨石得以避風。我們在翻整好的休耕地上，淤泥已淹到馬的肢關節那裡了。

麥克辛拉韁繩，讓馬停下來。「我有個主意！」他氣喘吁吁、大吼大叫的解釋。聽起來不怎麼可行，但有總比沒有好。

薩比托在一旁探勘，而麥克辛、托布和我將每匹馬的韁繩綁到前一匹馬的尾巴上，小心翼翼，我們讓四匹馬排成一個圓，然後才綁上最後一條韁繩，這些噴氣噴個不停、不太開心的馬便形成了一個緊密的環。

最後，我們攤開帆布地墊、披在馬身上。馬得到了一些遮蔽，而我們也是，儘管這個避難處刮著強風又泥濘，非常寒冷。

我們四個（薩比托也加入了）爬過馬腿下方，進入裡頭。雨不斷傾倒到這個臨時拼湊出的帳篷上，因此麥克辛或我每隔一段時間就會踮起腳尖，伸長雙手推帆布，像是撐起一根營柱似的，讓積水流掉。

馬則做馬會做的事，而且非常多產。於是，除了承受其他不適之外，我們還得聞馬尿味和……其他的味道。不過我還是提醒自己——馬是在幫我們的忙，而且在這種情況下，牠們不會比我們好過到哪去。這是一個悲慘程度不斷加深的漫長夜晚。

早上情況改善了一點。微弱的陽光迎接我們，肥厚的雪花快速飄下。風景絕對比下雨美好，也沒降冰雹那麼可怕，不過圍繞我們的泥巴像是一個還未凝固的棕色巨大布丁。我們沉默、艱難的前進，四周全是爛泥和淤泥。視野範圍很窄，薩比托明智的乘坐在查拉——也就是麥克辛的馬的背上，沒有飛行的念頭。

幾個小時後，我們來到一個燒毀的小屋子旁，那是石頭和木材堆起來的建築。其中兩面牆很穩固，第三面牆幾乎消失了，第四面牆連影子也沒有。部分屋頂還在，覆蓋著其中一個角落。我們窩在那裡，並再次將馬拉近。

我們在那個焦黑的殘骸中待了兩天，拿馬鞍袋裡的燕麥餵馬，自己吃起司和潮溼的麵包。沒有東西可以拿來燒——剩下的木材都泡溼了，因此不可能有營火。

我們大多數時間都沉浸在各自的思緒裡，每隔一段時間就會有人提出以下兩種問題的各種變體：「不知道卡拉、倫佐、甘布勒好不好？」或者「我們真的可以找到更多玳恩嗎？」

麥克辛和我不斷抱怨爛泥和淤泥，托布則非常認命。「我開始懷疑你是不是很喜歡這種爛天氣了。」麥克辛對他說這話時，黑暗籠罩著我們，像一條溼透的黑斗篷。

托布露出微笑。「我來自波西卜，距離這邊還要幾天的路程，不過氣候蠻像的。」

「我曾經飛過波西卜上空，」薩比托說：「為了繞過一陣暴雨。那裡很美。」

「真的很美。」托布同意。「每一年的這個時候，我們會進行所謂的『守兔洞』。對於住在地底巢穴的動物來說，這麼潮溼的天氣是很危險的。守兔洞期間，我們會輪流進行夜間巡邏，看有沒有什麼地方漏水，或出現即將坍塌的跡象。當然了，我有一百二十七個兄弟姊妹，幫手很充足。」

「一百二十七？」麥克辛驚呼。

「渥比一年會生好幾窩崽子。」

麥克辛搖搖頭。「如果我有那麼多兄弟姊妹，我會不知道該怎麼辦。」

「真的，我爸媽有時候會忘記我們的名字。」托布撫摸著自己的辮尾。「呃，是經常忘記。不過隧道內有那麼多溫暖的身體擠在一起，會讓我們覺得一切都很美好，暖呼呼的。」

他似乎很懷念那裡，因此我說：「等完成任務，也許我們可以去波西卜拜訪一下呀，托布。」

托布的長鬍鬚抖了一下，大大的圓眼睛閃閃發亮。「碧克斯，可以的話就太棒了。我非常期待。」

看到托布重拾歡笑，我鬆了一口氣。不過那沒有維持太久。玳恩崽子愛玩一個叫「吉喬諾」的蠢遊戲，當麥克辛和我開始玩的時候，托布又陷入了沉默。這要用手指、拇指比出三種形狀來玩，不過我們幾乎想不起規則了，因此自己發明了一些。

我提議教薩比托和托布怎麼玩，不過薩比托說玩崽子的遊戲有失尊嚴。托布就只是舉起他的獸掌，搖搖頭。「我的手指好像有點不夠。」他說。

我竟然沒想到這點，感覺很糟。我實在太粗心了，我向自己發誓——以後絕對要更謹慎一點。

隔天早上破曉時，氣溫寒冷，天色灰濛，不過沒有冰雹，也沒有下雨或降雪。和大家擠在一起坐了這麼久之後，我幾乎無法動彈。其他人的狀態似乎也一樣慘。

我牙齒打顫的指揮大家收拾行囊。我們牽馬走出廢墟，發現地面已開始結冰，腳下的泥地變得扎實多了。

「要有耐心一點。」我對朋友們說：「等馬暖和起來，我們應該就能再次騎到牠們身上，用較快的速度前進了。」

出發前，我應該要叫薩比托飛上天空刺探四周狀況。
我應該要評估所有可能的威脅，然後擬定相應的計畫。
我應該要做領導者該做的事。
但我沒有。
而我將永遠感到悔恨。

46 追逐戰

我們跋涉前進，薩比托從空中為我們探路。不久後他掉頭回來，發出警告的尖啼——來得太遲了，因為連我都看得到四分之一里格外有六個大帳篷圍成的營地，有個長長的帆布小棚子下繫著十幾匹馬。

那不是獵人的營地，也不是旅行商隊的。都不是，而是所有集團當中，我最不想見到的一種。

不會錯的，那是一個軍營。兩名莫達諾的士兵已經騎馬朝我們奔馳過來了，為了確認我們是敵是友。

我現在沒辦法四腳著地，保持沉默，假裝自己是條狗。只有沒人在近處看的時候這招才會有效。狗不會騎馬，也不會率領探險隊。

「大家保持冷靜。」我低聲說，儘管「冷靜」和我現在的心情差了十萬八千里。「記住——我們是探險者，在尋找失落的鑽石礦。」

倫佐編出這謊言時，聽起來相當有說服力，但現在要指望所有人相信這說法，似乎成了可笑的事。

我們靜止不動，等待著。無辜的人會這麼做，有罪的人才會逃跑。

士兵鏗鏗鏘鏘上前，巨大的戰馬聳立在我們的駿馬上方。兩名騎士都坐在馬鞍上，放任馬踢起泥巴和雪，嚇壞我們的坐騎。當然也嚇壞了我們。

「報上姓名，所為何來。」兩名士兵中較矮的那位厲聲說。

「是，當然。」我試著用平穩的語氣說話：「我是碧克斯，這位是麥克辛，這位是托布。」

「妳是什麼？」

「我？我是從很遙遠、很遙遠的南方來的。」

「我不是問妳從哪來的。我是問妳是什麼。」

「啊，我懂了。是，我在你眼中看起來一定很奇怪，但我是一隻……一隻……南方斐利韋。」

「一隻什麼？」

「我們是斐利韋的分支。」我握緊拳頭，以免他發現我的手在顫抖。「一個亞種，是嬌小、無害、像貓的動物。」

較高大的男人怒視著我，「妳看起來比較像狗，而不是貓。」

「對，呃，就像我說的，我們來自很遙遠的地方，那裡是一片奇怪的土地，上頭有奇怪的生物。像我們這樣。」

我說著蠢話，恐懼就要擺平我了。我只希望他以為我牙齒打顫是因為冷，而不是罪惡感。

兩個男人交談了一下，接著較高大的那個用命令的語氣說：「跟我去軍營，讓上尉問你們話。」

我們不能拒絕。這兩個全副武裝的男人，把我們砍倒在地所需時間還不夠我們吸一口氣，更不用說拔刀了。

「當然了。」我挫敗的說。

我們出發了，跟著士兵前進。

「碧克斯，」麥克辛低聲說：「如果他們感覺到任何不對勁，就會刑求，逼我們吐出情報。」

我緊咬牙根。當然不會吧？我們看起來這麼無害。

不過……

不過我們攜帶的武器太多了，不可能只是普通的探險者。不過，人類營地裡也許有誰對我們了解夠深，認得出我們是玳恩。

「戰馬體型巨大，但速度很慢。」麥克辛說：「我們可以甩掉他們。」

可能嗎？但要跑到哪裡？那些士兵會追我們，還是會放過我們，認為我們無關緊要？也許只是盜獵者——是違法者，但不是一般士兵會在乎的那種違法者。

然而，如果他們發現我們是玳恩……

我瞄了一眼西邊。短短幾里格的前方，有一片森林，那是什麼樹構成的森林呢？我們在視野極差的情況下走了好長一段路，我根本不確定自己在什麼地方。那是鏡湖森林嗎？出現在地平線上的，是朦朧、隱約的水面嗎？

如果我們衝向那裡，抵達森林，士兵會追過來嗎？

我望向麥克辛，和他四目相交，提心吊膽的點了個頭。「三秒後。」我低聲說。「一。」

比較矮小的士兵在馬鞍上轉身說：「閉上你們的嘴。」

我用嘴形說：「二。」然後加上一句，「抓緊了，托布。」

我手一揮，踢了一下哈沃克的肋骨，大喊：「跑吧，孩子，快跑！」然後拉牠的韁繩，使牠左轉。

我們衝出去的速度很快，但那樣還不夠。我需要哈沃克跑出名符其實的，毀滅性的速度。「快，快，快！」我尖叫，而牠拉長身子，開始全速奔騰。

兩名士兵幾乎同時轉過頭來看我們，無比震驚。其中一個人發出咒罵，他們掉頭追了過來。

麥克辛說得對，我們的馬比較快。牠們最近才吃飽喝足，很樂意利用這機會伸展強健的肌肉。

要不是我被嚇壞了，應該會感覺很刺激才對。

薩比托俯衝到我附近，配合馬兒奔騰的速度飛行。「你們拉開距離了，可是他們有弓箭！」

弓箭？我剛剛沒看到任何弓啊。

我在慌亂的記憶中搜尋，發現我曾看到其中一隻戰馬背上橫綁著一個長長的皮袋。

我冒險回頭瞄了一眼。麥克辛緊跟在我後方，旁邊的馱馬落後一截，但跟得上速度。兩名士兵遠遠落後，速度很慢。

五十英尺變成一百英尺，一百英尺變成兩百英尺了。

接著，第一支箭從我的頭旁邊飛過，我感覺到羽毛摩擦我的臉頰。

「再快點！」我大吼。

第二支箭狠狠刺中我的馬鞍後段，發出噁心的「噗」一聲。不久後，我聽到馬的尖鳴，轉頭剛好看到麥克辛的馬一陣踉蹌，絆倒自己，然後翻了個跟斗，把上頭的玳恩甩了出去。馬還來不及站起來，士兵就來到麥克辛跟前了。一支箭插在馬兒的身體右側。

「麥克辛！」我大喊。

我試圖煞住哈沃克，但牠不理會我，恐懼使牠狂亂奔跑著，這時托布在我耳邊大喊：「妳幫不了他，碧克斯！妳幫不了他！」

兩名士兵都放棄追我了，他們騎馬繞著倒地的那匹馬轉。我小心避免滑下馬鞍，同時盡可能盯著那場面。我沒看到麥克辛起身。

淚水在我臉頰上結凍。我只想得到兩種可能——麥克辛被倒下的馬壓扁了，或者，他成了莫達諾手下的囚犯。

不管實際狀況到底如何，我都知道，我原本有可能避免這場錯誤。這讓我的心無比消沉。

還有，不管實際狀況到底如何，我都沒辦法救他。

47 撤退

我騎馬行走在濃霧中，濃得像我們拋下朋友那天早上包圍我們的霧。不過這霧完全是我製造出來的，由無法穿透的問題構成的雲氣，而且每個問題都沒有答案。

麥克辛有沒有可能還活著？如果是，他會不會很痛？他會不會很害怕？他會不會怕我們永遠遺棄他？我怎麼能讓他徹底失望？他是我的責任、我的朋友、我的玳恩同伴啊。卡拉為什麼會信任我，覺得我可以當領導者？

我為什麼會信任自己？

當領導者的首要任務，是保住屬下的性命，或至少是維護他們的自由。結果我連這都失敗了，而且是災難性的失敗。

如果麥克辛真的死了，我會心碎一地，不過佩拉荀河聚落（如果它真的存在的話）目前還不會有危險。如果麥克辛活著，而士兵刑求他套話，那麼莫達諾的士兵可能很快就會追向我們。我該設法救他嗎？儘管很有可能會因此被關進監獄一輩子或被殺掉？不對，那肯定就是我們的下場。

我們繼續飛奔，因為我不知道除此之外還能做什麼。托布和薩比托都很沉默，顯然在等

我做決定。兩匹馱馬跟在後方。

很快的，我們進入了荒涼地帶，繞行著鏡湖。那是一座又深又陰暗的水體。最後我喊停了。馬匹累壞了，我們也是。托布和薩比托吃了一小塊肉，但我沒有食慾。我也沒有說話的力氣，不過托布很堅持。

「碧克斯，」一如往常，他就像讀了我的心似的說：「麥克辛碰上那樣的事，不是妳的錯。」

「當然是啊。」我揉揉眼睛，「這個小隊由我做主，你、薩比托和……和麥克辛……不管碰上什麼事，責任都在我。要不是我決定嘗試逃跑，麥克辛現在可能還活著。」

「我們不確定他是不是真的死了。」薩比托說。

「如果還活著，我得試著救他。」我說，儘管不知道該如何辦到。「這不只是為了麥克辛，也是為了聚落。莫達諾的士兵不會手下留情的。如果麥克辛透露我們真正的目的地，真正的最後一批玳恩就有危險了。」

「軍營那裡有六張帳篷。」薩比托提醒我，「還有十二匹馬。妳想以一隻玳恩、一隻渥比、一隻河鷹對付莫達諾手下的十幾個重裝士兵嗎？」他用鳥喙理順一根羽毛，然後才繼續說：「蠢蛋才會那樣做，我直白的說。」

我雙手背在身後，來回踱步。我記得卡拉碰到危機時也會這麼做。「一定有我可以做的事，某種辦法。」

「我聽從卡拉的要求加入這支探險隊時，」薩比托說：「我就警告過妳了，我會說百分之百的真話，這就是我的做法。而我要說的真話是，麥克辛很有可能已經死了，碧克斯。我還要更進一步說，如果你打算救他——假設某種奇蹟發生，而他還活著，那妳也會因此被殺、被刑求，或被囚禁。就是那麼簡單，沒有其他可能。」

我望向托布。也不知道自己想要他給我什麼，一個厲害的計畫？一絲絲希望？某種赦免？

「碧克斯，薩比托說得對。」托布低聲說：「很抱歉。」

我停下腳步。「我不能讓你們冒生命危險，我已經造成夠多傷害了，但我可以一個人回去。」我的心跳隨著這個計畫加速了。「我會溜進營地，看看麥克辛是否還活著，如果是……」

「這件事不只和麥克辛有關，妳也要對卡拉負責。」托布打斷我，「她需要妳找到更多玳恩，這是為了無可避免的戰爭。」

「以及有可能來臨的和平。」薩比托補充。

「只需要一、兩天的時間，」我幾乎是在哀求他們了，「我對麥克辛有虧欠。」

「妳永遠回不來的。」薩比托語氣平淡，「然後我們的任務就結束了。」

我把身體重心放到另一隻腳，雙手握緊拳頭。「但你們可以繼續前進，你和托布可以。」

「我們需要玳恩才能接近聚落，」托布提醒我，「只有同類在，玳恩才會聽我們說話。」

托布和薩比托說得對，而我一度因此覺得他們兩個都好可恨。我無精打采的靠著樹幹，肩膀垮了下來。在我直接放棄救援、回到路上之前，一定有些能做的事才對。

一顆小小的希望種子落在我心中了。「薩比托，」我說：「飛回營地，尋找麥克辛還活著的跡象，然後向我回報。」

「然後呢？」薩比托問，語氣就跟他預告過的一樣傲慢。

我挺直上半身，與他對看，想辦法在語氣中加入一點堅定。「然後呢，」我說：「我再決定接下來要怎麼做。」

他抖了一下翼尖，我解讀為不情願的答應。後來他沒再多說一句話，直接飛走了。

接下來的一個小時，托布和我搭建營地，照料馬兒。我感覺到他的大眼睛一直望著，視線像是要在我身上鑽出一個洞了。我覺得很煩。這個團隊的領導者是我才對，我才應該是比較強壯、比較睿智的一方，我不需要一隻小渥比一直監督我，像個煩人的老太婆。「我沒事，托布。」他又瞄了我一眼，我兇巴巴的說：「你不用呵護我。」

托布的耳朵垂了下來，而我立刻後悔說了那樣的話。「抱歉，」我說：「我只是……太累了。」

我為了讓自己有事可忙，開始拔哈沃克尾巴上的刺果，這樣托布才不會看到我的眼眶愈來愈溼。

也許說到底，我的狀態並不怎麼好。

「我知道麥克辛有多重要——對妳而言意義重大，碧克斯。」托布說，然後也來到了哈沃克身旁。「妳跟他在一起，就不是世界上唯一一隻玳恩了，而現在，呃……」

奇怪的是，在這一刻之前，我完全沒想過這種可能性。我又變成真正的末體了嗎？如果事實證明佩拉荷河只是一個神話，那麼答案就很明顯了。

我聳聳肩。「托布，你知道奇怪的是什麼嗎？我甚至不在乎。」我揮了一下手。「我是說，我當然不想變回末體，但我真正無法承受的是，麥克辛會碰上那樣的事，責任都在我。」

「妳盡力了。」托布堅持的說：「妳難道不會這樣告訴卡拉嗎？」

「卡拉不會犯這種錯。」

「如果我說，」托布問：「我完全信任妳的領導能力，對妳會有幫助嗎？」

我改翻哈沃克的鬃毛，尋找更多刺果。「你是我的朋友，托布。你就是得這麼說。」

「麥克辛也是啊。」托布說。毫無預警，他開始哭了，嚇了我一大跳。那是非常激烈的，胸腔不斷起伏的那種哭泣，與他嬌小的身體相比，那聲音似乎顯得太巨大了。

「托布！」我驚呼，並給他一個擁抱。「怎麼啦？」

「我覺得好、好、好差勁。」他勉強擠出話，然後從包包中取出一片葉子來擤鼻涕。「可憐的麥克辛，我……我很嫉妒他，碧克斯。我感覺像是失去了妳的友誼，因為我怎麼可能比得上另一隻玳恩呢？我只是一隻渥比。有時候我希望他消失，而現在他真的不見了……」他暫停，顫抖的吸了一口氣。「……光是曾經有這個想法，就讓我好討厭自己，然後——」

「托布，」我打斷他，「所以你這陣子才這麼安靜嗎？」

他找出另一片葉子，又擤了一次鼻涕。「對。」

「我以為你是在想念波西卜和你的家人。」

「我會啊，有一點想念。但妳現在是我的家人了，碧克斯。妳和卡拉、甘布勒、倫佐，也許薩比托也是吧。我還沒那麼確定。」

我抓著托布的肩膀，看著他淚汪汪的眼睛，「托布，沒有人可以取代你，永遠不可能，永遠。你明白嗎？」

他吸了一下鼻子，然後點點頭。

我開口想說更多時，薩比托從天而降，安靜得像月亮。他降落在哈沃克的馬鞍上，調整了一下羽毛，然後望向我。老鷹的臉都不帶什麼表情。不過，我感覺得出來是壞消息。

「什麼也沒有。」我發問前他就開口了，「到處都沒有麥克辛的蹤跡，雖然他的馬還活著。他們準備拔營了。」

事實擺在眼前。「我虧欠他，也虧欠你們。」我最後說。

薩比托跳得離我更近一些，舉起右翼，就是少了一根爪子的那片翅膀，「碧克斯，妳知道我是怎麼失去那一根爪子的嗎？」

我聳聳肩。我不知道，我也不在乎。

「去年，洛利德碎頭者的軍隊與另一支敵對的拉提頓勢力交戰時，被扯掉的。沒什麼大不了的，就只是地盤問題。洛利德錯估對手的能耐，我們因此失去了許多英勇的戰士。」

「很遺憾。」

「洛利德也感到很遺憾，但他還是繼續以智慧和榮譽心領導我們。除了他，我不會跟隨其他人上戰場。」薩比托暫停了一下，然後說：「只有兩個例外。」

我望著他，等著他說下去，「誰？」

「卡拉珊德．多拿提。」薩比托回答，然後歪了一下頭，看著我，打量我。「還有妳，碧克斯。妳。」

48 終於逼近我們的終點了

我那天晚上睡不著，反而鬆了一口氣。我要是睡著了一定會被噩夢糾纏，而我不想面對那些畫面。

到了早上，托布和薩比托心懷期待看著我。「呃，你們還在等什麼？」我說：「照料一下馬，我們要上路囉。」

這命令讓我自己吃了一驚。說出這些話之前，我並不確定自己打算做什麼。但我疲憊的內心深處很清楚，薩比托和托布說得對。繼續執行任務是我的責任。

濃密的森林和不祥的鏡湖（湖的表面像是擦亮的鎧甲）之間有一條狹窄的邊界，我們在那上頭旅行了整整兩天。第三天，薩比托在天空中盤旋，而托布和我開始橫渡佩拉苟河，過程驚險。

我們砍下死樹，然後攀著樹幹漂過河面。我們都很嫉妒薩比托的飛行能力。（格利膜和羽毛沒得比。）不幸的是，河流送我們到對岸的時間拖得太長了，我們等於倒退了一里格。當然了，馬兒應對流水比我們輕鬆，但我們花了將近一天的時間才把牠們趕到我們要的位置。

最後，我們逼近了最終目的地，希望真的是最後一站了。不過「靠近」只是一個相對性的詞，光說「佩拉荀河一帶」也沒有縮小多少範圍。和薩比托商量後，我發現前進的路線只有兩條。我們可以走進谷地，走向佩拉荀河的源頭。或者，我們可以沿著海岸走。兩條路都會帶我們到瑪索尼的邊境附近。瑪索尼是大家不怎麼了解的區域，據說上頭住著恐怖野獸和野人。

「哪一個可能性比較高？」窩在馱馬上的薩比托問：「玳恩聚落會藏在谷地裡？還是海邊？」

我思考了一會兒。「如今任何玳恩團體都不再覺得自己夠安全，無法照以前的方式過生活，這種情形已經維持好久了。玳恩成了難民，白天躲藏，晚上偷偷摸摸活動。安逸時代的玳恩會如何生活？我真的不確定。」

「那些玳恩也很害怕。」托布提出看法。「不然，他們的存在怎麼會成為一個傳言呢？」

我點點頭。「如果我是他們的領導者，我猜我會盡可能遠離莫達諾，盡可能遠離人類。」再度面臨了抉擇，我得決定要往哪裡走。「記得玳林特說，很久很久以前，玳恩會造船。」我總算開口。「那其實算不上什麼線索，但還是往海邊去吧。我受夠陰鬱的森林了。」

我們選的路沿著高聳驚人的峭壁延伸，我們在上頭走了兩天。某些路段非常狹窄，馬蹄只要踩錯地方，我們就會摔死。然而，下方碎浪的嘩啦聲還是有撫慰的效果。微風塞了豐富鮮明的氣味給我們——貝類、海鹽、冷杉、沙灘、小公雞、松鼠。

我們轉往正北方後，天候就不再平靜，雪從大海的方向吹來，凍結大地。我們緩慢艱難的前進，發現大陸和幾個窄窄的沙洲島之間有水道形成。我在這裡碰到的野生動物前所未有的多。害羞的海岸鹿從樹木後方挺出鹿角，沾著雪花的刺蝟和齊洛格則搖搖擺擺的橫越過我們走的路，一點也不害怕。

這裡也有許多鳥，成千上萬的鳥。

「是剃刀鷗！」托布尖叫，顫抖的手指比著一片厚雲，在海灣上空盤旋、俯衝。

「啊，太好了。」薩比托說。

「好？」托布重複他的用詞。「牠們曾經想要殺掉我們耶！」

「而且差點就要成功了。」我補充。

「剃刀鷗？呸！」薩比托的嗓音充滿厭惡。「你們真的認為這些食腐動物敢惹我這種鳥嗎？」

他冷漠的拍了一下翅膀，乘著海風起飛，去見見那些鳥。二十分鐘後，他回來了。

「真有趣。」薩比托說：「牠們從未聽過『玳恩』。牠們是鄉下的鳥，沒服侍任何人。不過我要牠們看看你，看了之後牠們說似乎看過類似的動物。」

「太令人振奮了！」托布說。

但我壓抑自己做出激動的反應。我是這支探險隊的隊長，我已經下定決心，不要讓情緒影響我思考。

我們繼續前進，左邊是洶湧的大海以及往下延伸的峭壁，右邊是賞心悅目的闊葉樹林。轉過黃色樺樹旁的一個急彎後，眼前的巨大障礙物令我們倒抽了一口氣——那是一顆高得像小山的巨石，每一側都是無法攀爬的花崗岩。

我們的沿海小路被堵住了。我嘆了一口氣，指向旁邊的樹林，一行人便走了進去。馬蹄踩在結冰的落葉上，發出沙沙聲。

「我們一定很接近瑪索尼的邊境了。」我提出看法。

「妳怎麼知道？」托布問。

「我記得我們的地理課說……」

有個模糊的動作吸引了我的目光。一根彎折的樹枝突然鬆開，重重打在我身體側面，讓我跌下哈沃克，發出砰一聲。牠大吃一驚，開始狂奔，托布為了保命緊抓著馬鞍。

我從地上起身，撥掉毛皮上的雪，環顧四周。薩比托也採取一樣的行動，只是他的視力比我好上一萬倍。我們都沒看到任何可能啟動那個簡單陷阱的人。

「你飛上去，看能不能確認托布和哈沃克的位置。」我說：「我會跟上。」

薩比托很快就發現托布窩在哈沃克背上發抖，而哈沃克停下了腳步，正在嚼一小片露在積雪上的草皮。我集合了兩隻馱馬，幾分鐘後和我的朋友們會合。

「我們該回頭嗎？」托布的語氣透露出他不只有一點點想回頭而已。

「不。」我咧嘴笑。「你看不出來嗎？陷阱代表有人試圖逼退好奇寶寶。」

「妳聞到其他玳恩的味道了嗎？」

「沒有。」我承認。「不過那可能是很久以前設的陷阱，被我沒注意到的線觸發了。」

我繼續騎馬前進，速度比稍早還快，但一面留意其他陷阱。我覺得自己受到了鼓舞——甚至有了期待。不過一天過去了，沒發現其他線索。

接著，夜晚降臨，我開始尋找紮營的地方，薩比托的身影劃過樹枝之間。

「妳差點就錯過了！」他大喊。

「錯過什麼？」

「讓馬掉頭朝海的方向走過去，妳就會看到了。」

我們照他的指示，小心翼翼穿過樹林間的寂靜黑暗。我讓哈沃克小心踩出每一步，以免踏進洞穴中，或被樹根絆到。

我們來到之前擋住去路的大石頭的北方，再次聽到下方傳來充滿節奏感的浪花喧鬧聲。如果哈沃克是頭笨馬，我們可能早就出事了。因為四周近乎全黑、天上只有被烏雲遮蔽的月亮，投下微弱的光芒，而我們在這時突然碰到一條深溝。

「對。」薩比托從我們身旁呼嘯而過。

我一頭霧水的下馬，走到地溝的邊緣。那裡的壁面完全是垂直往下延伸的，不太算是一個山谷，比較像地面上的一條裂縫，最寬的地方不到兩百碼。

我深吸一口氣。遙遠的下方，裂縫和海的交會處，我看到了奇蹟的景象。是光。

不只是一顆光球，而是好幾顆。足以照亮一個小村莊。

49 危險的下坡

「我們要怎麼下去？」托布在我旁邊探頭。「馬該怎麼辦呢？」

「一定有一條路可以下去。」我說。但要在黑暗中找出垂直山壁的下坡路，幾乎不可能。

「我可以帶著托布。」薩比托提議，「只要是往下，我就辦得到。如果是要往上飛，我就會需要充足、強勁的風。目前的風是外海吹向陸地，對我們幫助不大。」

「我也許可以靠格利膜飛到那裡。」我說，但心中有疑慮。玳恩的格利膜，在設計上不是為了讓我們在窄縫中驚險的下降一千英尺。我在空中做過夠多次特技動作了，已經夠我一輩子回味了。

到最後，我決定等到早上再說，儘管想要前進的念頭無比強烈。我盯著發光處，直到我的視線模糊，試著想像那裡有什麼。

那真的是一個玳恩聚落嗎？如果是，那代表什麼？

對卡拉，對戰爭而言，這可能代表一個巨大的優勢。應對敵人時，辨別發言真偽的能力也許是無價之寶。對我的物種而言，這代表我們仍有存活下來的希望。

對我而言呢？一個玳恩聚落可能是一個新的開始，我可以和同類展開新生活。那是我過

去最渴望的。

想到麥克辛，內心一痛。要是他能在這裡和我一起分享這一刻，該有多好！

托布走近，帶著他好不容易泡出來的多亞茶，茶冒著熱氣。我握住我們一起用的木杯，溫暖雙手。「謝謝你，托布。」我感謝他的茶，也感謝他的陪伴。

「妳現在很興奮嗎？」他盯著閃爍的光芒，像是沉到下方的星星。

「對。」我承認。「不過我不想抱太大的期望。」

「我也是。」托布說：「就像找到麥克辛和他父親時一樣，鬆了一口氣，但這個……」他用獸掌比了比下方。「……如果真的是住滿玳恩的村莊，那就是更重大的發現了。」

我將杯子遞還給托布，他稀里呼嚕喝了一大口（托布喝飲料會發出很大的聲音），相當滿足。

「如果這裡有玳恩，」我想起他曾坦承對麥克辛的嫉妒。「我……的心思會被他們占據一陣子，托布。我會說玳恩語，會和他們分享故事。但你別再懷疑你是我最好的朋友了。」

「我不會再懷疑了。」托布保證，他把頭靠在我手臂上。「真希望麥克辛可以在這裡見證這一切，我真心這麼想。」

那天晚上我躺在營地，幾乎沒睡著。最後應該還是瞇了一下，因為薩比托叫醒了我。他展開翅膀，降落在幾英尺外的枯枝上。

「找到了！」他說：「噢，你們玳恩真聰明，非常聰明。靠腳走路的生物不可能注意到那裡的。」

托布忙著煎最後一片培根，而我狼吞虎嚥，舌頭還被熱茶燙到。我說：「那麼，好吧，我們上路吧。薩比托？我的老鷹朋友，請帶路吧。」

跟著薩比托往東走了一陣子。我回頭，發現我們被迫繞過的大石頭事實上是那條深溝的南側。我們很快就轉彎了，沿著北側前進，但還是沒看到往下延伸的路。每次往懸崖下方一瞄，都會被可怕的高度嚇得一縮。

薩比托降落到一批馱馬的馬鞍上，這已成了他的習慣。

「在那裡！看到了嗎？」

我什麼也沒看到，除了一堆圓圓的亂石填滿懸崖的崩塌地段。「我們不可能帶馬翻過那些石頭呀。」

「是啊，我們不需要那麼做。」薩比托得意洋洋的說：「就在那堆石頭後方，有一條狹窄但可走的小徑，一路延伸到懸崖下方。從地面看是不會注意到的。」

「好，」我說：「但我還是只看到一堆巨石，看起來很不穩。我可不想碰倒石頭坍塌，往下摔一千英尺。」

「看到一顆大石頭了嗎？頂端長著樹的那顆？」

我點頭。

「我建議妳和托布去推石頭一下。」

「推？」我笑了。「比房子還大耶！」

薩比托歪了歪頭。「聽我的話試試。」

托布和我不情願的下馬，雙手按住高聳的石頭，覺得自己像個笨蛋。那石頭肯定比十幾隻馬重。我們倚向石頭，將所有力氣都擠出來，結果立刻就出糗了。

那顆巨石輕易旋向了一旁，像是一扇門。

事實上，它真的是一扇門。

「我發現門旋開留下的痕跡。」薩比托說：「從空中看滿明顯的。」

穿過亂石陣的小徑很窄，我一度考慮拋下馬，走路過去，但我們需要馬。不只因為牠們帶著補給品，也因為騎馬方便火速脫逃。

我目前為止的一切歷練，都無助於我做好走這段下坡路的心理準備。小徑的寬度和哈沃克的站姿一樣寬，也許只多了六吋吧。只要踩錯一步，我們就會面臨漫長、致命的墜落。我緊抓著韁繩，抓到手都痛了，怕自己牽動任何一條肌肉。哈沃克的身體擦過兩邊的石頭，而托布和我得拉起馬鞍袋，抬起雙腳，才擠得過縫隙。走了三分之一段路後，我們碰到了一個路面缺口。雨水侵蝕了泥土，製造出三英尺長的洞。

薩比托可以帶著托布飛行一小段距離，我可以滑翔，但對馬兒來說又是另一回事了。牠們得跳過去。

我從未試圖讓馬跳起來，這不容易。哈沃克是非常有智慧的馱獸，牠並不想從一條狹窄的小徑跳躍過長長一段致命的塌陷處，為的只是降落到另一條狹窄小徑。我不能怪牠。

不過既然已經決定需要馬了，而且再怎麼說，這條小徑都太窄了，無法掉頭。我們又哄又催，搭配薩比托那輕巧但充滿策略性的啄咬，成功說服了哈沃克和馱馬退後五十碼左右。

「如果牠失敗了，就張開格利膜，試著蹬峭壁滑遠。」薩比托建議。

「我剛好也想到這個。」我回答，聽起來語帶諷刺，超出我的預期。不過當你害怕時，禮貌就會擺在後頭。

我在馬鞍上轉身。「抓緊囉，托布。」我建議。

「好，」他微笑著說：「我剛好也想到這個。」

我彎腰對哈沃克輕聲說：「你一定要相信，我們辦得到。」

心臟狂跳、肚子翻攪的我，用力將腳跟踢向馬的身體側邊，大喊：「走吧，孩子，走！」我，以及哈沃克自己都詫異的發現——牠慌張的跑了起來，蹄聲隆隆不斷。我幾乎就要被甩下馬鞍了。

還有更了不得的。那兩匹馱馬大概認為哈沃克是領頭馬，全都跟著牠跑。牠那一跳（我指的是我們實際翱翔在空中的時間）彷彿持續了好幾個小時。我屏住呼吸，毛皮飛舞，牙根緊咬，這時哈沃克降落在另一頭了。著地的力道很重，但乾脆俐落。

第一匹馱馬掙扎了一下，四肢扒抓一陣才到達安全的地方。接著，恐怖的畫面在我眼前上演。第二匹馬踩錯地方，安靜的掉下懸崖，而我叫出聲來。唯一令人感到欣慰的是——牠當場死亡，沒有多受苦。

又一條生命消失，而且是我害的，我心想，為那可憐的動物心碎。

驚魂未定的我率領其他人繼續往下走。小路有許多急彎，當我們終於抵達地面時，當初阻擋去路的大石頭只剩一丁點大，稍微前行，就會從我的視野中消失。

迎接我們的是一片木柵欄，由削成條狀並削尖的木頭組成。木材很老舊，久遠的歲月使它們泛灰，樹皮已被螞蟻和白蟻蛀爛了，不過木柵中央那道門看起來比較新一點。我沒看到任何守衛，也沒有任何瞭望塔。事實上，這裡看起來已經荒廢多時。

「你好！」我大喊。毫無回應。「你好！」我使盡吃奶的力氣大喊，這次用玳恩語。

「我要去快快瞄個一眼嗎？」

我點點頭，他飛走了。一分鐘後，我聽到叫喊聲，短促的驚呼，憤怒的提問。

薩比托又出現了。「門很快就會開了。守衛似乎在室內吃午餐，沒料到會被打斷。」

當然，我只有一個問題——那守衛是玳恩嗎？不過在我開口問話前，門中央的窺孔打開了。

一隻眼睛瞪著外頭，眨眨眼，然後又瞪了一會兒。窺孔關上了。鎖鍊發出一陣喀啦聲後，門緩慢開啟了，嘎嘎嘎。

那守衛的年紀很大，身上長著粗毛，口鼻部斑白。「我的老海魚啊！」他驚呼：「你是我們的同類！」

50 同類

同類，我們。

我咧出一個大大的笑，瘋狂點頭。

我看起來一定像個瘋子。

「我是玳恩！」我大叫：「你也是！」

「呃，我當然是囉。」老玳恩發牢騷，瞇起眼睛。他現在說的是通用語，大概是因為他的守衛身分吧。

「不好意思，我只是不確定你……存在。」我解釋，邊笑邊用手背擦去淚水。

「我似乎是存在囉。呃，你們最好進來，我帶你去見長者們。」

托布拍拍我的肩膀。「妳相信這是真的嗎？」他用氣音說話，聽起來和我一樣激動。

「不信。」我說：「我一直在等從夢中醒來那一刻。」

我們騎馬跟在緩慢拖著腳走路的老玳恩後方，經過住屋。有的非常簡樸，是開著矮門的無窗樹屋，也有的是兩層樓建築，不怎麼穩固的延伸到窄路的上方。窄路兩旁岔出幾條小巷，長度只有幾碼。我一直會想到這裡是一條深溝的底部。陽光似乎很少照到街上的卵石。

這顯然是個漁村，而且不是很富裕的那種。我沒看到金匠或銀匠，甚至連比較豪華的房子看起來都很破舊，而且不知怎麼的，顯得很脆弱。

不過這裡到處都有玳恩，到處都有！

有玳恩夫婦探出窗外，懷疑的看著我們。有小玳恩跟在我們身後，看上去像是一支混亂的隊伍。有玳恩商人在攤販上賣魚、乾海草、藥草、陶器。

老玳恩帶著我們走到大街街底。跨過鋪路圓石的盡頭後，來到一片淒涼的灰色頁岩海灘。那裡特別突出的景象是一座圓石疊成的碼頭，上頭架著一條木板走道，修補狀態比村內其他地方都還要好。兩艘小漁船隨波盪漾，另外還有五艘船斜立在海灘上，因退潮而遺棄在那裡。顏色都漆得繽紛討喜，但已褪色。

「不該在港內。」托布對我說。

「什麼？」

「我說那些船。我自己就來自一個漁村，在沒有暴風雨的日子，所有船都應該要出海才對。」

「也許是他們害的。」薩比托飛在我們身旁。

我順著熱切的老鷹視線望去，看到兩艘船。其中一艘是槳帆船，船上的槳不到八把。另一艘是帆船，比槳帆船大得多，船上有兩根桅杆。

「那兩艘船是什麼來歷？」我對老玳恩發出呼喚。

「妳覺得呢？」他厲聲說。

「是莫達諾的船嗎？」

老玳恩吐了一口口水。「妳一定不住這一帶，我們好幾年沒看到莫達諾的人馬了。不是，那是瑪索尼人。瑪索尼的海盜堵住我們的船，不讓我們出海，而且想搶走我們的船。他們大約在一個禮拜前來的。」

海灘的南段盡頭，座落著我目前看到最巨大的建築物，樣子很奇怪，是用石灰岩塊和木材改建而成的。它原本顯然是被很久以前的住戶遺棄在這裡的古老建築，隨著時間腐朽至今。玳恩用碎裂的石頭當作雙層建築的地基，上頭加蓋了一座搖搖欲墜、高五十英尺的塔樓。我抬頭看，有隻玳恩正盯著海上的瑪索尼船隻。

「妳注意到市場攤販的魚了嗎？」托布問。

「沒有。你想說什麼？」

「那些都是放很久的魚。眼珠混濁，鱗片滑溜，腥味愈來愈重。我認為這村子的食物來源被斷絕了。」

這想法令人不安。但我愈是觀察四周環境狀況，愈覺得那似乎是真的，可能性很高。

我們在石頭和木頭搭出的建築物前停下來，老玳恩宣告：「這是長者會堂，去和他們打聲招呼吧。我還有任務在身。」

他離開了，留我們站在一段樓梯的底部。樓梯通往一扇威風的門，門上嵌著一圈生銹的鐵片。

薩比托降落在一小段崩毀的石頭欄杆上說：「好啦，我們來到這了。」

他似乎對自己的表現很滿意，但我頭昏眼花，顧不了那麼多。「謝謝你，」我說：「你幫了很大的忙。」

「是啊，」薩比托同意：「全都是我的功勞。」

我認為他是在開玩笑，但拉提頓到底在想什麼，永遠沒人可以說得準。

我們綁好馬後，我顫抖的雙腿踩上樓梯，而托布跟在我後方。我觸碰那扇門，彷彿那是一個聖物。

長者會堂。玳恩長者！

我們走進室內。薩比托選擇待在他覺得最舒服的地方——離地幾百英尺的空中。

室內涼爽而黑暗，散發出黴和時間的氣味。我感覺那是個大空間，但裡頭只點了區區兩根蠟燭，分別立在長方形空間的兩頭，難以掌握室內的任何細節。

一位女性玳恩從旁邊的門走了出來，她年紀相當大，拄著拐杖。她瞄到我們，嘴巴大張表示責難，然後用玳恩語說：「呃，妳還在等什麼？長者們在那一頭。」她揮舞著一隻枯瘦的手。

我望向托布，看著他在燭光下閃閃發亮的眼睛，然後點點頭。

往前走的路上，我聽到輕柔的呢喃。在房間的盡頭，我們發現一個淺淺的圓形凹陷，幾張凳子沿著邊緣擺放。

有四隻玳恩，兩男兩女，坐在昏暗的光線中。一隻在編織、一隻在閱讀卷軸、一隻丟骰子到牆上，還有一隻在大聲打呼。

這些長者就像我玳恩幫的成員。他們坐在氣氛友善的沉默中，享受平靜的午後。

我一度什麼也沒做，只將所有氣味吸入鼻子裡。這是一整個房間的玳恩散發出來的氣味啊！帶著甜蜜而溫暖的慰藉。令人內心澎湃的熟悉感。

接納。歸屬。

「呃？這是什麼狀況？」讀卷軸的玳恩用玳恩語發問，那是我不認得的口音。她年紀很大，但還不到垂垂老矣，年紀可以做祖母，但還不能做曾祖母，我心想。她的口鼻和耳朵尖端是銀色的，除此之外都是帶光澤的黑，這是非常稀少而珍貴的花色。

我深呼吸。「很抱歉打擾您。」我說，拚命斟酌用語，而且是用自己的母語，「我是碧克斯，我們……呃，這是我最好的朋友托布……」我開始哭了，但這是溫和、感激的淚水，「我們走了好長的一段路才找到你們。」

51 一整個房間的玳恩

女玳恩長者湊得更近，打量著我。有個男長者原本在編織，這時放下針線，來到她身旁。

「竟然是隻渥比，真是不得了啦。」他說：「哈，我好久好久沒看到渥比了。」

「你會說通用語嗎？」我問，鼻子還在嗅聞個不停。

那位男性聳聳肩。「當然會了，但在這沒什麼用處就是了。為啥問這個？」

「說通用語，我的朋友托布才能加入我們的對話。」我說。托布聽到我第二次念出他的名字，耳朵翹了起來。

「很難想像渥比能有什麼貢獻。」那位女性說，還加上粗啞的笑聲，「不過老天啊，把他煮成一餐可好吃了！」

我決定不翻譯她的評語給托布聽。我改用通用語發問：「這個村子裡住著多少玳恩？」

「沒以前多。」男性回答，他也改用通用語了。

「那好吧，我們從最基本的開始。」女性用口音很重的通用語說：「我叫拉布莉克，而他……」她朝編織者點了點下巴。「是我的丈夫費格頓。好啦，那妳是誰？從哪裡來的？為什麼來這裡？」

我的情感再度潰堤，開始流淚。淚汪汪的我衝過去擁抱她，彷彿當她是自己的媽媽。她拍拍我的頭說：「好，好，沒事了。」不過她的話語中還是有一絲疑慮。

「歐爾本！」她呼喚：「泡茶來！你，渥比。你們也喝茶吧？」

「我們喝，很感謝妳。」托布有禮的說。

茶很快就來了，由一個年紀和我差不多的年輕男性玳恩送上。他放下茶時向我眨了一下眼睛，然後就走了。

茶的味道很怪，我懷疑是用水藻或海草泡的，鹹鹹的，不怎麼甜。不過還是很溫暖，很撫慰人心。後來我冷靜下來了，開始分享我長長的故事，其他玳恩也聚集到我身邊。

我太習慣對其他物種講話了，導致我幾乎忘了和同類說話是什麼感覺。尤其和人類說話時，我總是要留意他們有沒有起疑。因為人類並不總是能辨別話語的真假，聽到不尋常的故事時會有戒心。

但玳恩立刻就能辨別出謊言，因此儘管我的故事很離奇，他們還是全心全意的相信我。等到我說完故事時，其他玳恩已經悄悄聚集在四周，仔細聽我說的每一句話。

他們問愈多問題，我就愈明白這裡的村民是多麼與世隔絕。誰是阿拉克提克？老莫達諾真的已經傳位給下一代了嗎？這些流亡家族是什麼來歷？

有些問題令人心碎。厄曼地那裡的玳恩近來可好？有沒有遇過四處遷徙的藍天玳恩聚落？認識住在上特拉諾附近的玳恩嗎？

「你們還不懂嗎？」我的聲音哽咽。「他們都不在了，都死了。我自己的玳恩幫，我的家人……」

我一度說不出話來。我已經好一陣子沒為家人哭泣了。我寧願將這些想法推開，因為悲傷過後，憤怒一定會接著浮現。我不希望一輩子都活在持續的憤怒當中。

我盯著一張又一張的臉——這裡有好多玳恩，他們都好想獲知外面的消息。然後我又嘗試了一次，「你們要明白，在找到麥克辛和他父親之前，我一直以為自己已經是最後一個玳恩了。我以為我是我們玳恩這個物種的末體。」

「妳一直獨自生活嗎？」有個嗓音同情的問。

「對。」我回答。但這答案在我耳中立刻顯得虛假，也確實虛假。我敢說，我的玳恩同類也都聽出來了。「不對，不是獨自生活。完全不是。」我指著托布說：「我相信自己已經成為了玳恩的末體，但我來到這裡的旅途中結交了好朋友。」

「妳來這裡做什麼？」拉布莉克坦率的問：「來和我們一起挨餓嗎？還是等我們虛弱到一個程度後，一起當瑪索尼人的奴隸？我們只剩下幾天存糧了。馬上，我們就會看到飢荒的頭幾個徵兆。」

「妳確定那幾艘船來自瑪索尼，不是莫達諾？」我問。

「莫達諾的船不會開到這麼北邊。」費格頓說。他的耳朵裡長著長長的灰白毛髮，缺了幾顆牙。「瑪索尼的海盜來過幾次，不過這次是他們最果斷的一次行動。過去，他們會偷食物以及任何找得到的貴重物品。這次，我們很確定海盜想要解決掉我們。搶走我們的船，把我們賣給奴隸販子。」

「我們很快就不用擔心瑪索尼人了。」我說，被自己突如其來的自信嚇了一跳。「我帶你們離開這裡。加入卡拉珊德・多拿提陣營，與她一起阻止戰爭，避免所有物種遭到大屠殺，找回聶達拉的正義！」

這番話很有振奮精神的效果，圍在我們身邊的玳恩中，有幾隻較年輕的發出了喝采。然而其他大多數的玳恩，不分老少，都露出明顯不開心的表情。

「碧克斯，」拉布莉克說：「這裡是我們的家園，我們在這裡存活了九十二年，而妳現在說我們的存在是個奇蹟，我們是僅存的一批玳恩。我們怎麼會想浩浩蕩蕩離開，去打一場遠方的戰爭？去服侍野心勃勃的新人類統治者？」

幾隻玳恩低聲表達同意。

「妳又要我們如何離開？」一隻年輕玳恩質問：「走那條殘破的小路？我們的老人和小孩根本不可能爬上去，更不用說年紀最幼小的崽子了。妳要我們拋下他們，任由瑪索尼人處置嗎？拋下我們的村子？我們的船？我們的生活方式？」

「可是，」我爭辯，「瑪索尼人讓你們面臨饑荒，你們不能坐在這裡慢慢死去啊。」

「總比當瑪索尼人的奴隸、從那條破路摔下懸崖，或是被野生斐利韋吃掉都來得好吧！」

有人大喊。

「外頭並沒有野生斐利韋等著要……」我無助的望了托布一眼。「我是說，對，外頭是有一些斐利韋，但他們不吃玳恩。他們已經不再這麼做了。再說……」

「這個外來者會帶領我們走向死亡！」有個刺耳的嗓音喊道。

「滾回妳原本的地方！」

「我們不需要妳天馬行空的點子！」

四周愈來愈吵鬧，吼叫聲瀕臨歇斯底里了。「碧克斯，」托布在我耳邊低語：「也許我們應該要給他們時間好好想想。」

「夠了！」有個嗓音壓過眾人——澄澈、充滿智慧的女性嗓音。她只比我大幾歲，很可愛，而且在女性玳恩之中算高。

房間裡的聲音變弱了，化為悶悶的嗡鳴。「如果有方法可以嚇跑瑪索尼人，我們就可以往南邊航行，找個地方登陸，加入碧克斯的人類領袖陣營。」年輕玳恩說，並對我露出贊同的微笑，「總比在這個沉悶得要命的地方無聊死來得好。」

「噢，是嗎？葛林莉。」費格頓問。「好啊，那就去趕走瑪索尼人吧！」

他的反駁引發了嘲笑的洪水，葛林莉低下頭去。但她還是在喃喃自語，「那是唯一的辦法啊。」

我還沒想清楚，就脫口而出了。「我可以搞定瑪索尼人。」我說，語氣非常肯定，彷彿說的是：「我能從一數到十。」

群眾陷入沉默。室內唯一的聲音是毛線針的喀喀聲，以及抵達時遇到的那隻老玳恩穩定發出的鼾聲。

沒人說我是騙子，這只代表一個意思：我不是騙子。我內心深處相信（全心相信）這是可行的。

「妳要怎麼辦到，碧克斯？」葛林莉的嗓音帶著振奮。

我的肚子發出咿咿叫了。我發現我需要食物，而且更重要的是，我需要時間思考策略。

「好問題，葛林莉。」我說，忽略托布憂心的眼神。「我今天晚點會公布我的計畫，就在晚餐後。」

52 很魯莽，而且很可能是荒謬的

「好啦，」我們進入沒有外人在的空間，也就是玳恩村落提供我們過夜的小屋後，托布問我：「妳說會搞定瑪索尼人，那妳的計畫到底是什麼？」

「你知道的，我沒有計畫。」

「但那一整個房間的玳恩都相信妳了。」

「因為在那一刻，我也相信自己。」

我嘆了一口氣。我們坐在泥土地上，一個小火堆旁。一半的煙霧裊裊升起，從煙囪孔鑽出去，另一半煙霧在空氣中逗留。村裡的長者說要供餐給我們，但知道這裡的情勢有多險峻後，我們選擇吃自己日漸稀少的補給品。

托布揉揉眼睛，在黑黑的空氣中滲出淚水來了。「那我們該怎麼辦？」

「我不知道，托布。」我承認，「我真的不知道。」

這對我來說原本應該是喜悅和勝利的一天，卻陷入前所未有的憂慮。兩艘船圍困著這個村落，只有最健壯的玳恩有可能沿著陡峭的危險小路逃出去。沒有其他出路。

這些玳恩困在陷阱之中，而我承諾要解救他們。但我根本沒有什麼招數可以貢獻。

就算我設法解救了他們，之後又如何呢？我無從得知卡拉現在的狀況。艾爾布里真的會對她忠誠嗎？卡拉和盧卡的族人談和了嗎？她召集到足以阻止戰爭的勢力了嗎？

我搖搖頭，想將最大的一個問題甩開，但還是牢牢黏著我，像是盜獵者的弓箭：如果卡拉已經不在這個世界上了，該怎麼辦？

我用木棍戳了一下火堆。「你覺得卡拉……」我在想該怎麼用字遣詞，內心很掙扎，「還好嗎？」

托布堅定的說：「我認為她很好。」

「你怎麼有辦法那麼確定？」

托布拉了一下鬍鬚，「因為她是卡拉。」

我很想相信托布，但我內心某處有個聲音納悶的問：這整趟旅行會不會只是浪費時間、浪費生命？對麥克辛和摔死的可憐馱馬而言又算什麼呢？值得他們受苦嗎？

我又戳了一下火堆，這次力道大了一點。木頭劈啪爆開，使一片熱燙的餘燼飛到托布行囊上。他用綁成辮子的尾巴拍掉。

那是隨處可見的東西，就只是餘燼。火焰總是會劈啪作響。但也許是因為我的思緒正在繞著無意義的圈子吧，我發現自己看到入神了。這裡頭有點蹊蹺，有重要的訊息……

「碧克斯？」托布催促我，「有什麼不對勁嗎？」

我跳了起來。「火！」我驚呼。

「我知道冒了很多煙，很糟。」托布道歉。「他們給的木頭很潮溼，但我也不想煩他們……」

「薩比托！」我大喊，並甩開門，托布張大嘴看著我。

薩比托幾秒鐘後便俯衝進門，窩在地上，看起來很惱怒。（老鷹看起來總是在生氣，但我知道原因，薩比托討厭降落在腳爪無法牢牢抓住的地方。）

「妳叫我？」他語帶抱怨。

「薩比托，告訴我，你帶著托布能飛多遠？」

「什麼？」托布和薩比托同時問。

「托布。」我重複一次，「不帶行李的話。」

河鷹歪了歪頭，思考著。「嗯，我可以帶著他飛上天，但只能飛幾英尺。」

「我觀察過你，薩比托。」我說：「你會尋找上升的溫暖空氣，我看你利用過火焰的熱氣，煙囪散發出的熱氣，太陽照在岩石上的熱氣……」

「是，是。」薩比托打斷我，「我們稱為上升氣流，往上升的柱狀暖空氣。拉提頓會張開翅膀，然後……」他打住，仔細看著我。

「如果你有柱狀暖空氣呢？」我問。

「噢，那我幾乎可以肯定，我抬得起托布。」

「如果你乘著暖空氣升到夠高的地方，」我接著說，朝天花板揮手，「你就可以滑翔前進，但還是抓得住他？」

薩比托展開翅膀，胡亂拍打了一陣，「妳差不多該告訴我妳在想什麼了。」

托布點點頭，「身為要被抬上天空的一方，我同意薩比托。」

於是我告訴他們了。

他們豎耳傾聽，但帶著幾分懷疑。（薩比托的疑慮尤其多。）他們問了很多問題，還發出幾聲哀號（主要來自托布），不過總而言之，他們不情不願的同意了我的想法也許可行。

「那個點子很魯莽，」薩比托說：「而且很可能是荒謬的。」他用鳥類特有的方式向我點了一下頭，「我喜歡。」

我們三個回到了長者會堂，先前聚集在那裡的玳恩都還在。我找來葛林莉，請她召集其餘村民過來。不久，會堂就擠滿了玳恩，數量多到滿出建築物，年輕的和年老的都來了，等著聽我要說什麼。

我站到一個小小的木棧板上，清了清喉嚨，開始說話。

「各位玳恩夥伴，」我說：「我們有個計畫了。據說它很魯莽，」我對托布和薩比托微笑，「甚至可能是一個荒謬的計畫。」

我停頓了一下，看著聚集在我面前的，期待、擔心、懷疑的臉。「不過，」我說：「如果要說我曾經從朋友身上學會什麼的話，那就是——最魯莽的計畫也有成功的可能。你們願意聽我說嗎？」

有人低聲交談，有幾個抱怨的叫聲傳來，還有一些笑聲。

我說了。

他們聽完了。

他們反駁。

我反駁回去。

托布一度離開現場，一會兒過後帶著其中一個馬鞍袋回來，然後遞給我。

那是卡拉要給玳恩的禮物。我忘得一乾二淨了。

「朋友們，」我說：「我知道你們會繼續對我的計畫、對一觸即發的戰爭、對卡拉珊德・多拿提抱持疑慮。稍早我急著找你們談話，忘了分享卡拉珊德獻上的信物，這代表她對我們玳恩族的承諾。」

我將袋子交給拉布莉克，她檢查內容物，然後一樣一樣遞給費格頓。一個小銀杯，我記得自己曾在男爵的樹頂藏身處看過。兩把利刃，刀柄有精細的雕刻。最重要的是——一顆閃亮的綠色寶石，是從王冠上挖下來的。

拉布莉克不敢置信的搖搖頭。「這些東西足夠餵飽我們村子一整年了。」

「然而，這些禮物對你們而言一點用處也沒有，除非你們前往外頭的世界。」我指出這點。

我們繼續你來往我的爭辯，直到我的嗓子都啞了。漸漸的，我感覺到氣氛改變了，但那不是我的發言或卡拉的禮物造成的差別。

到最後，是薩比托和托布用簡單的兩句話說服了玳恩，讓他們願意試試我的計畫。

「我信任碧克斯，而且願意為這分信任賭上性命。」薩比托說。

「我信任碧克斯，而且已經為這分信任賭過性命了。」托布說。

不管這些玳恩聽眾的疑慮有多深，他們至少很確定一件事——托布和薩比托說的是真話。

我們即將實行我的計畫了。魯莽，而且可能很荒謬的計畫。

53 費格頓的愚船

隔天，長者派了一群工人到小徑的坍塌路段，也就是我們失去馱馬的地方，在那裡搭起一座便橋。他們也聽從我的要求，給了我一艘船。船又小又老舊，嘎嘎作響，散發魚腥味，船身已經變得很破敗了。不過還是有桅杆和一面帆，而且爛掉的木頭正適合我的用途。

托布注意到船的名字了，漆在船側，字跡已斑駁——費格頓的愚船。我真的很感謝費格頓願意犧牲他的船，不過「愚」這個字實在不是什麼好兆頭。

白天的時光緩慢流逝，村民帶著一綑綑稻草到海邊。「都堆在甲板下面，」我指示他們，「不過請排鬆一點。」

吃完一頓少量的晚餐後，托布、薩比托和我再次檢查那艘看起來很破爛的船。我焦慮的重新擺放船艙裡的稻草，薩比托則在港口上方盤旋，看看有沒有可能對我們造成障礙物的東西。風很穩定，令人安心，托布舉起沾溼的獸掌測量風向。

一個叫歐尼瑟斯的老玳恩漁夫來到托布身旁，給他建議，「風向在半夜往往會改變，會轉成南風，東南風。同時會開始退潮。」

「它有辦法貼風嗎？」托布問了一個我聽不懂的問題。

歐尼瑟斯點點頭。「行，夠用了，只要你知道該如何操縱，它就辦得到。你能搶風，朝接近正西的方位行駛。」

「然後乘風筆直前進。」托布也點頭說道。

「如果幸運女神微笑的話。」老水手說。

「奈泰特呢？」我問。

「喔，老天呀，他們很少在這一帶水域出沒，而且這艘船有執照。只要漁夫乖乖付錢，奈泰特就不會整他們。」

「所以瑪索尼的那些強盜才能橫行嗎？他們也付了錢？」

歐尼瑟斯聳聳肩。「奈泰特是海洋統治者，他們愛怎麼做就怎麼做。」

午夜過了好一陣子後，如同歐尼瑟斯預測的，風向變了。大多數村民都出來了，儘管夜晚寒冷，還飄著細雪。村民們在碼頭排隊，隊伍占據了海灘的大半——他們全都感到好奇，也感到害怕。

托布舉起一隻腳掌，發出呼喊。他想表現出威嚇和勇猛，可是失敗了，「我們走吧！時間和潮汐不會等待任何人。」

托布和我爬上了如今塞滿稻草的船。我在甲板上擺了更多捆鬆鬆的稻草。

「你知道你不用這麼做的，托布。」我的手伸進補袋，取出萬分重要的引火盒。「你已經不需要向我或向任何人證明什麼了。」

托布抓抓一邊耳朵，假裝很冷靜。「我覺得聽起來很好玩啊。」

不用是玳恩，也聽得出他在說謊。

「你確定嗎？」我追問，擔憂和罪惡感簡直要壓碎我了。如果事情出錯，我最好的朋友就會死掉，而且責任在我。

托布的獸掌按在我的手臂上。「碧克斯，」他說：「我想這麼做，這是我的選擇。」

我再度渴望夥伴在身邊，渴望擁有他們的力量——卡拉的決心、甘布勒的智慧、倫佐的自信。因為在這個關頭，我賭上了好多東西。

「那好吧。」我緊抱住托布，遞給他引火盒，然後趕緊轉過身去，以免他看到我苦惱的樣子。

「鬆開船頭船尾。」托布在我回到碼頭上後大喊，旁觀的玳恩衝上前去解開繩子。歐尼瑟斯用一根長篙將船推出去，托布則揚帆，然後跑回後方抓住舵柄。

微風灌滿船帆，托布的身體倚到舵上方，船開始前進，大略朝向西方。

我回頭看薩比托是否窩在長者塔樓的頂端。他肯定知道我很緊張，所以展開翅膀，讓我看得清楚一點。希望塔樓的高度能讓薩比托盡早衝出速度，我們很需要速度。

在風和退潮的幫助下，托布獲得衝力了。他的船很快就離岸四分之一里格，幾乎看不見了。

我毫無力量，什麼都做不了，只能眼睜睜看著、等待著。這讓我非常痛苦。我來回踱步，盯著黑色的海浪，嘴裡喃喃自語。而害羞的月亮躲在雲層後方。

時間不斷流逝，群眾開始焦慮了。我開始擔心托布洩氣了，或者更糟，他可能摔下船了。但就在這時，我發現遠方海上有搖曳的光芒。

月亮選在這刻再次現身。我看到了銀色的三角形微光（托布的帆），它離體積較大的瑪索尼船隻只有幾百碼。

瑪索尼人也發現托布了。異國語言發出的激動叫喊飄過水面而來，隱約聽得見。我想像他們的水手衝向小船的模樣，他們肯定認為托布是乘著小船的無助玳恩，打算闖到外海去。

但托布不是打算逃亡。

他是準備要攻擊。

「你辦得到，托布。」我喃喃自語。接著，黃色火舌像是憑空冒了出來，彷彿水面本身著火了。

「薩比托！」我大叫。

「看到了。」薩比托大喊，張開雙翼並且從高塔俯衝，運用高速垂直向下的衝力，接著鼓翼調整高度，直直往海上飛行。

托布船上的火勢迅速變大，美麗又致命的延燒，同時朝最近的瑪索尼船隻前進。

驚慌的喊叫在空氣中傳播，現在變得更大聲了。瑪索尼人現在肯定急著起錨、逃跑，他們有時間嗎？

托布有時間嗎？

瑪索尼的船員顯然動作很快，受過高度訓練。當托布那艘船燒出的耀眼火把撞上海盜船隻的側面時，他們已將錨抬離海床，開始升帆了。

我來回跑著，希望能瞄到托布一眼。

什麼也沒有。而且我也看不到薩比托。

不過我看得到——托布那艘船的火舌舔著瑪索尼船隻側面的同時，火也點著了索具，並以特別兇猛的態勢吞食船帆，彷彿那是一張羊皮紙。

空氣中充滿玳恩發出的歡呼。

接下來就看風向了。

如同我希望的，已拔錨、著火的瑪索尼船隻，開始漂向另一艘更小的同夥海盜船了。歡呼聲加倍了。甚至有人呼喊：「碧克斯！碧克斯！」

但我似乎無法呼吸。我的眼睛瞪著海面，瞪到都發痛了。我發熱的心在胸口狂跳。如果托布不在我身邊，那麼一切都不重要了。這次勝利沒有意義，任何一次都不會有意義。

某樣東西從天空筆直墜落，撞上浪緣，濺起水花。玳恩往前衝，又喊叫又歌唱。一會兒過後，他出現了——托布，被滿懷感激的村民高高扛在肩上。

「托布！」我大叫：「托布！」

他的毛皮上有焦痕，臉上有煤灰，不過他咧嘴笑著。

「哈那杜魯真好心。」他說。

「你真勇敢。」我回答他。

薩比托來到了我們身旁，棲息在一根木樁上。他不讓人碰，更不願意讓歡欣的群眾扛在空中。

「很驚險。」他說：「非常驚險！火比我想像的還燙。我抓住托布時，他的尾巴已經在悶燒了。上升氣流很棒，但火焰衝得太高，我只能勉強待在柱狀空氣的上頭。」

「但你辦到了。」我不敢置信的搖搖頭。

「對，我辦到了，可不是嗎？嗯，我肯定對自己感到很滿意吧。」

我們都對自己感到很滿意——這驕傲的感覺至少維持了一陣子。我擁抱托布，托布擁抱我，另外，似乎有半個村子的玳恩過來擁抱了我們。葛林莉拍拍我的背，說：「妳辦到了，碧克斯。」

「全都是托布和薩比托的功勞。」我說。

「但妳讓這件事發生了。這村子會因此變得更好。」

突然間，我們全都定住了，因為我們聽到洶湧海水發出的吸吮聲，接著是絕望的人類發出的恐懼叫喊。瑪索尼的船沉沒了，也許，有許多生命也跟著陪葬了。

我們陷入沉默，愧疚又嚴肅。雪變大了，將港口轉變為閃亮的可愛風景，阻隔了遠處的恐怖場面。

54 夢境與啟程

驚悚的噩夢打斷了我的睡眠，雖然托布似乎沒被我干擾，繼續打著盹。我一再醒來，提醒自己要駛利，要控制睡夢中的腦袋所編織的故事。「妳就是夢……」我低聲說：「妳就是夢……」

噩夢還是不斷重複著，鮮明的嘲笑著我。每次開頭都是托布搭的船被火舌吞噬。他緊抓著桅杆，大聲呼喊我的名字，求我救他。儘管我使出全力在起伏的黑色波浪中游泳，他還是離我很遙遠，我永遠都碰不到他。

我看著最好的朋友溺死三次——在三個恐怖的夢境中。

第三次尖叫著托布的名字醒來，結果發現他在搖晃我的肩膀。「碧克斯！」他說：「醒醒！妳在做噩夢。」

我眨眨眼，胸口激烈起伏，喉嚨乾得像灰燼。「你還活著。」

「算是囉。」托布打了個呵欠，「我做了一個好夢，夢到毛毛蟲餅乾。」

「很抱歉打斷了你的夢。」我揉揉眼睛。「我試著要駛利，但控制不了我的夢。」

托布的回應是一個充滿生氣的鼾聲。我望向他，發現他已經在轉眼間睡著了。我輕輕將

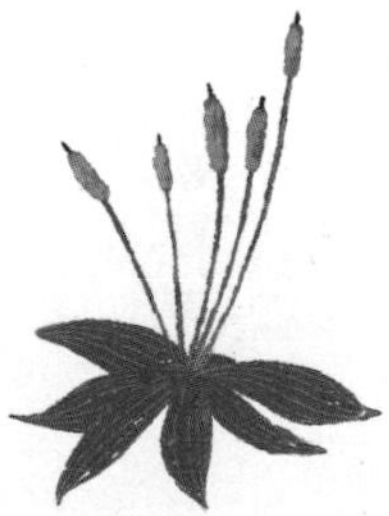

被子拉到他下巴蓋好。他在任何情況都能睡著，我好嫉妒這個能力！

我仰躺在稻草地墊上，決定在天亮前都要一直醒著。我沒有辦法再次目睹托布死去——就算那畫面非常不寫實。到了早上，我們就要上路了。我應該要恢復精神才是。不過我寧願累個半死也不要再睡著了。

然而，我還是睡著了，噩夢也再度回來了。托布再一次緊抓著桅杆，火焰舔著他的後腳。我再度游個不停，但只是白費工夫。我愈來愈靠近他，但總是不夠近。

妳就是夢，夢就是妳。

托布的船開始沉了，他瞪大眼睛，裡頭寫滿恐懼。我的尖叫被冷漠的大海吞沒。

妳就是夢，夢就是妳。

有了。

在地平線上。

有另一艘船。逐漸逼近的船，承受著浪花的拍打，上頭擠著三個，不對，是四個身影。影子暗暗的，無法辨識。

托布再度尖叫，而我猛力撥水。

那艘船逼近了，四道影子產生了輪廓，愈來愈清楚了。

托布又叫了，但這次的聲音聽起來不太一樣。

我更奮力的對抗著波浪。我現在離他好近了，好近。船在那裡，而托布叫喊著，那叫喊……不是出自恐懼，也不是出自疼痛。

不對。我聽到的難道是欣喜的呼喊嗎？

我停下來，累壞了。我一度下沉，被大海吞沒，不過最後我好不容易回到甜美、冰冷的空氣中，抹去眼睛裡的水，看到了小船上的他們。

卡拉、倫佐、甘布勒、薩比托。

還有托布，安全無虞，但毛皮微微燒焦了。

「你們怎麼這麼久才來？」我說，然後，在經歷了這麼長一段時間之後，我陷入了沒有夢的睡眠當中。

隔天早上離開前，我們和拉布莉克、葛林莉，還有幾個心懷感激的村民一起吃早餐。「沒什麼能招待你們。」拉布莉克道歉，「不過今天晚上我們一定會有新鮮漁獲。」確實，我們已經看到好幾艘船駛向港灣了。

「碧克斯，你們現在要去哪？」葛林莉問。

我啜飲一口茶。「回去找卡拉珊德．多拿提和她的人馬。我們會向她報告，說我們成功的找到了你們的聚落。我還希望……」我瞄了一眼桌邊的玳恩長老。「希望我可以告訴她，有必要時，你們會願意支援。」

「是，我們會的。」費格頓說，其他人也點頭同意。

我拍合手掌，前傾身體說：「不過，你們要知道，你們還沒脫離危險。瑪索尼人也許會帶著援軍回來。莫達諾也可能發現你們的存在，到時候你們就會面臨更大的危機。」

「我們會變賣卡拉珊德的禮物，用那筆錢盡可能強化村子的防禦工事。」拉布莉克說：「我們會沒事的，可以撐一陣子。」

「我希望你們現在就跟我走。」我說：「但我知道那是不可能的。在那天來臨之前，我們會需要其他援助。」

我站起來擁抱每一隻玳恩。「我不想離開，」我說：「但為了我們每一個，我非離開不可。」

托布和我爬上哈沃克，馱馬（我們決定叫牠「愚船」）的韁繩已經綁在馬鞍上了。我們噠噠行走在鋪石路上，穿過城鎮，而薩比托飛在我們身旁，村民則在一旁歡呼、揮手。

爬上陡峭小徑的路程就跟下坡時一樣險惡，但至少那個坍方處已經修好了，我們也比較熟悉那裡可能會有的危險了。就在即將抵達頂端前，薩比托回報附近並沒有莫達諾人馬出沒的跡象，讓我們鬆了一口氣。

「呃，」托布在我們爬到頂端的同時說：「至少知道妳不是末體了。」

「今天還不是。」我心情灰暗的說。「不過這些玳恩的數量很少，脆弱又沒有防備。我現在不是末體，但明年呢？下個月呢？明天呢？」

我們安靜的騎著馬。空氣清新，帶著一絲樹木的香脂味。

托布是第一個打破沉默的人，「妳長大了，碧克斯。」

我瞄了一眼身後。「真的要說的話，我很瘦小，八成比……」

「不，不，不是那種長大。我的意思是，當我們見面時，妳只是一隻崽子。聰明、善良的崽子，但面對未來不會老是往黑暗的方向想。更沒有辦法下令……」托布咳了一下，掩蓋他中斷的彆扭。

我幫他把話說完。「更沒有辦法下令放火燒船，讓最好的朋友深陷危機，造成十幾個瑪索尼人慘死？」

托布點點頭。我感覺到，而不是看到他那麼做。

「呃，不只是我啊，托布。你也辦到了超乎所有人想像的事，包括你自己也想像不到。我不知道渥比有沒有英雄，如果有，你也算是一個了。」

接下來幾天旅程偶爾會下雪，但雪只會在地上積幾吋。我們找到了幾條流著活水、還沒結凍的小溪作為水源，我們的存糧變得很少。成功涉過佩拉苟河之後，我們又回到了聶達拉平原。

我們一天又一天跋涉，靠獵物的肉乾和硬邦邦的餅乾維生。我們總是保持警戒，總是在留意有沒有莫達諾士兵出沒的跡象，很難放鬆下來。燕麥吃完的時候，我們的前進速度就會變慢。馬兒得吃草，但在積雪覆蓋地面時，吃草會變得特別困難。某天下午，我派薩比托去尋找在附近又方便前往的村莊，也許能買到一些食物。

幾分鐘後，我們便聽到天空中傳來尖叫，每個音節都被薩比托俯衝的速度拖長，「快——跑——！」

我抬頭，看到他像閃電般落下，然後展開翅膀減速，大喊，「我看到穿莫達諾制服的人，有七個，在追趕我們！」

我沒等他解釋更多就鬆開了愚船的韁繩，催促哈沃克加速，然後對托布大喊：「抓緊了！」

薩比托一如往常敏捷，設法飛在我們旁邊，繼續說話：「我想他們可能是抓住麥克辛的那一班士兵。」

我朝他的方向扭了一下頭。「麥克辛和他們在一起嗎？」

「我看到有樣東西從馬鞍往下垂，被綁在那裡，但我沒飛近去看……」

「那就去！」我厲聲說，薩比托飛開了。

他回來時，我們的馬已顯露疲態。我不情不願的放慢哈沃克的速度，知道我要是逼得太緊，牠可能會累垮。

「那可能是麥克辛。」薩比托回報，我的心臟漏跳了一拍。「他，或某種東西。總之那被一條毯子包起來，以繩子綁著。活著的東西，我看到他動了。」

「他們有沒有放慢速度？」「如果我們繼續全速奔跑，他們會在半小時內趕上，如果我們不是用全速，嗯……」

「抱歉啦，孩子。」我對哈沃克說，催促牠加速。

我設法往後方瞄了一眼。我看得到他們。他們的巨大戰馬沒跑得比我們快，但牠們強壯又耐勞。

我絕望的望向四周，沒有地方可以躲藏。

他們也會把我們用毯子包起來，掛在馬背上，讓我們垂在麥克辛旁邊嗎？還是會當場殺掉，因為我們曾經從他們手中逃走？

哈沃克因為疲勞的關係踉蹌了一陣，不過後來穩下來了。我緊抓著韁繩，譴責自己想不出計畫。

帶頭的是我，拯救我們所有人的責任在我。

那就進森林吧，總比什麼都不做好。

我用力拉韁繩，讓馬急轉彎，衝向茂密的冷杉林，不過薩比托調查了一下環境，捎來壞消息，「進入樹林前就會被攔截了！」

我的備案呢？沒有，什麼也沒有。

我們會被抓住。然後被宰掉，或變成奴隸。

至少，我能和麥克辛再相聚一次，也許吧。

我看到樹林的東緣了，但我也看得到後方的追兵，看得相當清楚。他們緊追不放，顯然完全不會疲累。

接著，我看到了一個奇蹟！其中一個士兵的馬跌倒了，在地上摔成一個大字。

我們拉開了寶貴的幾碼距離。這段期間，其他士兵停下腳步去拉馬，扶跌倒的士兵坐回馬鞍上。

也許，也許還有機會。

就在這時，所有的希望都消散了。

樹林的盡頭，有上百個——不對，上千個武裝士兵騎馬現身了。

55 交戰

我不知道自己身上發生了什麼事。

原本我的身體充滿恐懼和絕望。

現在，我彷彿像是中了什麼法術似的，所有的疑慮和恐懼都轉換成其他東西了。

感受恐懼。選擇勇氣。

我放慢哈沃克的速度。

「妳在做什麼？」薩比托尖叫。

我沒給答案。我沒說話。

回答薩比托的是托布。

「她要作戰！」他大喊，聲音高亢又刺耳，「我也要！」

我將手伸進鞋後跟，挖出我當作劍來用的長刀，準備做最後的、孤注一擲的抵抗。

令我十分錯愕的是，莫達諾那七個士兵，原本正在追我們那七個，急煞住馬，顯然困惑的看著前方，然後掉頭過去，驅策馬兒離開。

「好啊！」我大吼。「跑啊，你們這些懦夫，跑吧！」我再度讓哈沃克掉頭，因為被怒

氣沖昏頭的我，一心想要攻擊樹林裡湧出的大批士兵。

我已經放棄保命的念頭了，現在我下定決心要拖個人陪葬。

一旦放棄生命，就可以這麼勇敢、這麼胡來啊，太棒了。

我衝向朝我奔來的大批士兵。打頭陣的兩個人舉著飛揚的旗幟，上頭有個古怪的裝飾圖騰，由許多顏色組成。我挑了一個人下手。這壯漢戴著閃亮的頭盔，紅色的頭髮在下方飄著，他就是我的目標了。

我會死，沒錯，但我會是戰死的。

「啊——！」我大喊，在我們交會那一刻齜牙咧嘴。

我拿刀刺向他，而他用大劍輕易擊落。我的刀子劃著圈滑遠了，像是被拉提頓追逐的蛾。

「殺了我吧！」我大喊。

儘管處在狂亂狀態，儘管我的視野彷彿蓋了一塊紅布，我還是發現大批騎兵從我們身邊奔騰而過，手裡拿刀、持矛，發出狂熱的戰吼。

「殺妳？」紅髮男子大喊：「我們是來救妳的。除非這裡還有其他長得像狗而且身邊有渥比陪伴的生物。」

我張大嘴巴看著他，氣喘吁吁。我的脈搏激烈，震耳欲聾。

我勉強擠出所能想到的一句話，結果呢，那不是什麼睿智的話。就像我說的，我天生就缺乏英雄風範。

「啥？」我說。

「妳是玳恩碧克斯嗎？」

「什麼？」

「碧克斯。妳不叫碧克斯嗎？」

「對，可是……可是……」

紅髮男子摘下頭盔，露出一個大大的微笑。他咧開的嘴中間缺了一顆牙。「嗯，事情比我想的容易多了。小姐會很開心的！」

「小姐？」我咕噥。

「小姐，」他重複。「卡拉珊德小姐。」

「多拿提家的卡拉珊德？」我問。我太震驚了，無法接受這個顯而易見的事實。

「她不再那樣稱呼自己了。她現在的名號是聶達拉小姐。我叫瓦利斯，這輩子原本一直自稱是柯普利家的瓦利斯，但我現在是聶達拉的瓦利斯了，我是自由聶達拉軍的少尉。我發誓效忠小姐，直到世界末日。」

一個個頭較小、年紀較大的人快步走了過來，他沒戴頭盔，濃密的斑白鬍子下藏著微笑。「沙加里隊長，」瓦利斯說：「這位是玳恩碧克斯。」

我忍住想哭的衝動，抬頭挺胸，點了一下頭。

「不對，」我說：「不是玳恩碧克斯。我是聶達拉的碧克斯。」

56 帶路人

沙加里隊長的軍隊很快就逮到了剛剛追殺我們的莫達諾士兵。我掃視他們憤恨又疲憊的臉，同時注意到一匹馬的背上有個布包。兩名士兵小心將布包放到地上，準備打開。

我盪下馬，開始奔跑。

跑到布包那裡，發現那是麥克辛——他還活著，但傷得很重。

瓦利斯少尉試圖阻止我，「碧克斯，稍等一下。他受到很惡劣的對待，妳不會想看到……」

我抽身，跪到麥克辛身旁。他的雙手纏著血淋淋的繃帶，臉腫了起來，眼睛張開時顯得空洞又迷惘。

「麥克辛。」我說，摸摸他的額頭。

他眨眨眼，緩慢搖頭，口齒不清的說：「碧克斯？這一切是真的嗎？」

「是真的，麥克辛。你安全了，你和我在一起。」

現場沒有馬車，托布好心的建議讓麥克辛和我騎同一匹馬。「我坐其他士兵的馬。」他說。

「和我一起吧，小渥比。」瓦利斯少尉提議。他彎腰，抓住托布的獸掌，把整隻渥比甩到他的馬鞍上。托布從那裡可以俯瞰著哈沃克和我。

在幾雙輕柔的手的幫助下，我們好不容易讓麥克辛坐在我的前方，這樣我才能穩住他。「抱歉，麥克辛。」我們開始朝卡拉的營地騎去，而我輕聲對他說。

他沒回答，而我知道原因。在經歷那些事情後，他不可能原諒我。我也不值得被原諒。

他的頭抖了一下，我才想通。他剛剛肯定睡著了。「妳說什麼？」他虛弱的問，腫脹的下巴使他的字句都變得含糊。

「我說我很抱歉，為你經歷的一切感到抱歉。」

他花了很大的力氣，轉過頭來看我。他的耳朵到口鼻部有一道很深的割傷，這時滲出珍珠色的血。「別再那樣說了，碧克斯。妳是我的領導者，追隨妳是我的驕傲。」他打算擠出一個微笑，雖然不算是成功了。「雖然妳有時候很囉唆。」

我們接近營地時剛入夜，那景象讓我屏息。

閃耀著月光的白色帳篷，彷彿無限延伸。為了煮飯生的火耀眼極了。士兵們目標明確的來去，堆起補給物，照料馬匹，清潔武器。

有人在唱一首輕快的歌曲，魯特琴和豎笛伴奏著。

那是一個大型的集團，突顯了一個沉重的現實——戰爭就要開打了。但這場面還是有一種莫名的愉悅，甚至振奮人心的氣氛。

他們就在這裡。在這一大群人之中，卡拉、倫佐、甘布勒在某處等著我。

我們下馬了。麥克辛由兩名士兵架著，雙手搭在他們身上，還能蹣跚的跟著前進。薩比托則在我們上空繞行。瓦利斯護衛著，帶我們走向一個位於中央區域的帳篷，沒比其他帳篷大多少，或豪華多少。

托布和我互看彼此一眼，微笑取代了我們原本的表情。他朝帳篷比了一下。

「妳先請。」他低聲說。但在我移動前，帳篷的門簾就掀開了。

卡拉和甘布勒出現在我們面前。

他們看起來很累，但除此之外沒什麼改變。他們的眼睛在淡黃色光線中閃爍著。

我吸了顫抖的一口氣，「聶達拉的碧克斯，來報到了。」

托布輕輕一鞠躬，「聶達拉的托布，也來報到了。」

卡拉的下唇顫抖著。「你們好啊，親愛的朋友。你們來得正是時候。」

「正是時候？」我問。

卡拉伸出手，上頭是我們道別前，我給她的石頭。

她交還給我，用雙手闔起我的手掌，緊緊握住。

「我的帶路人朋友，」她說：「阻止戰爭、拯救世界的時間到了。」

我們身後傳來某人接近所發出的聲響。我們轉身，發現是倫佐，他搖著頭。他一隻手拿著鹿角鼓槌，另一隻手拿著銀杯。狗在他身旁快走著。

倫佐對卡拉露出一個心照不宣的微笑，然後將視線轉到我們身上。

「嗯，時間差不多囉。」他說：「你們怎麼這麼久才來？」

作者謝詞

我要向我了不起的編輯Tara Weikum和Chris Hernandez上無盡的感謝，同時也要謝謝Ann Dye、Renée Cafiero、Sarah Homer、Barb Fitzsimmons、Alison Donalty、Jenna Stempell-Lobell、Suzanne Murphy，還有所有曾經協助〈移動島傳奇三部曲〉問世的哈潑柯林斯出版社工作人員。我也要感謝我優秀的經紀人——Pippin Properties, Inc.的Elena Giovanazzo。

故事館
移動島傳奇2最初帶路者
小麥田 Endling #2: The First

作　　者　凱瑟琳・艾波蓋特 Katherine Applegate
譯　　者　黃鴻硯
插　　畫　KIDISLAND・兒童島
封面設計　莊謹銘
校　　對　呂佳真
協力編輯　葛蕎安
責任編輯　徐　凡

國際版權　吳玲緯
行　　銷　闕志勳　吳宇軒　陳欣岑
業　　務　李再星　陳紫晴　陳美燕　葉晉源
總 編 輯　巫維珍
編輯總監　劉麗真
總 經 理　陳逸瑛
發 行 人　凃玉雲
出　　版　小麥田出版
地址：10483台北市中山區民生東路二段141號5樓
電話：(02)2500-7696
傳真：(02)2500-1967
發　　行　英屬蓋曼群島商家庭傳媒股份有限公司城邦分公司
地址：10483台北市中山區民生東路二段141號11樓
網址：http://www.cite.com.tw
客服專線：(02)2500-7718｜2500-7719
24小時傳真專線：(02)2500-1990｜2500-1991
服務時間：週一至週五09:30-12:00｜13:30-17:00
劃撥帳號：19863813　戶名：書虫股份有限公司
讀者服務信箱：service@readingclub.com.tw
香港發行所　城邦（香港）出版集團有限公司
地址：香港灣仔駱克道193號東超商業中心1樓
電話：+852-2508-6231　傳真：+852-2578-9337
馬新發行所　城邦（馬新）出版集團【Cite(M) Sdn. Bhd. (458372U)】
地址：41, Jalan Radin Anum, Bandar Baru Sri Petaling,
57000 Kuala Lumpur, Malaysia.
電話：+6(03) 9056 3833　傳真：+6(03) 9057 6622
讀者服務信箱：services@cite.my
麥田部落格　http://ryefield.pixnet.net
印　　刷　漾格科技股份有限公司
初　　版　2022年10月
初版二刷　2022年11月
售　　價　380元

ISBN 978-626-7000-72-4
EISBN 9786267000762（epub）
Printed in Taiwan.

本書若有缺頁、破損、裝訂錯誤，請寄回更換。

國家圖書館出版品預行編目資料

移動島傳奇2最初帶路者／凱瑟琳・艾波蓋特（Katherine Applegate）作；黃鴻硯譯. -- 初版. -- 臺北市：小麥田出版：英屬蓋曼群島商家庭傳媒股份有限公司城邦分公司發行, 2022.10
面；　公分. --（故事館）
譯自：Endling. 2, the first
ISBN 978-626-7000-72-4（平裝）

874.59　　111011894